2022 年黑龙江省教育厅省属高校基本科研业务费项目
（编号：21ZWC257）

2022 年哈尔滨商业大学博士科研启动支持计划
（项目号 22BQ20）

两晋文章文学论

张烨 著

中国社会科学出版社

图书在版编目（CIP）数据

两晋文章文学论 / 张烨著. -- 北京 : 中国社会科
学出版社，2024. 8. -- ISBN 978-7-5227-4033-1

Ⅰ. I206.37

中国国家版本馆 CIP 数据核字第 2024TN9882 号

出 版 人	赵剑英
责任编辑	李凯凯　李嘉荣
责任校对	冯英爽
责任印制	王　超

出　　版	中国社会科学出版社
社　　址	北京鼓楼西大街甲 158 号
邮　　编	100720
网　　址	http://www.csspw.cn
发 行 部	010 - 84083685
门 市 部	010 - 84029450
经　　销	新华书店及其他书店

印　　刷	北京明恒达印务有限公司
装　　订	廊坊市广阳区广增装订厂
版　　次	2024 年 8 月第 1 版
印　　次	2024 年 8 月第 1 次印刷

开　　本	710×1000　1/16
印　　张	18.25
字　　数	254 千字
定　　价	96.00 元

序

傅道彬

  张烨同学是 2017 年来哈尔滨师范大学报考我的博士生的。之前与他并不相识，直到考试前几天他才与我联系，电话里说他硕士研究生毕业于广西师大，受业于力之教授，过几天要参加博士考试。他考试的卷面情况记忆并不深刻，但面试时却留下了深刻的印象。那天他穿了一件汉服，谈吐有书卷气，举止有书生气，言谈间时时表现出浓厚的向学之志，颇得几位面试老师的好评。考试的时候，张烨同学也快三十岁了，但看上去却像一个高中生。不知为什么，他会让我想起某个晋代文人的形象来。

  可能正是这个原因，博士论文选题时我就让他选定了《两晋文章文学论》的题目。尽管我不大同意有关"魏晋文学自觉论"的说法，但是却不能否认魏晋时期是中国历史上艺术精神淋漓酣畅的时期。一代有一代文学之胜，文章是两晋时期最具代表性的艺术形式，两晋文章与汉赋、唐诗、宋词、元曲、明清小说一样，都是中国文学史上的"一代之胜"。

  两晋文章体现出来的形式美最引人注意，《文心雕龙·时序》以"结藻清英，流韵绮靡"评价两晋文章十分切要。语言的雕琢华丽，情感的细腻绵长，将中国文学带入了一个新的美学境界。钱锺书先生于《上家大人论骈文流变书》中称陆机为文"搜对索偶，竟体完善，使典引经，莫不工妙，驰骋往来，色鲜词畅，调谐音协"，偶对工整、音律和谐，不仅是陆机诗文的特色，也是两晋文章的整体风格。两晋文章体现出来的节奏感、音乐感，最富中国品格和艺术神韵，诵吟涵咏，常常令人陶醉。一个时期以来，两晋形式主义文风颇为人诟病。其实没有中国文学审美形式的完备，中国文学的繁荣是不可想象的。

从两晋文章入手而描写两晋文人的精神世界，再扩展到两晋历史的全面叙述；由文章而文人，由文人而历史；从文学史写出心灵史，从心灵史写出时代史，张烨的著作呈现出鲜明的逻辑线索。文章最终体现的是文人，因此张烨同学的著作的核心部分还是两晋文人的精神描述。作者从嵇康的广陵绝响起笔，描写了竹林七贤的佯狂疏放、二十四友的心事重重、衣冠南渡的悲凉凄怆以及金谷之宴的侈靡奢华和兰亭之会的风雅从容，在作者笔下精神高蹈、风姿绰约的两晋文人，别有一种气象和风度。作者关注两晋文人的个人心理活动，更关注一个文人集团的集体心灵世界。在对两晋文人的思想和艺术活动中，展现出文学历史的演进。从竹林文人的酣畅之啸，到西晋文人的绮靡之情，再到东晋世族的玄远之思，实现了两晋文人的心灵历史与文学历史的融合。作者将陶渊明作为两晋文学的集大成者的思考，也是颇有新意的。可能受到了两晋文章风格的影响，张烨同学的著作也时时表现出修辞炼句的审美追求，阅读起来也格外轻松，没有了一般学术著作的滞涩凝重。

博士毕业后，张烨去了哈尔滨商业大学工作，但他始终保持着与各位同学的联系。我们有个常读用户百余人，总用户两千余人的微信公众号，平时都是他打理。发表信息、编辑文稿花费了他许多时间和精力，也很辛苦，但他总是乐呵呵地说："能为大家做点事，我很高兴。"看到他的著作出版，我也很高兴，写几句话，为他祝贺。

2024 年 3 月 15 日于京城

目　录

导　　论

　　在华夏民族辽远的历史长河中，两晋正处在干道的拐点上。它在闪闪发光的同时，又显得那么格格不入：若说它是统一的王朝，有晋一代的天下却经历了司马代曹，八王之乱，五胡乱华，王敦、苏峻反叛，非但未见统一王朝本该拥有的盛世光景，就连太平日子也实在少得可怜；若说它是分裂的乱世，晋室的唯一正统性又根植于当时多数士人的心中，并以华夏正统王朝的位置载入史册。两晋不见文治，武功也乏善可陈，立国不正，君王无威，战乱频仍——两晋的灾疫无论是程度之惨烈，还是次数之频繁，都是空前的①。在灾害、战乱和疫病面前，生命显得尤为脆弱，两晋文人的命运也与这个王朝的命运一样，充满无奈与绝望。

　　然而两晋文人如同岩壁之花一般拥有极顽强的生命力，更难能可贵的是，他们不仅与先秦诸子一样勤于思索，还对美有着最痴狂的追求。正如刘勰所言，"晋虽不文，人才实盛"②，两晋是中国文人极具风雅、文学极有风采、审美极具特色的时代。马良怀先生如此概括："士大夫一个个宽衣大袖，倜傥风流，手持麈尾，口吐玄言，服药行散，饮酒长啸，更甚者则散发垢面，裸袒箕踞，与猪共饮。这是我国古代历史上的

---

① 参见陈高傭等编《中国历代天灾人祸表》，上海书店出版社1986年版。
② （南朝梁）刘勰著，范文澜注：《文心雕龙注》，人民文学出版社1958年版，第674页。

一幅独放异彩的历史画卷，千百年来，不时地闪烁着它那耀眼诱人的光辉"①，宗白华先生以为魏晋人"心里面的美与丑、高贵与残忍、圣洁与恶魔同样发挥到了极致"②，两晋文人的美，更被宗白华先生称为"全时代的最高峰"。他们用艺术代替经学，用实践阐释艺术，因而人被重新发现，生活被重新定义。两晋文人发现了"文"，并以此为毕生追求。与之相应的两晋文章则"出语必隽，恒在自然"③，代表了两晋文学的最高成就。

本书试图从文学的角度将两晋文章作一探索，目的即是通过两晋文章读懂两晋文人的思想，勾勒出他们的气象风采；从思想发展的角度梳理两晋文章，找出其中新变的关节点；再回归文论角度，论证两晋不同时期的文章，最后总结两晋世族的学术传承和两晋文章的历史地位，以求对两晋文学研究略尽绵薄，抛一砖而待美玉。

一 相关概念的界定与明确

（一）两晋

东晋灭亡的时间是元熙二年宋武帝刘裕代晋，即公元 420 年，这是没有争议的。我们要讨论的是晋代的起始时间问题。

一般提到两晋，最通行的说法是以咸熙二年（即泰始元年，公元 266 年）为两晋之始，这一年冬十二月，司马炎受禅登基。然而在此之前，司马氏已拥有实权多年，禅让不过是个冠冕堂皇的形式而已。也正因此，《晋书》叙事是从司马懿开始。自司马氏夺权到司马炎代魏，有以下两个时间点值得讨论。

---

① 马良怀：《崩溃与重建中的困惑：魏晋风度研究》，中国社会科学出版社 2018 年版，第 1 页。
② 宗白华：《美学散步》，上海人民出版社 1981 年版，第 208 页。
③ 刘师培：《中国中古文学史讲义》，岳麓书社 2011 年版，第 53 页。

第一个时间点，是正始十年（249）。这一年发生了高平陵之变。此后司马氏摧垮了曹氏的朝中势力，全面掌握了实权。

第二个时间点，是甘露五年（260）。这一年高贵乡公曹髦被弑。此后司马昭虽未称帝，然司马氏的实际统治已经不可撼动。此后司马昭更是在景元四年（263）受封晋公，咸熙元年（264）进为晋王。

在正始十年到甘露五年间，司马氏虽处于"挟天子以令诸侯"的状态，然反对者仍然不在少数，虽然淮南三叛皆以失败告终，但高贵乡公曹髦仍是由于不甘被"挟"才试图扳倒司马氏。也就意味着在此之前，司马氏手中的权力仍未完全稳定，而高贵乡公被弑后，司马氏在朝中的统治才真正稳定。故本书将甘露五年（260）作为晋代之始，即以甘露五年到元熙二年（420）作为两晋的时间断限。

此外，关于六朝之"合"与"分"的问题，虽自唐人许嵩起便将"六朝"并记，然因两晋都是司马氏的政权，比起东汉末年的一干傀儡皇帝，东晋君权还相较为大，故本书认为两晋应单独视为一个整体。

（二）两晋文章

言及两晋文章，必然首推《全晋文》。然而不能忽略的是，文章在骈散而外，另有"语"之一体。事实上，严可均在《全上古三代秦汉三国六朝文》卷一中就录有黄帝、颛顼、尧、舜、禹、汤等人的"语"。虽然这些"语"引自《说苑》《吕氏春秋》《墨子》《新书》等后世文献，且体式也有新旧体文言的不同，但显然严氏是将这些"语"也作为"文"收录进来的。关于"语"之一体，学界的关注度比较有限，影响最大的是李零先生的观点，他将"语"归为史书类：

前人治史，有所谓"史书三体"：编年体、纪传体和纪事本末体。这三种体裁，从早期史书都能找到根子。编年体的根子是

3

"春秋",纪传体的根子是"世",纪事本末体的根子是"语"。①

李零先生从史家角度论述了"语"之一体的重要意义。此后俞志慧先生又对"语"体进一步展开分析论证,揭示了"语"是一种古老的文类这一事实。②

诚如俞志慧先生指出,我国文人在上古即注重建言修辞,具有独特的语体文学传统。不同于西方的讲唱史诗,我国"语"之一体发源于先秦,《论语》《春秋事语》《国语》等即为典型例证。这种文体不仅在汉代影响了主客问答的赋体,还在纯文学渐趋明晰的魏晋时期随清谈玄风发生新变,东晋裴启和南朝刘义庆编订的《语林》和《世说新语》便是这种新变的产物。此外,这种文体在后世亦有承传,明代何良俊的《何氏语林》就是与《世说新语》并称的代表性著作。

裴启编订的《语林》今已亡佚,而《世说新语》在今天则被学界广泛归为"小说"一类。但这里的"小说"并非今天文体学意义上的小说。《汉书·艺文志》谓:"小说家者流,盖出于稗官。街谈巷语,道听途说者之所造也。"③ 在古人那里,"小说"是与"大道"相对而言的。所谓"大道",乃是蕴含于经史之中的义理,而"小说"则是街谈巷语、逸闻轶事,其义理不足为训,但聊可补正史之阙。

由是可知《世说新语》一方面从属于"小说"的序列,另一方面也是"语"这一古老文类的新变。这一方面与我国古代"左史记言,右史记事"的史学传统有关,另一方面也与我国古人重视经验智慧有关。古人极为重视前代圣人贤者的"嘉言善语",将其加以纂辑搜罗,汇成一书,即为"语"类文献。学者李振峰概括为"语类文学"的传

---

① 李零:《简帛古书与学术源流》,生活·读书·新知三联书店 2008 年版,第 218 页。
② 参见俞志慧《语:一种古老的文类》,《文史哲》2007 年第 1 期,第 5—22 页。
③ (汉)班固:《汉书》,中华书局 1962 年版,第 1745 页。

统，应当是《世说新语》文体的先代形式。① 换言之，《世说新语》中
人物的言语与其他类型的文章同样注重修辞，而又有自身特色——因其
形式为口语，故生活美学贯穿其中，注重人伦品鉴，注重谈话机锋，注
重言外之意，注重因事用典，注重玄妙之理，是当时文章的另一种
形式。

综上，本书要研究的两晋文章作者范围是甘露五年（260）到元熙
二年（420）期间在世的文人，除《全上古三代秦汉三国六朝文》中这
些文人的作品外，还包括《世说新语》中上述文人的语体文章。

（三）文学

钱基博先生说：“欲知何谓文学，不可不先知何谓文”②，关于
“文”之含义，钱先生在《周易》《说文》《周礼》《礼记》《释名》对
“文”的多种解释基础上加以归纳总结，定义如下：

> 所谓文者，盖复杂而有组织，美丽而适娱悦者也。③

“复杂”，钱先生解释为言之有物。需要补充说明的是，为文不仅
须言之有物，还须有丰富的思想或情感，甚至兼而有之。“组织”，钱
先生解释为言之有序。“美丽”，钱先生将之视为文之止境，也就是为
“文”（这一点上用“彣”似乎更恰切）的至善状态。钱先生对“文”
的定义，与西方描述文之“甜美”与“有用”相得益彰：言之有物则
“有用”，“美丽而适娱悦”则“甜美”，不仅包含“文”的实用意义，
更包含“文”的审美意义。

---

① 参见李振峰译注《世说新语》，吉林大学出版社 2020 年版。
② 钱基博：《中国文学史》，上海书店出版社 2015 年版，第 3 页。
③ 钱基博：《中国文学史》，上海书店出版社 2015 年版，第 3 页。

由上，本书对"文学"的讨论范围，并非《论语》所谓之"文学"，而是符合两晋文章特色，"事出于沉思，义归乎翰藻"的狭义文学。既然明确了讨论范围，便可以简要厘清以下两个问题。

第一，文笔之辨问题。《文心雕龙·总术》谓："今之常言，有文有笔，以为无韵者笔也，有韵者文也。夫文以足言，理兼诗书，别目两名，自近代耳。"① 事实上，如果"韵"指的是声韵，许多公家应用文体也都是形式整齐，音韵谐和，而这恰恰又是刀笔之语。因此，本书赞同范晔《狱中与诸甥侄书》对文与笔的区分："吾思乃无定方，特能济难适轻重，所禀之分，犹当未尽。但多公家之言，少于事外远致，以此为恨，亦由无意于文名故也。"② 即在应用这一角度，将文章分为"公家之笔"与"私家之文"两类。

第二，文学的目的问题。前人对"六经皆文"的论证③已充分证明，先秦经典也具有一定的文学性，但它们作为王官之学的最主要目的还是教化世人，换言之，是在解释生活。而狭义的文学，目的则在照亮生活。傅道彬先生对此有如下精彩论断：

> 文学真正的目的是照亮，是借助理性与艺术的光辉映照历史与现实、心灵与情感的广阔世界，将隐蔽的现实和心灵世界呈现出来，接受理性与理想之光的映照。不被文学反映的生活处于自生自灭的幽暗、遮蔽状态中，而文学的出现恰恰如光的降临，将被遮蔽的生活从无边的幽暗中呼唤出来，让生活显现，让人的本性在艺术中出场，达到澄明之境，从而实现艺术的永恒。④

① （南朝梁）刘勰著，范文澜注：《文心雕龙注》，人民文学出版社1958年版，第655页。

② （南朝梁）沈约：《宋书》，中华书局1974年版，第1830页。

③ 参见傅道彬《"六经"文学论》，北京大学出版社2021年版。

④ 傅道彬：《光的隐喻：文学照亮生活》，《人民论坛》2018年第1期，第130页。

　　既然文学的真正目的是照亮生活，那么我们在研究过程中理应对此加以重视。故本书将对两晋文章，特别是语体文中文人的生活、思想等予以充分关注，而在个人文语和公家笔语之间，则以文语为研究重点。

　　通过上文对两晋起止时间、两晋文章范围和对"文学"一词的理解与讨论，我们明确了研究对象的范围：即以甘露五年（260）到元熙二年（420）作为两晋的时间断限，以《全上古三代秦汉三国六朝文》中此期间文人的作品和《世说新语》中上述文人的语体文章作为研究对象，以两晋语体文章和文语为研究重点来观照两晋文章和两晋文人的心灵世界。

二　两晋文章文学研究综述

　　迄今为止，学界尚无将《全晋文》与两晋语体文结合起来的专门研究，故对两晋文章展开文学研究不仅是两晋文学研究的必然要求，也是中国古典文学研究的必然趋势。

　　我国古代学人对两晋文章并未进行专门的文学研究，近代以前，研究两晋文学的成果主要是对两晋作家作品的辑录、校注、疏解、品鉴等。在文学理论与文学批评方面，亦无对两晋文章的专门讨论，成果多以作家作品点评的形式散见于诗话、书信、题跋、碑文、奏议等文体中。近代的西学东渐为我国学人提供了新思路和新方法，虽无两晋文章之专门文学研究，然两晋文学研究却因之焕发新变。自20世纪初开始，刘师培、鲁迅、刘永济、罗根泽、王瑶、陈钟凡等学人发表了一系列相关论著。这些论著或是对两晋文学进行整体论说，或是从论述文人生活入手而揭示当时的文学和思想。其中对两晋文章进行宏观性研究的，当推刘师培和刘永济两位先生。

　　刘师培先生的《中国中古文学史讲义》在梳理中古文学发展脉络

中极重"变迁",并将两晋文章置于"魏晋文学之变迁"的文学史视域里,其中颇可着意之处有三:一是明确说明了晋文之"特长":"晋人文学其特长之处,非惟析理已也。大抵南朝之文,其佳者必含隐秀,然开其端者,实惟晋文;又出语必隽,恒在自然,此亦晋文所特擅,齐梁以下能者鲜矣。"① 二是为"潘陆及两晋诸贤之文"专设一部,以"足知晋代名贤于文章各体研核至精,固非后世所能及也"② 之言论两晋文章之文学史地位。三是对文笔之分提出了见解:"晋人论文之作,以陆机之赋为最先,观其所举文体,惟举赋、诗、碑、诔、铭、箴、颂、论、奏、说,不及传、状之属,是即文笔之分也。"③ 其研究不仅视野开阔,"能使我们看出这时代的文学的确有点异彩"④(鲁迅语),而且在两晋文章文学研究史上具有划时代意义。然其在文笔之分上的论述仍欠精确,有待进一步分析。

刘永济先生的《十四朝文学要略》初非专指十四朝,实为全史而设,故其视角宏阔,论及魏晋之时,其题为"魏晋之际论著文之盛况",开头便高度评价魏晋文章"邕思理之精蕴,发文章之奥采,易汉氏之颓辙,振战代之宗风者,其魏晋论著之文乎?"⑤ 论及魏晋文人思想与文风时,作者寻本溯源,将魏晋文人思想略归法道两途,相应的文风则是校练与玄远。惜其限于体例,对两晋文章文学研究过于简略,为后人研究留下了广阔余地。陈钟凡先生的《汉魏六朝文学》⑥ 亦属此类。

我国古典文学研究自古便有"知人论世"的优良传统。文章出自

---

① 刘师培:《中国中古文学史讲义》,岳麓书社 2011 年版,第 53 页。
② 刘师培:《中国中古文学史讲义》,岳麓书社 2011 年版,第 60 页。
③ 刘师培:《中国中古文学史讲义》,岳麓书社 2011 年版,第 60 页。
④ 鲁迅:《魏晋风度及文章与药及酒之关系》,《汉文学史纲要》,江苏凤凰文艺出版社 2017 年版,第 141 页。
⑤ 刘永济:《十四朝文学要略》,武汉大学出版社 2013 年版,第 138 页。
⑥ 陈钟凡:《汉魏六朝文学》,商务印书馆 1964 年版。

文人之手，对于文学研究而言，研究文人生活对理解文本的助益是十分强大的。20 世纪上半叶，在两晋文人生活研究方面成就杰出的，是鲁迅先生和王瑶先生。

鲁迅先生的《魏晋风度及文章与药及酒之关系》以论两晋政治、礼教、服药、饮酒、佛教思想等为主，实则另有讽喻时政之意。作者对魏晋文人服药饮酒的原因、表现、后果等做了医学上的解释，不仅通俗易懂，还具有一定的专业性。后人研究魏晋文学时绕不开的药与酒，实受鲁迅先生之影响。更重要的是，鲁迅先生注意到了魏晋文人的矫伪。以阮籍、嵇康为例，明言"因为他们生于乱世，不得已，才有这样的行为，并非他们的本态。但又于此可见魏晋的破坏礼教者，实在是相信礼教到固执之极的"①。且对陶渊明也不似前人一味捧其隐逸高风，他在文中举例说明陶渊明"于世事也并没有遗忘和冷淡，不过他的态度比嵇康阮籍自然得多，不至于招人注意罢了"②。以上观点一针见血，对魏晋文人"任自然"之说是有力的驳斥。然而，此文也存不察之处：作者讲曹丕的时代是"文学的自觉时代"，"或如近代所说是为艺术而艺术（Art for Art's Sake）的一派"③，此说虽深入人心，然而事实上，我国文学的自觉可早至春秋时期，而魏晋文学则是东汉党锢之祸后读书人精神与人格裂变的产物，言"自觉"未免失当。

王瑶先生的《中古文学史论》不仅重视中古文人华素之隔，并明确指出寒士于其时多积极入世；而且在大量史料引证的基础上，提出了"清谈在最初只是指谈论时措辞音节的美妙"④ 这一观点，并详细论述

① 鲁迅：《魏晋风度及文章与药及酒之关系》，《汉文学史纲要》，江苏凤凰文艺出版社 2017 年版，第 155—156 页。
② 鲁迅：《魏晋风度及文章与药及酒之关系》，《汉文学史纲要》，江苏凤凰文艺出版社 2017 年版，第 157 页。
③ 鲁迅：《魏晋风度及文章与药及酒之关系》，《汉文学史纲要》，江苏凤凰文艺出版社 2017 年版，第 143—144 页。
④ 王瑶：《中古文学史论》，商务印书馆 2011 年版，第 43 页。

了清谈、玄学对文学之功。其文史互证加上理论阐释的研究方法不仅对两晋文学，对于整个古典文学研究都影响很大。然其对两晋文学评价不高，主要论及两晋部分的仅"潘陆与西晋文士"和"玄言·山水·田园"两章，且这两部分的论述也是以继承前人为主，可见两晋文学与两晋文章并非王瑶先生着重用力处。

20世纪上半叶的相关论著为两晋文章文学研究这片土地拓了荒，这些著作都有很强的时代性与个人风格，有的也存主观色彩过浓之嫌。同时，这也为后世学人留下了深广的研究空间，预示着两晋文章文学研究专门化、细致化的整体趋势。20世纪80年代以来，虽然两晋文章文学研究依然有不少宏观性研究成果，但更多的研究确乎细致化、专门化了。这些研究成果大致可分以下四类。

（一）两晋文章宏观性文学研究

两晋文章宏观性文学研究承前辈学人而来，形式上多以文学史、文学思想史等通论性研究的方式呈现。20世纪80年代以来，两晋文章宏观性文学研究也有专门化、细致化的趋势，程章灿先生的《魏晋南北朝赋史》就是这一趋势的代表。此外，胡国瑞、徐公持、罗宗强、顾农等学人也相继出版了他们的通论性著作。这些通论性著作影响甚广，有些还作为高校教材被广泛使用，只可惜它们并未给予两晋文章足够的关注：胡国瑞先生的《魏晋南北朝文学史》初版于1980年，全书分十章，论诗多而论文少。涉及两晋文章的，只有八、九两章论"赋的发展变化"与"骈体文的发展"，且关于两晋文章的论述在这两章中分别只占一节内容，显然未对两晋文章引起足够重视。徐公持先生的《魏晋文学史》初版于1999年，既是中国社会科学院文学研究所总纂"中国文学通史系列"中的一部，又可作为一部翔实的魏晋文学断代史存在。全书除每一编第一章为概说外，其余章节皆以主要文人按时间顺序串联，叙述全面充分，可以作为研究魏晋文学的重要参考资料。或许是因其体例之故，该书并无对两晋文章的专门论说，顾农先生的《从孔融到陶渊明——汉末三国两晋文学史论衡》亦属此类。罗宗强先生的《魏晋南北朝文学思想史》初版于 1996 年，全书论述详细，深入浅出，然其对两晋文章并未引起重视，认为西晋"在文学创作上并无杰出之建树，无论是诗还是文，都没有足以独标一代文风的大家"①，而东晋一朝"在文学史上最引人注目的是玄言诗和陶渊明"②。以上研究都为两晋文章文学研究留下了广阔的研究余地。

文笔之辨是两晋文章宏观性文学研究的重要问题。关于这一问题上，胡大雷先生的《〈尚书〉"笔"体考述——最早的书面文字与"文笔之辨"溯源》③《"言笔之辨"与古代文体学》④《"言笔之辨"刍议》⑤《"文笔之辨"与中国文章学的成立——"文话"出现于隋唐考辨》⑥《"文笔之辨"与中古政治、文化——中古"文""笔"地位升降起伏论》⑦ 等一系列论文极具参考价值。

另有一些著作和论文，如逯钦立先生的《汉魏六朝文学论集》、曹道衡先生的《从两首〈折扬柳行〉看两晋间文人心态的变化》⑧ 等，均在不同程度上对两晋文章文学研究有所帮助。

以上研究成果既有对前人观点的承传，又显示出细致化、专门化的趋势，然在两晋文章文学研究上，它们仍为后来学人留下了巨大的研究

---

① 罗宗强：《魏晋南北朝文学思想史》，中华书局 2016 年版，第 95 页。
② 罗宗强：《魏晋南北朝文学思想史》，中华书局 2016 年版，第 153 页。
③ 胡大雷：《〈尚书〉"笔"体考述——最早的书面文字与"文笔之辨"溯源》，《广西师范大学学报》（哲学社会科学版）2012 年第 5 期，第 55—60 页。
④ 胡大雷：《"言笔之辨"与古代文体学》，《学术月刊》2013 年第 10 期，第 102—109 页。
⑤ 胡大雷：《"言笔之辨"刍议》，《文学遗产》2013 年第 2 期，第 10—18 页。
⑥ 胡大雷：《"文笔之辨"与中国文章学的成立——"文话"出现于隋唐考辨》，《社会科学研究》2013 年第 2 期，第 170—175 页。
⑦ 胡大雷：《"文笔之辨"与中古政治、文化——中古"文""笔"地位升降起伏论》，《文学评论》2015 年第 6 期，第 182—190 页。
⑧ 曹道衡：《从两首〈折扬柳行〉看两晋间文人心态的变化》，《文学遗产》1995 年第 3 期，第 22—31 页。

空间。

（二）两晋文人心态与文艺综合研究

文人的心灵世界与审美追求散见于他们的文学作品和史传记载中。因此，若要对两晋文章进行文学研究，两晋文人心态、文学集团与文艺综合研究的成果都可以作为重要参照。

两晋文人心态研究最突出的成果是罗宗强先生的《玄学与魏晋士人心态》。该书初版于1991年，全书以时间为轴，从玄学产生前夕论起，直到东晋"玄学人生观的一个句号"陶渊明为止，既对这个时间断限的每个时期士人的心态做了概述，又以其间主要文人心态为例做了细致论证。罗先生论述西晋士人"嗜利如命""求自全""求纵情自适和求名""审美情趣的雅化"等心态的形成原因主要有二：一是西晋"政失准的"；二是西晋"玄学新义"对士人的影响。而对东晋士人的偏安心态，罗先生论其主要受政局及"玄释合流"的影响，终形成东晋士人"追求宁静的精神天地""追求优雅从容的风度""山水怡情与山水审美意识的发展""仙的境界和佛的境界"等心态，凡此种种，皆为后辈研究者提供了宝贵经验和巨大启发。然书中仍有如下可待商榷处，这为本书的研究提供了一定的空间。

罗先生的《玄学与魏晋士人心态》既为我辈学人提供了可贵的思路与丰硕的成果，又留下了许多可以进一步探讨的空间。牛贵琥的《广陵余响——论嵇康之死与魏晋社会风气之演变及文学之关系》① 等也属同类研究成果。

在两晋文艺综合研究上，张可礼先生的《东晋文艺综合研究》最具有代表性。此书初版于世纪之交，是在其《东晋文艺系年》一书基

---

① 牛贵琥：《广陵余响——论嵇康之死与魏晋社会风气之演变及文学之关系》，学苑出版社2004年版。

础上完成的，全书将文学与书法、绘画等艺术形式结合起来进行综合研究，这种研究思路十分值得借鉴。然其对两晋文章并未给予充分重视，或因其非纯文学研究之故。

近代以来，学术界对两晋文人心态与两晋文艺综合研究由浅入深，但对两晋文章仍未引起充分重视。这些成果既为后人提供了经验与启发，也为这部分研究留下了深广的空间。

（三）两晋文章相关专门文学研究

20 世纪 80 年代以来，学界在两晋文章与两晋文学研究上发生了转向，以专门研究为主，海外学者也有此类研究成果。曹道衡先生的《中古文学史论文集》初版于 1986 年，其中涉及两晋文章的，仅有《试论汉赋和魏晋南北朝的抒情小赋》和《关于魏晋南北朝的骈文和散文》两篇。曹先生在《关于魏晋南北朝的骈文和散文》中对骈文概念的梳理与诠释给人很大启发，但文中也说"《尚书》中所保存的殷周文献……文字比较古拙，句子的字数也大抵是参差不齐的"①，这一问题上，曹先生未能圆照。日本汉学专家佐藤利行教授的《西晋文学研究》初版于 1995 年，2004 年又在中国大陆出版了周延良翻译本。此书认为西晋文学由陆机入洛前的"华美轻快"②而转变为入洛后的华丽简要。作者考据详细，思路上重视纵横两条线索，然缺憾亦十分明显，主观推测之语亦时时可见，且并未有两晋文章的专论出现。

进入 21 世纪以后，姜剑云、孙明君、叶枫宇等学人在两晋文章相关专门文学研究上颇为用力，各有如下著作。

姜剑云的《太康文学研究》③出版于 2003 年，全书从作家生平与

---

① 曹道衡：《中古文学史论文集》，中华书局 2002 年版，第 33 页。
② ［日］佐藤利行：《西晋文学研究》，周延良译，中国社会科学出版社 2004 年版，第 1 页。
③ 姜剑云：《太康文学研究》，中华书局 2003 年版。

人格、文学思想、文品美学、诗性精神与"文章中兴"、学界公案等诸方面对太康文学做了解剖式的研究。此外，又梳理相关文献并著太康重要作家著述辑录。略显遗憾的是本书研究范围偏窄，在研究内容上也留下了继续探索的空间。

孙明君的《两晋士族文学研究》① 出版于 2010 年，全书重要观点如下：第一，只有两晋可以称为士族文学时代。此前是士族文学萌生期，此后是士族文学式微期。第二，士族文学三大特征：一是思想上以反映士族意识为中心；二是艺术形式追求新变，体现士族的审美；三是同一群体的作家作品风格具有一定共性。第三，"庄老告退，而山水方滋"不是诗界革命，而是一次士族审美情趣的转移。第四，陆机的《文赋》是一篇具有明显士族意识的创作论，士族意识不是点缀而是精髓。此书以两晋士族文学为专论，有开创之功，也留下了对这一问题进一步研究的空间。

叶枫宇的《西晋作家的人格与文风》② 出版于 2006 年，全书对西晋主要作家的主要人格因素与文风分别做了细致论述，后附余论"西晋文人的身份构成及地域分布对其人格的影响"。该书对出身、地域、宗教给文人的影响加以关注，重点论述文人们的心理学人格（如思想、信仰、个性、才能、学识等）。其不足之处则是论说顺序上应加以调整，我们后人应是从文章、史料等见古人人格，而非从人格推文风。

赵厚均的《两晋文研究》③ 出版于 2011 年，是第一部专门研究两晋文章的论著。此书在其博士学位论文基础上增补而成，共分"两晋哀祭文研究""两晋序体文研究""两晋论说文研究"三章，其后还有《全上古三代秦汉三国六朝文》所收诔文补遗等三篇附录。论著采取先

① 孙明君：《两晋士族文学研究》，中华书局 2010 年版。
② 叶枫宇：《西晋作家的人格与文风》，上海三联书店 2006 年版。
③ 赵厚均：《两晋文研究》，陕西人民教育出版社 2011 年版。

概述，再考述，最后述论或综合研究的形式，梳理细致，文献扎实，惜其全书未完，并未对其所列之文体进行全面的分体研究，为两晋文章文学研究留下了巨大空间。

宋展云的《地域文化与汉末魏晋文学演进》① 出版于 2017 年，全书通过对汉末魏晋时期不同地域文人群体、文学创作和文风特点及其文化成因的梳理，从地域文化视角揭示魏晋风度及当时文学演进的过程。在附录中还对汉末魏晋文人地域分布和著述进行了统计。作者在文献整理的基础上展开论述，为此后的研究者提供了借鉴与帮助，也为此后同类研究留下了拓展空间。

渠晓云的《魏晋散文研究》出版于 2013 年②，试图用乃师王钟陵先生的"新逻辑学思路"为研究方法，对魏晋散文在中国古代散文史上的地位给予阐释，得出了"魏晋散文的意义，正在于它不仅为骈体的发展铺开了道路，而且东晋散文也以其清新的散体文风展示了散文独特的风格。这种独特的风格对唐代古文有多大的影响并不重要，重要的是它在骈俪化的时代展示了散文发展的另外一面"的结论。此书沿用了前贤的思路与方法，惜其结论力度不够。

张朝富的《汉末魏晋文人群落与文学变迁》③ 出版于 2008 年，此书对文人群体的关注给后来学人提供了思路，然其立论的基点——汉末魏晋"文人自觉"一说，实有待重新讨论。

两晋文章相关专门文学研究成果另有一些硕博论文。霍贵高博士学位论文《东晋文学研究》④ 完成于 2010 年，是第一部专门对东晋文学进行整体研究的论作。全文整体结构与乃师姜剑云教授的《太康文学研究》大体一致，此文内容细致，可为后来研究者提供帮助，也为同

---

① 宋展云：《地域文化与汉末魏晋文学演进》，社会科学文献出版社 2017 年版。
② 渠晓云：《魏晋散文研究》，中国社会科学出版社 2013 年版。
③ 张朝富：《汉末魏晋文人群落与文学变迁》，巴蜀书社 2008 年版。
④ 霍贵高：《东晋文学研究》，博士学位论文，河北大学，2010 年。

类研究留下了空间。

陈志刚博士学位论文《两晋文艺精神研究》① 完成于 2017 年，是首部专门研究两晋文艺精神的论作，在两晋文艺精神研究上有开创意义，然其"西晋文艺的世俗精神"的观点，尚可进一步讨论。

阎菲博士学位论文《魏晋之际文人生活与文学观念》② 完成于 2017 年，为研究其他时期的文人生活与文学观念提供了范例，该研究本身也有助于两晋特别是西晋文章研究，然其在深度上尚待进一步探索。

本时期与两晋文章密切相关的专门研究另有一些硕博学位论文。就两晋单一文体进行研究的占绝大多数，有孙丹萍硕士学位论文《两晋尺牍文学研究》③、张照硕士学位论文《西晋辞赋研究》④、张翠真硕士学位论文《两晋俗赋研究》⑤、张炜一硕士学位论文《两晋论体研究》⑥、赵华超硕士学位论文《东晋奏议文研究》⑦、张志玮硕士学位论文《两晋诏令文研究》⑧ 等。以上成果在两晋文章分体研究方面有一定价值，然却多嫌深度不够，尚待进一步研究。

对两晋文学选取单一角度（如时间断限、文人心态等）的相关成果如下：肖芹硕士学位论文《两晋之交文学研究》⑨、吕晓洁硕士学位论文《东晋文人心态与文学研究》⑩、匡永亮硕士学位论文《两晋文人

---

① 陈志刚：《两晋文艺精神研究》，博士学位论文，云南大学，2017 年。
② 阎菲：《魏晋之际文人生活与文学观念》，博士学位论文，哈尔滨师范大学，2017 年。
③ 孙丹萍：《两晋尺牍文学研究》，硕士学位论文，山东师范大学，2006 年。
④ 张照：《西晋辞赋研究》，硕士学位论文，重庆师范大学，2007 年。
⑤ 张翠真：《两晋俗赋研究》，硕士学位论文，西北师范大学，2011 年。
⑥ 张炜一：《两晋论体研究》，硕士学位论文，河北大学，2014 年。
⑦ 赵华超：《东晋奏议文研究》，硕士学位论文，山东师范大学，2014 年。
⑧ 张志玮：《两晋诏令文研究》，硕士学位论文，兰州大学，2017 年。
⑨ 肖芹：《两晋之交文学研究》，硕士学位论文，湖南师范大学，2012 年。
⑩ 吕晓洁：《东晋文人心态与文学研究》，硕士学位论文，安徽大学，2015 年。

的典籍整理与文学创作》①，以上成果不乏用功之作，惜限于论文主题，上述成果在视角上仍有局限。

关注两晋家族文学相关研究的，有赵静博士学位论文《魏晋南北朝琅邪王氏家族文化与文学研究》② 和贾婷硕士学位论文《两晋太原孙氏诗文研究》③、王晖硕士学位论文《两晋时期庾氏家族及其文学研究》④ 等。赵静《魏晋南北朝琅邪王氏家族文化与文学研究》分家族论、文化论、文学论三编，文后有魏晋南北朝琅邪王氏世系表、文士系年、文学作品辑补三篇附录，论文在文献上下了扎实的功夫，惜在文学论上论述力度不够。贾婷《两晋太原孙氏诗文研究》论述轻浅，节标题设置也不够合理。与之同类题材的王晖《两晋时期庾氏家族及其文学研究》在每一时期庾氏家族创作的论述上采取由群体到个人，再到典型个案分析的逻辑层次更加令人信服。文末庾氏家族成员小传及著述存目和庾氏家族成员创作（及存目）未收入《全晋文》拾遗两篇附录也同样可见作者在文献上的用心。

以上成果虽偶有佳作，但与前辈学人相比，从总体上看仍存气象局促、力度轻浅之嫌，罕有质的突破。

（四）两晋文章文献资料整理

文献资料整理对于任何研究而言都是最基础的工作，且是至关重要的第一步。两晋文章文学研究此类相关成果除两晋文人别集外，最重要的是严可均辑《全晋文》。《全晋文》是两晋文章文学研究最核心的文献，其收录之全，既为后世研究者提供了主干文献，又为后来文献整理

---

① 匡永亮：《两晋文人的典籍整理与文学创作》，硕士学位论文，信阳师范学院，2018 年。

② 赵静：《魏晋南北朝琅邪王氏家族文化与文学研究》，博士学位论文，山东师范大学，2011 年。

③ 贾婷：《两晋太原孙氏诗文研究》，硕士学位论文，山东师范大学，2010 年。

④ 王晖：《两晋时期庾氏家族及其文学研究》，硕士学位论文，西北师范大学，2012 年。

者树立了典范。近代以来，两晋文章文学研究相关文献资料整理的成果数量虽不多，但却为研究者提供了极大便利。用力于此的学人主要是刘汝霖、陆侃如、张可礼、穆克宏四位先生。

刘汝霖的《汉晋学术编年》① 与《东晋南北朝学术编年》② 两书将汉高祖元年至南陈后主祯明二年的学术事件分志于各年之中，既考证了学人身世，又附有史料出处；此外，另有附录，以图表形式说明了学人的师承、著述，并说明了各派学说内容、特点、学术系统和优劣异同，书后还有人名索引和分类索引。此书考证严谨、征引庞博，不仅对两晋文章文学研究大有裨益，还首创了中国学术编年这一体例。陆侃如的《中古文学系年》③ 以年为序，以人为目，全书旁征博引，起自汉宣帝甘露元年（公元前 53 年）扬雄生，迄至晋穆帝永和七年（351）卢谌被害，收录了中古 152 位文人，对他们的生平、著作篇目及创作时间进行了详细考证。张可礼的《东晋文艺系年》④ 继其师陆侃如先生《中古文学系年》之精神而来，体例上与《中古文学系年》是一致的，内容上则增加了文人的艺术创作。穆克宏的《魏晋南北朝文学史料述略》⑤ 初版于 1997 年，2007 年出版了增订本，全书对自曹魏到南北朝的文学史料进行了整理叙说，主要分关于作家的史料和关于作品的史料两部分，全书末编则叙说了魏晋南北朝文学理论批评史料。书中对学界争议较多的问题也有介绍。以上三部著作不仅对研究两晋文章，且对研究整个中古时期文学、艺术都大有助益。当然，书中的考证也存在少许疏失之处，有待后辈学人进一步考索。

进入 21 世纪以后，这一类成果更少，现仅有张传东硕士学位论文

---

① 刘汝霖：《汉晋学术编年》，华东师范大学出版社 2010 年版。
② 刘汝霖：《东晋南北朝学术编年》，华东师范大学出版社 2010 年版。
③ 陆侃如：《中古文学系年》，人民文学出版社 1985 年版。
④ 张可礼：《东晋文艺系年》，山东教育出版社 1992 年版。
⑤ 穆克宏：《魏晋南北朝文学史料述略》，中华书局 2007 年版。

《魏晋文学史料述略》①，该文并未沿用穆克宏先生以时间为断限的划分方式，而是以文体来划分，分为别集、总集及小说、文学理论批评史料三类，也具有一定的参考价值。综上，近年来此类成果无论是数量还是质量上，都有很大的提升空间。

小结

从我国古代学人对两晋作家作品的辑录、校注、疏解、品鉴等，到20世纪初的锐意创新，再到20世纪80年代以来的精耕细作，两晋文章文学研究经历了由浅入深、由泛到专、时有创新的过程。这些研究成果在数量上，从20世纪初的屈指可数到21世纪之后的多部专著与论文的涌现，呈日渐繁荣之势；在方法上，研究者逐渐寻回了我国文学批评"知人论世""以意逆志"的传统；在深度上，一系列专门化的研究成果是两晋文章文学研究走向专门化趋势的显著体现，特别是近三十年来，两晋文章文学研究的专门成果在数量上非常可观。

然而，与此同时，我们必须清醒意识到目前两晋文章文学研究的不足，其主要表现有四：一是缺乏对两晋文章整体上的专门文学研究。如前所述，此方面整体上的专门文学研究仅存一篇且未完结。二是在相关文献资料上下功夫的研究者还远远不够。两晋文章文献资料整理类论著寥寥，内容上也有待进一步完善。三是研究视角尚不够开阔。所谓两晋文章，应不仅指《全晋文》中收录的骈散篇章，也当包括两晋文人散见于史传与《世说新语》等书中的语体文。两晋时代，"语"也应是两晋文章的一种特殊形式，它与一般文学相同，即注重修辞；它又与一般文学不同，因为它是一种口语化形式，贯彻的是生活美学，注重人伦品鉴，注重谈话机锋，注重言外之意，注重因事用典，注重玄妙之理。将语体文纳入两晋文章中进行文学研究是十分重要且必要的。

---

① 张传东：《魏晋文学史料述略》，硕士学位论文，山东大学，2005年。

综上所述，学界对两晋文章文学研究的相关成果无论从质量还是相关度上都远远不够，十分需要在已有的研究基础上对两晋文章进行整体的专门研究。这不仅是两晋文学研究的必然要求，更是中国古典文学研究的必然趋势。

第一章

广陵绝响与两晋文章的
思想开篇

景元四年（263）的洛阳东市，一位死囚牵动了无数文人的心。牢狱之灾折不了他挺拔的腰身，满面风尘遮不住他疏朗的气质，太学生三千人为他上书请愿，希望朝廷免他死罪，而皆愿以他为师，可最终还是没有被允准。临刑之时，这个死囚面色平和，望望日影，要来了他心爱的琴，信手落指处，勾剔抹挑间，人们听到的是杀伐峻急与气势磅礴，看到的却是他的平静神色。直到曲终之时，他方开口长叹："昔袁孝尼尝从吾学《广陵散》，吾每靳固之，《广陵散》于今绝矣！"[1] 这位风神潇洒的死囚便是嵇康，他从容赴死之时年仅四十岁。嵇康之死不仅让海内文人"莫不痛之"[2]，也令决定处决他的司马昭"悟而恨焉"[3]。《广陵散》非嵇康所作，代代琴人相传至今，不过，因琴之传承皆是口传心授，所以嵇康版本的《广陵散》确乎成了绝响。然而，他的思想并没有随其生命而消逝，恰恰成为两晋文学的思想开篇。

第一节　魏晋易代与文士的分道扬镳

时间至少要回溯至正始十年（249）。这一年的正月，魏帝曹芳离开洛阳去高平陵祭魏明帝，因曹爽兄弟及其亲信们皆随同前往，故司马懿趁洛阳空虚之机，起兵控制了洛阳，高平陵之变发生。此后以司马懿为首的传统世族摧垮了以曹爽为首的新兴权贵在朝中的势力，所牵连者达五千余人，造成了"名士减半"的局面。同年四月，魏帝改元嘉平，经此一变，司马氏全面掌握了实权，然反对他们的力量仍在伺机而动。嘉平六年（254）司马师先是铲除了李丰、张缉、夏侯玄等反对势力，后又因曹芳是幕后之人，恐留后患，便联合朝中要员上奏郭太后，迫其

---

[1] （唐）房玄龄等：《晋书》，中华书局1974年版，第1374页。
[2] （唐）房玄龄等：《晋书》，中华书局1974年版，第1374页。
[3] （唐）房玄龄等：《晋书》，中华书局1974年版，第1374页。

应允废立之事，这次风波又有一大批连及者被诛杀，司马氏进一步巩固了手中的权力。然而新立的皇帝曹髦也不满于司马氏专权，甘露五年（260）亲讨司马昭，终于被弑。此后司马氏的实际统治已然不可撼动，便将主要精力放在了灭蜀上。景元四年（263）司马昭受封晋公，为令天下文人臣服，他向声名远播的嵇康举起了屠刀，嵇康惨死于洛阳东市给当时文人造成了极为严重的打击。咸熙元年（264），司马昭进为晋王，第二年病逝后不久，其子司马炎代魏称帝。自此晋室取得了名分，在灭吴后，形成了南北统一的王朝。

以上涵盖了晋室代魏的简要时间线索，从中我们不难发现，从司马懿到司马昭，三任实际首脑无论是在一次次的政变里，还是在反对的声音中，都未曾停止过对文士的杀戮血洗，在这样的局势下，文人们长期笼罩在死亡的阴影里，由是，他们的思想产生了深刻的裂变。

一 司马氏夺权引发的思想裂变

事实上，在司马氏夺权之前，读书人的思想已然发生了两次裂变。

第一次裂变始于东汉末期。正如苏轼所说："稷下之盛，胎骊山之祸。太学士万人，嘘枯吹生，亦兆党锢之冤"①，太学士作为儒生的代表，本应是未来的朝中之官，而他们中的大多数却非但未成朝廷栋梁，反而散落乡野，甚至冤死狱中，余敦康先生对此有如下精当论述："东汉末年，现实生活发生了严重的分裂，名教被异化为一种无理性的暴力……执政者却以破坏名教为罪名对这一批真诚地维护名教的党人进行残酷的镇压"②，这样的乱局粉碎了儒生的理想与信念，他们不愿再用清议来维护名教，经学自然也走到了穷途末路，以马融、郑玄为代表的

① （宋）苏轼：《东坡志林》，中华书局1985年版，第29页。
② 余敦康：《魏晋玄学与儒道会通》，《魏晋玄学史（第二版）》，北京大学出版社2016年版，第5页。

儒生开始为《老子》作注，实际上是在困境中试图从道家思想里寻求精神的力量。

　　第二次裂变则在三国时期。这一时期的幕府已不再是朝廷之臣的幕府，而是各方势力的幕府，彻底发生了变异。儒生忠君报国无门，只好择木而栖，成为各种地方势力的幕府士人。在这一时期内，群雄你方唱罢我登场，他们麾下的士人随之更换主公也成为一种常态。曹操明确提出的"唯才是举"既是给天下士人的一个信号，又在思想上给他们以深刻影响：儒家的德行准则被士人废弃，他们自然会转向道家寻求思想支撑，然而武帝以来，儒家学说毕竟已经作为唯一正统思想持续了太久，由是，正始玄风蔚然形成。何晏、王弼、夏侯玄等士人以道为酒，以儒为瓶，将儒道结合作为支撑自己立身行道的理论依据，无论是何晏的"仲尼称尧荡荡无能名焉"、王弼的"圣人体无"，还是夏侯玄的"天地以自然运，圣人以自然用"，其核心都是崇"无"，《晋书·王衍传》谓：

　　　　魏正始中，何晏、王弼等祖述《老》《庄》，立论以为："天地万物皆以无为本。无也者，开物成务，无往不存者也。阴阳恃以化生，万物恃以成形，贤者恃以成德，不肖恃以免身。故无之为用，无爵而贵矣。"[1]

　　何晏、王弼认为万事万物都是从"无"而来，提倡"无名"和"无爵而贵"，最重要的原因是曹操父子主要以法家思想治国理政，法家与道家思想其实是一体两面，实质上都认同顺"势"而为，而他们又是自由的乱世士人，在严苛的法制中深觉束手束脚，自然对汉初崇尚黄老的宽松环境产生了怀念，故以"无"为本；汉代经学家重视师承，

---

　　① （唐）房玄龄等：《晋书》，中华书局1974年版，第1236页。

受师法家法的局限，士人还是摆脱不了儒家思想在他们心中根深蒂固的影响，既然丢弃不掉，就只能说"圣人体无，无又不可以训，故不说也"①，用新的思想解释儒家经典，为自己的行动做理论支撑。这种状态一直延续到司马氏夺权之时。正始十年，司马懿发动了高平陵之变。《晋书·宣帝纪》中对此事结果有如下记载：

> 既而有司劾黄门张当，并发爽与何晏等反事，乃收爽兄弟及其党与何晏、丁谧、邓飏、毕轨、李胜、桓范等诛之。②

而《三国志·诸夏侯曹传》中则如是说：

> 于是收爽、羲、训、晏、飏、谧、轨、胜、范、当等，皆伏诛，夷三族。③

比照《晋书》与《三国志》的记载，不能不留心的是，《晋书·宣帝纪》中言及此事处并未提及"夷三族"，然而《三国志·诸夏侯曹传》则明言"夷三族"，后世《资治通鉴·魏纪》叙此事处也有"夷三族"的记录。《三国志》出于晋人陈寿之手，其记载显然更接近历史的原貌。《晋书》中删此一语，便将死亡人数抹整存零。这一年何晏被夷三族，王弼遇疠早逝，正始玄风的领袖只剩夏侯玄一人。然而司马懿死后，司马师在嘉平六年（254）也向反对的士人举起屠刀，夏侯玄最终与何晏一样，"于是丰、玄、缉、敦、贤等皆夷三族，其余亲属徙乐浪郡"④，落得夷三族的下场。

---

① （晋）陈寿：《三国志》，中华书局 1959 年版，第 795 页。
② （唐）房玄龄等：《晋书》，中华书局 1974 年版，第 18 页。
③ （晋）陈寿：《三国志》，中华书局 1959 年版，第 288 页。
④ （晋）陈寿：《三国志》，中华书局 1959 年版，第 299 页。

　　何晏、王弼、夏侯玄不仅在思想上是魏晋玄学的早期代表人物，在行动上也是当时士人的旗帜。何晏等人虽在思想上离儒家远了许多，但在政治上仍然上承建安士人，无论是思想上还是行动上都是积极的。这不仅在他们注释的《周易》《论语》《老子》上有所体现，更集中表现在他们对政治的积极参与上，尤其是何晏与夏侯玄，皆被曹芳、曹爽信任且重用，也因此招来了杀身灭族之祸。

　　嘉平五年（253），司马师行废立之事，立曹髦为帝。甘露五年（260），高贵乡公曹髦被弑。司马氏取代曹氏的权力，事实上是北方世家大族夺回了新兴贵族的大权。此前的新兴贵族曹氏用法家思想治理天下，那么司马氏必须反其道而行之，自然就要提倡儒家思想，而弑君夺权的方式让儒家的"忠"无法树立，便只有在"孝"上下力气。但是，这种做法本身就是两头不讨好：对儒家士人而言，提倡"孝"这个行为和思想本身并无任何问题，但是他毕竟因为曹髦事件而难脱反贼之名，仅这一点已然不被儒家士人接受；对玄学士人而言，他们已经在思想上将名教，或儒家思想置于末端，而在行动方面，司马昭总体而言于手段上不及乃父乃兄狠辣，但是玄学士人多在曹魏阵营，此前已经被司马懿、司马师屠戮大半，难免人人自危，不愿与之共事。于是，无论是在思想上还是行动上，司马氏都招致了儒家部分士人和玄学士人两边的不满。

　　以何晏、王弼、夏侯玄为代表的大批士人在政变中非但没能"无爵而贵"，连免身也没能做到。他们在天灾人祸中的相继凶亡，标志着儒家思想这只酒瓶被现实摔碎，一方面令为数不多的幸存士人不得不反思他们"道体儒用"的思想理论是否适应当下所处的时代，另一方面，嵇康"临斩东市，颜色不变，举动自若"[1] 的从容赴死也深刻影响了这些幸存者。自汉独尊儒术而天下分裂，曹魏用刑名法术而君主被弑，士

---

[1]　（晋）陈寿：《三国志》，中华书局1959年版，第299页。

人们痛定思痛，将思想的症结归于名教。由是，以嵇康为代表的竹林文人便响亮地喊出了"越名教而任自然"的口号。

二 嵇书绝交：文人与士人的分化

士人，最初是社会阶层的概念，开始用以指代贵族的最低层次，后来下移为四民之首。汉代以来，随着王朝大一统的开始，士人由先秦的游士转型为儒士，而东汉又演变为党人。无论他们是游士还是儒士，无论他们属于贵族阶层还是平民阶层，都是受过教育的，都是有或曾经有过社会理想的知识分子。这与他们的身份和受过的教育息息相关：在身份上，他们是连接权贵与平民之间的纽带，生活上比上不足比下有余，有受教育的权利与机会，衣食无忧又受过教育的他们如果想提高社会地位，最便捷的途径就是积极参与社会政治；在教育上，汉武帝以来，士人受到的正统教育就是儒家教育。儒家思想对"礼"的重视，就是对社会秩序的重视；而对"仁"的重视，就是对社会群体的重视；君子"终日乾乾"，提倡的是刚健有为；儒家的义利之辨，指明的是道德准则。在这样一套比较完备的教育体系下，士人自然会拥有社会理想，怀抱用世之志，将之视作人生的首要目标。

文人同样是受过教育的知识分子，但他们并不会将参与社会政治始终放在第一位。在出仕与归隐之间，他们的选择会相对更加自由。马良怀先生对文人与士人之异同有如下论述：

> 文人和士人有联系，因为他们同属于知识阶层；但是文人不是去讲安邦治国的那些大道理，不是讲经世致用这些东西，而主要是言志抒情这一类，抒发自己的情感。[1]

---

[1] 马良怀：《魏晋文人讲演录》，广西师范大学出版社 2009 年版，第 6 页。

文人和士人确如马良怀先生所说，同属于知识阶层，但是文人本身就是士人的一部分，他们心中不可能没有士人的志向，只是在科技不发达的农业社会，任何人的选择空间都是很小的，文人由于相对衣食无忧，可以有是否为官两种选择。因此，文人只是在特定的环境下，因主观或客观原因不能在功业上有所作为的士人。一言以蔽之，文人之所以从士人中分化出来，还是因为在可以选择不做官的情况下，做出了不走仕途的选择。在司马昭执政时期，竹林七贤是当时文士中最具代表性的人物，在他们身上就完整体现了隐与仕两种选择。

嵇康是主动选择不走仕途的标志性人物。他与魏宗室长乐亭主通婚，曾"拜中散大夫"，似乎是个闲职。他不同于出仕为官的哥哥嵇喜，为人恬静寡欲，志不在此，后来司马氏掌权，他更加没有做官的欲望，也懒与人共，交游甚少。《晋书·嵇康传》谓：

> 其胸怀所寄，以高契难期，每思郢质。所与神交者惟陈留阮籍、河内山涛，豫其流者河内向秀、沛国刘伶、籍兄子咸、琅邪王戎，遂为竹林之游，世所谓"竹林七贤"也。[1]

可见，即使在"竹林七贤"中，嵇康真正的神交之人也只有阮籍和山涛，其余四人不过是豫附者。就是这样的交情，也不能左右嵇康在人生道路上的选择。当山涛推举嵇康为官时，他写下了《与山巨源绝交书》来申明自己的思想与抉择。接下来我们就来深入分析这封绝交书，从中洞悉嵇康何以做出这样的选择：

> 康白：足下昔称吾于颍川，吾常谓之知言。然经怪此意，尚未熟悉于足下，何从便得之也。前年从河东还，显宗阿都，说足下议

---

[1] （唐）房玄龄等：《晋书》，中华书局1974年版，第1370页。

以吾自代，事虽不行，知足下故不知之。足下傍通，多可而少怪。
吾直性狭中，多所不堪，偶与足下相知耳，间闻足下迁，惕然不
喜，恐足下羞庖人之独割，引尸祝以自助，手荐鸾刀，漫之膻腥，
故具为足下陈其可否。①

　　信一开篇，嵇康就单刀直入，说明山涛举荐他做官就是不了解自
己。而文人交友，贵在相知，因而神交者最被看重。如今山涛既然不了
解自己，也就为后文绝交提供了最充分的理由。然而空言不了解难以让
人信服，嵇康紧接着就用"足下傍通，多可而少怪""吾直性狭中，多
所不堪"两句相反的描述来概括山涛与他自己的性格：您是个通达的
人，经常是肯定而很少猜忌责备；而我性情耿直，心胸狭隘，很多事情
难以容忍，这样就把他自己和山涛拉到了对立面上。可是山涛与嵇康毕
竟是知交好友，非同一般，他自己又不是容人的人，那要如何解释这个
矛盾呢？其实嵇康写到这里似乎也无可奈何，只好以"偶与足下相知"
一笔带过来搪塞。随即马上摆明立场："间闻足下迁，惕然不喜"，一
个"惕"字，既有"敬"又有"怕"的意思，嵇康用在此处，可有两
种解释，避免了小人借此生事，又能让山涛明白他对官场的印象。仕途
升迁在旁人眼中都是可喜可贺的好事，但嵇康就是不喜欢这个，非但不
喜欢，反而惧怕，又怎能因为别人的升迁而高兴呢？那嵇康惧怕的又是
什么呢？"恐足下羞庖人之独割，引尸祝以自助，手荐鸾刀，漫之膻
腥"，嵇康反其道而用"越俎代庖"之典，这里没有说祝者去代厨师割
肉，而是厨师拉祝者操刀，一个"羞"字虽不着痕迹，但已然说明了
山涛此举并非好事：庖厨之人因为割肉腥膻而以为羞耻，就拉祝者与他
一起，山涛荐他做司马氏的官，其行为无异于拉人割肉。割肉一事极易
令人联想到司马氏对天下名士的血腥屠戮和弑君之行，山涛为司马氏服

---

① 戴明扬校注：《嵇康集校注》，中华书局 2014 年版，第 195—196 页。

务，在嵇康眼里看来与割肉的厨子没什么两样。此话一出，既讽刺了司马氏的暴行，又讽刺了山涛所为，字字诛心，有一石二鸟之效。以上是这封信的首段，嵇康通过对比与反向用典来与山涛划清了界限。

历来分析嵇康此文者，多以其"不堪""不可"为重，然《晋书》于此信之首段便做了极大的删节，仅存如下两句：

> 闻足下欲以吾自代，虽事不行，知足下故不知之也。恐足下羞庖人之独割，引尸祝以自助，故为足下陈其可否。①

两相对照之下，其巨大差异显而易见：若仅观这两句，不仅绝难看清嵇康此前与山涛的知交情谊，更难体会他划清界限的鲜明与表明立场的急切。而且单就反向用典而言，"手荐鸾刀，漫之膻腥"不仅活灵活现，而且语意峻切，删去以后，整个语气就和缓了许多。且末句一个"具"字饱含决绝陈词之意，删之则此意全无。史家于此显然不是无心所为，这就更加反映出嵇康此书首段在全文中的位置之重，亦可知嵇康之文的巨大影响。

一番激烈言辞划清界限过后，嵇康是这样开始"陈其可否"的：

> 吾昔读书，得并介之人，或谓无之，今乃信其真有耳。性有所不堪，真不可强；今空语同知有达人，无所不堪，外不殊俗，而内不失正，与一世同其波流，而悔吝不生耳。老子庄周，吾之师也，亲居贱职，柳下惠东方朔达人也，安乎卑位，吾岂敢短之哉。又仲尼兼爱，不羞执鞭；子文无欲卿相，而三登令尹，是乃君子思济物之意也。所谓达能兼善而不渝，穷则自得而无闷，以此观之，故尧舜之君世，许由之岩栖，子房之佐汉，接舆之行歌，其揆一也。仰

---

① （唐）房玄龄等：《晋书》，中华书局1974年版，第1370—1371页。

瞻数君，可谓能遂其志者也。故君子百行，殊途而同致，循性而动，各附所安，故有处朝廷而不出，入山林而不反之论。且延陵高子臧之风，长卿慕相如之节，志气所托，不可夺也。[①]

嵇康在反向用典辛辣讽刺过后，没有接着疾言厉色，而是先夸了山涛一句，说自己曾在书上见过既能兼济天下又能耿介自守的人，有人说这种人不存在，他现在才相信这种人真实存在，意指山涛即是这种人。然后又开始表明立场——虽然你是这种难得的人，但我不是：我就是这个性，对某些人和事就是不能忍，实在不能勉强。随即话锋一转：现在大家空言有一种通达的人，他们没有不能包容的，外在跟世俗的人没有差别，而内心却仍坚持正道，能够与世随波逐流而不觉得忧虑。这里嵇康虽未刻意强调"空语"二字，但也不难看出，他对这种人的描述是开头对山涛描述的具体化。也就是说，他不着痕迹地否定了自己"信其真有"的话——能在官场中随波逐流且坚持本心，是空谈！

紧接着嵇康便一连列举了 11 位历史人物以表明自己的态度：老子和庄周，是他要引以为师的；柳下惠和东方朔都是通达的人，是他不敢小看的；孔子兼爱，执鞭赶车也不会羞愧，子文没有当卿相的愿望，而三次登上令尹的高位，这就是君子用世济民的心意，也就是所谓显达时能够兼济天下而不改己志，困窘时能够安然自若。这样看来，许由在尧舜的治世隐居山林，张良辅佐汉朝，接舆凤歌笑孔，他们都一样能够实现自己的志向。所以君子的各种行为是殊途同归的，都是顺着本性行事，各得心安之所。所以才有在朝为官的入而不出，隐居山林的去而不返的说法。季札推崇子臧的高风，司马相如追慕蔺相如的亮节，都是他们志向的寄托，这是不能勉强改变的。

---

① 戴明扬校注：《嵇康集校注》，中华书局 2014 年版，第 196 页。

嵇康的这些列举，虽在表面上说没有区别，但是他明确对老子、庄周表明了推崇，对柳下惠、东方朔进行了肯定，而对孔子和子文，他未置可否，只是看似客观地说这是"君子思济物之意"。细细究之，我们便知：孔子不以执鞭为耻，是在"富而可求"的情况下，对子文的行为，孔子的评价是"忠"。那么嵇康之意就显而易见：孔子、子文这些人的选择，在他看来是世俗的，是不被他肯定的。可他又说这些人都是"循性而动"，就非常值得玩味了：在嵇康眼中，虽然"循性而动"没有差别，但士人之"性"却各有不同，许由在尧舜之世尚且不与朝廷合作，在司马氏的统治下还在朝为官，心性又是如何？这一段的最后，嵇康表示"志气所托，不可夺也"来继续表明他的心志，这里的"志气"颇有以子之矛攻子之盾的意味：儒家于男子而言，讲的是"匹夫不可以夺志"，女子改嫁，也会以"夺志"来作为婉辞。嵇康做如此说，更加令人难以回劝。

《晋书》于以上一段，删去了"吾昔读书，得并介之人，或谓无之，今乃信其真有耳。性有所不堪，真不可强；今空语同知有达人，无所不堪，外不殊俗，而内不失正，与一世同其波流，而悔吝不生耳"，又将"志气所托，不可夺也"改作"意气所托，亦不可夺也"，不但其文之峻切折损大半，而且"志气"与"意气"一句不仅因一个"亦"字减弱了九分果决，更是完全改变了作者的思想意图："志气"是要坚守的志向，"意气"多半只是一时之快，如此删改过后，当权者要掩饰些什么，可于此一览无遗。

在郑重申明自己的"志气"不可更改过后，嵇康宕开一笔，从日常生活中叙述了自己与为官格格不入的疏懒习性：

　　吾每读尚子平台孝威传，慨然慕之，想其为人。少加孤露，母兄见骄，不涉经学，性复疏懒，筋驽肉缓，头面常一月十五日不洗，不大闷痒，不能沐也。每常小便而忍不起，令胞中略转乃起耳。又纵逸来久，情意傲散，简与礼相背，懒与慢相成，而为侪类见宽，不攻其过。又读《庄》《老》，重增其放，故使荣进之心日颓，任实之情转笃。此由禽鹿少见驯育，则服从教制，长而见羁，则狂顾顿缨，赴蹈汤火，虽饰以金镳，飨以嘉肴，逾思长林而志在丰草也。[①]

　　嵇康先说自己每当读尚子平和台孝威传时对他们都热情追慕，而后才说到他的早孤，母亲与兄长对他很娇惯，由着他不读儒家经书。又说自己习性散漫懒惰，筋骨迟钝，肌肉松弛，经常一月或半月不洗头不洗脸，如非特别发闷发痒，就不会洗头。又因不愿起床而憋尿，直到膀胱满得尿几乎要流转才起床去。这里嵇康似乎是有意历数自己的懒惰习性，说因自己放纵安逸已久，性情变得孤傲闲散，行为简傲懒怠，不合于礼却受到朋友的宽容，没有责备他的。读了《庄子》《老子》后，自己的行为加倍放旷，所以追求仕进荣华的想法日益减弱，而任诞率真的情性则越发浓厚。随后并没有详细解释自己如何"荣进之心日颓，任实之情转笃"，只是以野兽是否能够驯化作比：如果从小就被驯化养育，就会服从主人管束；如若长成才去束缚，就会疯狂地摇头跺脚以求挣脱羁绊，甚至是赴汤蹈火也毫不在意，即使勒的是金笼头，喂的是最好的饲料，还是会强烈思念它的密林和青草，说明自己习性已然养成，一旦被约束就会不顾一切以至疯狂，即便是在约束下得到最好的待遇，它也依旧不以为然，心里还是向往自由。

　　赋比兴三种写作手法里，唯赋最难。嵇康这一番托物言志，描述出野兽长成不受羁绊的疯狂状态，远比直接陈述其为了自由宁愿赴汤蹈火更晓畅更有力量。然而这些精彩的描述和比喻，在《晋书》中又被删

---

① 戴明扬校注：《嵇康集校注》，中华书局 2014 年版，第 196—197 页。

得一干二净，保留下来的，仅有如下两句：

> 吾每读《尚子平、台孝威传》，慨然慕之，想其为人。加少孤露，母兄骄恣，不涉经学，又读《老》《庄》，重增其放，故使荣进之心日颓，任逸之情转笃。①

即使仅留以上两句，《晋书》也没有原样收录，仅第二句就改动了三处："少加孤露"之"加"是对上苍降灾的陈述，隐含的是对此事的遗憾，改作"加少孤露"，"我小时候就失去了父亲"就变成了"加之我年少丧父"，不仅抹杀了嵇康对自己早孤命运的态度，更是和前一句形成了承接关系，像是在为本不应该发生的事情开脱；"母兄见骄"改作"母兄骄恣"，骄而不恣，是有分寸的，既骄又恣，是没有分寸的任意妄为。嵇康若是真的任意妄为，又怎会喜怒不形于色？"任实之情"改作"任逸之情"，将直率质实之"实"变成放纵逸豫之"逸"，前者因其"实"而可爱，后者因其"逸"而可厌。这样的文字展现在我们面前的就是一个不知分寸、恃宠而骄的可厌形象，与嵇康本人的风神潇洒何异云泥之别！

说过了自己习性已成，无法更改，嵇康又举了无奈出仕为官的知交阮籍为例，与他自己进行了对比：

> 阮嗣宗口不论人过，吾每师之而未能。至性过人，与物无伤，唯饮酒过差耳；至为礼法之士所绳，疾之如雠，幸赖大将军保持之耳。吾不如嗣宗之资，而有慢弛之阙。又不识人情，暗于机宜；无万石之慎，而有好尽之累，久与事接，疵衅日兴，虽欲无患，其可

---

① （唐）房玄龄等：《晋书》，中华书局1974年版，第1371页。

得乎？①

　　嵇康说到阮籍，首先就说他不议论别人的过错，又说这是他常学而没能做到的，然后才说阮籍至情至性不是常人，待人接物从未伤害对方，只有个饮酒过度的毛病，饶是如此，也会导致他被维护礼法的士人约束，受到他们像仇人一样的憎恨，幸好有赖司马昭的保护才没出事。阮籍是嵇康与山涛共同的朋友，嵇康举出身边与自己性情相投之人的为官遭遇，并明言其未被害死是因有司马昭的保护，言外之意即是：阮籍被保护的好运岂能人皆有之？而他既没有阮籍的处世天赋，又有傲慢懒散的缺点，不懂人情又无机心，没有石奋般的谨慎，却有说话就说透的负累。要是常在官场做事，就会天天得罪人，管不住嘴又傲慢懒散，岂能不祸从口出呢？

　　这一段论说的是他无法做官的客观原因——环境不容。许是如此，《晋书》对这一段的改动才最少，但仍有如下四处变动：第一，将"吾每师之而未能"后加一"及"字。"未能"是客观描述，心中是认为即使学不来也没什么；而"及"则有追赶之意，也就是特别想学会又没有成功，这就歪曲了嵇康的本意。第二，将"疾之如雠"加一"仇"字作"疾之如仇雠"，这里二者意思一致，或因抄写所致。第三，将"吾不如嗣宗之资"加一"以"字，"吾不如嗣宗之资，而有慢弛之阙"更侧重两个属性的并列关系，而"吾以不如嗣宗之资，而有慢弛之阙"则更侧重两个属性的递进关系。嵇康对自身的习气并无惭愧，所以也不大会表达"我都已经不如他了，还傲慢懒惰"的态度，两相较之而言，还是并列关系更加贴近嵇康的原意。第四，将"不识人情"改作"不识物情"，显然改动后不及直言犀利明白。

　　用好友阮籍的遭遇证明了自己客观上也不宜为官，嵇康终于条分缕

---

①　戴明扬校注：《嵇康集校注》，中华书局 2014 年版，第 197 页。

析地阐明了自己不能出仕的主观原因：

> 又人伦有礼，朝廷有法，自惟至熟，有必不堪者七，甚不可者二：卧喜晚起，而当关呼之不置，一不堪也；抱琴行吟，弋钓草野，而吏卒守之，不得妄动，二不堪也；危坐一时，痹不得摇，性复多虱，把搔无已，而当裹以章服，揖拜上官，三不堪也；素不便书，又不喜作书，而人间多事，堆案盈机，不相酬答，则犯教伤义，欲自勉强，则不能久，四不堪也；不喜吊丧，而人道以此为重，已为未见恕者所怨，至欲见中伤者，虽惧自责，然性不可化，欲降心顺俗，则诡故不情，亦终不能获无咎无誉，如此，五不堪也；不喜俗人，而当与之共事，或宾客盈坐，鸣声聒耳，嚣尘臭处，千变百伎，在人目前，六不堪也；心不耐烦，而官事鞅掌，机务缠其心，世故繁其虑，七不堪也。又每非汤、武而薄周、孔，在人间不止，此事会显，世教所不容，此甚不可一也；刚肠疾恶，轻肆直言，遇事便发，此甚不可二也。以促中小心之性，统此九患，不有外难，当有内病，宁可久处人间邪？又闻道士遗言：饵术黄精，令人久寿，意甚信之。游山泽，观鱼鸟，心甚乐之。一行作吏，此事便废，安能舍其所乐，而从其所惧哉？①

嵇康表示，五伦有礼约束，朝廷有法制约，自己十分清楚，随即有如竹筒倒豆，一口气说出了他的"必不堪者七，甚不可者二"：我爱睡懒觉，做了官差役就会叫我起床；我喜欢抱着琴边走边唱，到野外去打鸟钓鱼，做了官吏卒就要守在我身边，无法随意行动；做官要正襟危坐，腿麻也不能活动身体，我身上虱子又多，要不停抓痒，可又要穿好官服向上级行揖礼；我向来不善也不爱写信，做了官俗事多，公文堆满

---

① 戴明扬校注：《嵇康集校注》，中华书局 2014 年版，第 197—198 页。

桌案不去应答，就触犯礼教有伤仁义，就算勉强应了，也坚持不了多久；我不喜欢吊丧，但这是人伦大事，我这样已经被不理解我的人怨恨，甚至还有想借此中伤我的，即使我恐惧自责，还是本性难移，我也想压制本性随顺世俗，可我也不想弄虚作假，且最后也无法无功无过；我不喜欢世俗之人，要是跟他们在一起办事，或是宾客满座，满耳聒噪，尘嚣纷扰乌烟瘴气，阴谋伎俩千百以计，这些都要在眼前；我没有耐心，做官执掌公事，要劳心政务，耗神交际，这七件是我忍不了的事。我又经常否定成汤、周武王还轻视周公、孔子，身在俗世不停止这种议论，就会为人所知，必为世俗礼教不容；我性情刚直，疾恶如仇，说话轻率放肆，直言不讳，碰到看不惯的事就要发作，这是两件在官场坚决不能做的事。这九条不能做官的主观原因被嵇康称作"九患"，每一条与朝廷对官员的要求之间皆有不可调和的矛盾，嵇康说像我这种心胸狭隘的性情，加上以上九种毛病，在官场即使没有外界的灾难也会憋出病来，我还能在俗世久留吗？又说他听道士说服用苍术和黄精能长寿，非常相信这个；喜欢游山玩水，观鱼赏鸟，特别喜欢这些。一旦为官做吏，这些乐事就要荒废，我怎能舍弃爱好而到我害怕的俗世中呢？

这九条主观原因一气贯注，犹如一个宏论滔滔的辩士在眼前陈词一样，令人毫无还口之力。从中我们不仅能看到嵇康心中官场"不得妄动""官事鞅掌"的拘束，"宾客盈坐，鸣声聒耳""嚣尘臭处，千变百伎"的世俗；也看到了嵇康醉心的"抱琴行吟，弋钓草野""饵术黄精""游山泽，观鱼鸟"的隐居生活。二者一俗一雅，一浊一清，在嵇康眼中完全无法相容。不但如此，嵇康所谓"非汤武而薄周孔"何止是他挂在嘴边的话，实际上是他的思想和立场的高度概括：这无异于向以名教为思想工具的司马氏集团下逐客令的同时，又举起了反对的旗帜。《晋书》于此当然是只字不留，唯见此段结尾从"又闻道士遗言"到"而从其所惧哉"的只言片语。嵇康此书是给好友山涛的，他自己大概根本没有想到，"非汤武而薄周孔"的思想后来成了他被杀的重要

"罪状"。

话到此处，嵇康仍未正面论及绝交之语，于是他在"七不堪，二不可"的畅快过后，还是谈到了交友的问题：

> 夫人之相知，贵识其天性，因而济之。禹不逼伯成子高，全其节也。仲尼不假盖于子夏，护其短也。近诸葛孔明不逼元直以入蜀，华子鱼不强幼安以卿相，此可谓能相终始，真相知者也。足下见直木，必不可以为轮，曲者，不可以为桷，盖不欲以枉其天才，令得其所也。故四民有业，各以得志为乐，唯达者为能通之，此足下度内耳。不可自见好章甫，强越人以文冕也；已嗜臭腐，养鸳雏以死鼠也。吾顷学养生之术，方外荣华，去滋味，游心于寂寞，以无为为贵。纵无九患，尚不顾足下所好者；又有心闷疾，顷转增笃，私意自试，不能堪其所不乐，自卜已审，若道尽途穷则已耳，足下无事冤之，令转于沟壑也。①

对于友谊，嵇康开篇就提到了"知"与"不知"，专门论及交友之道，嵇康仍然以此开头，并加入了成全对方这一点。他认为人能彼此成为知己，最重要的就是了解对方的天性，据此成全他。随即他就以古今公认的四位圣君贤士"真相知"的成全为例：夏禹不逼伯成做官，是成全他的节操；孔子不向子夏借伞，是掩饰子夏的缺点；诸葛亮不逼徐庶回归蜀汉，华歆不勉强管宁做卿相，这些可说是始终如一的真知己。再举直木曲木的例子——直木不能做车轮，曲木不能当椽子，因为人们不想白费它们的天性，所以士农工商各有事业，都因达到志向而快乐，又说山涛通达，一定明白。然而马上就批评山涛明知不可勉强而为之，叫他不能因自己喜爱华丽的帽子就勉强越人戴它，自己嗜好腐臭的食物

---

① 戴明扬校注：《嵇康集校注》，中华书局2014年版，第198页。

就拿死老鼠喂鹓雏。跟着提及自己现在的生活状态、心路历程和坚定立场：我最近正学养生之法，刚脱离荣华，摒弃美味，享受寂寞中的玄思，将无为视作最高境界。即便没有上面所说的"九患"，我也对您爱好的东西不屑一顾。且我有心闷的病，最近又加重了，我私下设想过了，还是不能忍受做不乐意做的事。我已经考虑清楚了，如果无路可走就算了，您别做委屈我的事，那就把我逼向绝境了。

嵇康反劝山涛不要勉强自己，其中比喻语带刻薄，也印证了嵇康的"促中小心之性"。而《晋书》自然不会留下刻薄之语：

> 夫人之相知，贵识其天性，因而济之。禹不逼伯成子高，全其长也；仲尼不假盖于子夏，护其短也。近诸葛孔明不迫元直以入蜀，华子鱼不强幼安以卿相，此可谓能相终始，真相知者也。自卜已审，若道尽途殚则已耳，足下无事冤之令转于沟壑也。①

对嵇康这一段文字，《晋书》只保留了四位"真相知"的世人典范，而将"全其节"改作"全其长"，毕竟"节"是名教之士非常看重的，如果不改，岂非自相矛盾，落人口实？这也是嵇康以子之矛攻子之盾的高明之处。

在反劝山涛之后，嵇康才真诚叙说了家中情况：

> 吾新失母兄之欢，意常凄切，女年十三，男年八岁，未及成人，况复多病，顾此恨恨，如何可言！今但愿守陋巷，教养子孙，时与亲旧叙阔，陈说平生，浊酒一杯，弹琴一曲，志愿毕矣。足下若嬲之不置，不过欲为官得人，以益时用耳；足下旧知吾潦倒粗疏，不切事情，自惟亦皆不如今日之贤能也。若以俗人皆喜荣华，

---

① （唐）房玄龄等：《晋书》，中华书局1974年版，第1371—1372页。

独能离之，以此为快，此最近之可得言耳。然使长才广度，无所不淹，而能不营，乃可贵耳。若吾多病困，欲离事自全，以保余年，此真所乏耳，岂可见黄门而称贞哉？若趣欲共登王涂，期于相致，时为欢益，一但迫之，必发其狂疾，自非重怨，不至于此也。①

　　嵇康告诉山涛，他先叙述自己刚失去了母亲和兄长，一双儿女还小又多病的情况，紧接着描绘了自己日常生活的理想状态——他现在只愿安于清贫，教养儿孙，时常与亲朋好友叙说离别之情，喝杯浊酒，抚琴一曲，愿望就完成了。所以才又对山涛说：如果您纠缠不放，也不过是想为朝堂选人，以求为世所用，您早知我放任散漫，不问俗事，我也认为自己赶不上如今在朝的贤能之士。世俗之人都喜欢荣华富贵，唯独我能够离弃它，并以此为乐，可以说这是最接近我本性的。若是有高才大度，无所不通又能无心钻营，那才可贵。像我这样多病多乏，想远离世事以求自保余年的人，是真的缺少那些才干，怎么能夸宦官是守贞的人呢？若是急着要我跟您一起做官，想招我去时常欢聚，一旦来逼我，我必然会疯，没有深仇大恨，就不会到此地步。

　　如果说此前嵇康的言语犀利，以理服人，那么以上一段文字，嵇康实在是以情动人了。他语带凄然与无奈的同时，又说自己对政事无用，身体又不好，并不是怀才而隐的高士。先向山涛和朝廷示弱，用惨淡的客观事实打动人心，然后才重申自己一旦被逼就会发疯，并将一定要逼他为官的人推到与他有仇的位置。而《晋书》于此段又仅保留首尾，将说理部分尽皆删去，实质上是唯恐嵇康崇尚隐逸的思想和放任自己"离事自全"的行为影响扩大。即便是留下的部分，也在用词上扭曲了原意：

①　戴明扬校注：《嵇康集校注》，中华书局 2014 年版，第 198—199 页。

41

　　吾新失母兄之欢，意常凄切。女年十三，男年八岁，未及成人，况复多疾，顾此恨恨，如何可言。今但欲守陋巷，教养子孙，时时与亲旧叙离阔，陈说平生，浊酒一杯，弹琴一曲，志意毕矣，岂可见黄门而称贞哉！若趣欲共登王途，期于相致，时为欢益，一旦迫之，必发狂疾。自非重仇，不至此也。①

　　《晋书》将"多病"改为"多疾"，"疾"多指小毛病，其严重程度和危及生命的"病"远不可同日而语；将"愿守陋巷"改作"欲守陋巷"，前者多指正面的心愿与志向，后者多指反面的想法与诉求。不仅如此，《晋书》更是在此段之后直接以"既以解足下，并以为别"收尾，以下本句之前的内容也被删去：

　　野人有快炙背而美芹子者，欲献之至尊，虽有区区之意，亦已疏矣。愿足下勿似之，其意如此，既以解足下，并以为别。②

　　在这封信的最后，嵇康又灵活用典：山野村夫以太阳晒背为平生快事，以芹菜为最美的食物，因此想把它献给君主，虽然是诚心全意，但还是不通事理。希望您别像他那样。然后才进行总结——写这封信既是为了把事情说清楚，并且也是向您告别。"献芹"一词一般都是送礼时的谦辞，嵇康在这里直接把原典中的"乡豪"换作"至尊"，而对"乡豪取而尝之，蜇于口，惨于腹"的后果虽未点破，却是不说之说，绵里藏针，极尽刻薄。随后最后一次劝山涛不要将己之所欲妄加于人，方才作别搁笔。

　　以上我们将嵇康《与山巨源绝交书》全文逐字逐句进行了分析，

---

① （唐）房玄龄等：《晋书》，中华书局 1974 年版，第 1372 页。
② 戴明扬校注：《嵇康集校注》，中华书局 2014 年版，第 199 页。

并将《晋书》中的版本与《嵇康集》中的原文进行比照（须知《昭明文选》中此文的文本与嵇康文集中的几近完全一致），不仅可以明确当时的编订者意图掩饰什么，更能对嵇康不为当世所容的思想有一些初步的体会，同时也能领略嵇康文章层次分明、有理有据、情词并重、论述透辟、生动形象的写作特色。而嵇康的核心思想与作此绝交书的真正目的，我们会在后文进一步讨论。

嵇康的书信，虽仅存两封，却皆是绝交之书。因之，我们不能不关注他的《与吕长悌绝交书》，两相对照，异同之中，或可有所发现：

> 康白：昔与足下年时相比，以故数面相亲，足下笃意，遂成大好，由是许足下以至交，虽出处殊途，而欢爱不衰也。及中间少知阿都，志力开悟，每喜足下家复有此弟。而阿都去年，向吾有言：诚忿足下，意欲发举。吾深抑之，亦自恃每谓足下不足迫之，故从吾言。间令足下，因其顺亲。盖惜足下门户，欲令彼此无恙也。又足下许吾，终不击都，以子父交为誓，吾乃慨然感足下重言，慰解都，都遂释然，不复兴意。足下阴自阻疑，密表击都，先首服诬都，此为都故信吾，又无言，何意足下苞藏祸心邪？都之含忍足下，实由吾言。今都获罪，吾为负之。吾之负都，由足下之负吾也。怅然失图，复何言哉！若此，无心复与足下交矣。古之君子，绝交不出丑言。从此别矣！临别恨恨。①

嵇康在信中先一笔交代了相交原因——以前我因跟您年龄相仿而成为朋友，因您情谊深厚，我才视您为至交好友，即使你做官我隐居，不同的人生道路也没有磨灭彼此情谊。也就是说，他和吕巽并非志同道合，只是年龄相仿，吕巽又待他好，这才没有因道不同而绝交；紧接着

---

① 戴明扬校注：《嵇康集校注》，中华书局 2014 年版，第 230—231 页。

马上说明绝交事由，并当即严正表态。这里嵇康分三步表达了他的意见：跟你相处我渐渐熟悉阿都，知道他志气开阔，才力颖悟，我常因您家还有这样的弟弟而高兴，与吕安相熟并对其产生好感，是此事的伏线；然而阿都去年和我说，他确实忿恨您，想检举您。我极力阻止他，也是自恃交情，常和阿都说别举报您，于是阿都听了我的话。我也私下劝您，你们毕竟是兄弟，这也是珍惜您的家庭，想让你们都安然无恙。另外，您答应我始终不会报复阿都，并以你们同父之亲立下誓言，我就因您的重誓而慨然所感，宽慰劝解阿都，阿都就放下此事，不再想告您了，这是此事的开端。如果事情到此为止，嵇康并没有绝交的意思。然而事与愿违，嵇康说吕安没想到，他更想不到的事情发生了：您却暗自多疑，暗中上表报复阿都，先告状诬陷他，这是因为他相信我，也就没告您。哪想到您胸怀害人之心？这是此事的结果，是嵇康不但没想到，也是最不愿看到的。既然事情已经发生了，以嵇康的好恶分明，自然要明确表态——阿都对您的容忍，是因为我的劝解。如今他获罪了，是我负了他啊。我之所以负了他，都是因为你负了我。我就是再难过也没办法，还有什么好说的！事已至此，我不想再和您做朋友了。古代君子断交不说难听的，那就从现在开始断交吧！简要说明原因，表明立场之后，嵇康还嫌不足以表达他的愤恨，又在最后加了一句——连看这封信我都愤恨不已！这才就此作罢。

迥异于《与山巨源绝交书》的以理服人、以情动人，嵇康写给吕巽的绝交书用极其精简的语言叙述了和吕巽交朋友的原因与决定断交的事由，说是惜墨如金也不为过。与此事关系密切的前后线索，他都一笔言明；在事情本身上，他既没有写吕安为何对吕巽强烈不满，又没有写吕巽如何恶人先告状，也没有写吕安获了什么罪，具体是什么状况，而是重点写了他劝吕氏兄弟的心路历程。嵇康对这段心路历程的重点叙述，不但为后文说吕巽负了他做好铺垫，也是嵇康对自己此前行为愧悔的写照。当然，也包含认为自己没错，给自己免责的想法，关于这一点，我们容后再行讨论。

嵇康身为竹林名士的领袖人物，他的两封绝交书一封以公，一封以私，充分体现了他彻底将自己从士人中脱离出来的写作目的：于公而言，他充分描述了自己与官场冰炭不容的思想、习性和志趣；于私而言，他毫无保留地讲述了自己的心路历程，申明了自己的决绝态度。竹林七贤在当时影响力很大，代表了当时不同类型的士人，嵇康是这些士人中立场最鲜明地表达与朝廷绝缘态度的。两封绝交书，都是嵇康的人生选择——于公，他勉力将自己彻底撇清，摆出与朝廷彻底不合作的态度；于私，吕巽的行为正好给了他与为官之士不相往来的契机。

嵇康之兄拥有官职，其妻又是曹魏宗室之女，生活上的衣食无忧，是嵇康所以能够选择彻底不与朝廷合作的重要原因。如此一来，嵇康就由士人"嵇中散"转而成为文人嵇康。而作为清流文人的代表人物，嵇康的选择亦是当时一类文人的选择。当他们的个体选择成为一类人的群体选择之时，文人与士人的分化就形成了。嵇康的绝交书，既是文人与士人分道扬镳的理论呼声，又是文人从士人中分化出来的标志。但是，无论身处任何时代与社会，多一分自由便意味着多一分责任。当时的读书人并没有足够承担这一系列责任的能力，这也意味着这些文人选择的路注定走不长久，因而相当一部分文人又选择了向士人回归。向秀失途下的选择，就是文人向士人回归的标志。

三　向秀失途：文人向士人的回归

向秀作为竹林文人之一，其志趣与嵇康相仿，但他在思想上却与嵇、阮等有所不同。他是晋初玄学之士的代表，其思想在晋室正式立国以后影响深远。《晋书·向秀传》谓：

> 向秀字子期，河内怀人也。清悟有远识，少为山涛所知，雅好老庄之学。庄周著内外数十篇，历世才士虽有观者，莫适论其旨统

也，秀乃为之隐解，发明奇趣，振起玄风，读之者超然心悟，莫不自足一时也。惠帝之世，郭象又述而广之，儒墨之迹见鄙，道家之言遂盛焉。始，秀欲注，嵇康曰："此书讵复须注，正是妨人作乐耳。"及成，示康曰："殊复胜不？"又与康论养生，辞难往复，盖欲发康高致也。[①]

由上可见，史书并未有向秀父祖的记载，说明他并非出身世家。然而，向秀与山涛是同乡，因其"清悟有远识"而被山涛所知，许是如此，他成了竹林七贤中的一位。起初他和嵇康一样，也选择了不与朝廷合作，成了隐居的文人：

　　康善锻，秀为之佐，相对欣然，傍若无人。又共吕安灌园于山阳。[②]

嵇康心灵手巧，善于打铁，向秀就为其做助手，二人打铁都开开心心，旁若无人，足见对这样的生活非常满意（《世说新语》记载了嵇康、向秀打铁时发生的小插曲，我们在下一节进行剖析）。不仅如此，向秀还寄情田园，与吕安一起在山阳浇地。在儒家士人看来，向秀与嵇康、吕安平日所做之事，皆非士人劳心之业，而是劳力者所为。但是向秀等人非但不以此为耻，反而以之为乐，其根源在于他们思想上对当时提倡的名教不以为然和对司马氏夺权的反感。

值得注意的是，向秀三人中尤其是向秀，并不是对名教本身有多么仇视，他们反感的是司马氏以名教为自己统治的理论支撑和思想基础，提倡名教本来无可厚非，然而司马氏夺权上位的方式却是真正的儒士不

---

① （唐）房玄龄等：《晋书》，中华书局1974年版，第1374页。
② （唐）房玄龄等：《晋书》，中华书局1974年版，第1374页。

能容忍的。司马氏提倡的名教与东汉末期的名教一样，都是异化了的名教，而废立、弑君这些行为，更让原本就追慕老庄的他们对朝廷越发厌憎，与其身处其间劳心劳形，不如退居山林自得其乐，以劳力之乐作为与朝廷不合作的免战牌。

然而，向秀与嵇康的思想是不同的。嵇康对司马氏集团的虚伪厌恶至极，而他们又是儒家传统贵族的代言人，才主张"越名教而任自然"，因此他会"非汤武而薄周孔"，矛头直指推崇"祖述尧舜，宪章文武"来作为统治遮羞布的一干人，但向秀并未如此激进。正因向秀对名教本身并没有多么仇视，才会继王弼的《易》《老》互训后，也用儒道互训的方式来阐述自己的思想。这一点集中体现在他的《难养生论》中：

> 难曰：若夫节哀乐，和喜怒，适饮食，调寒暑，亦古人之所修也。至于绝五谷，去滋味，寡情欲，抑富贵，则未之敢许也。何以言之？①

向秀此篇是对嵇康《养生论》的驳论，因而开头便单刀直入：你说的节制情绪、平和心态、饮食适度、调节寒暑这些也是古人修习的，但断食五谷、摒弃滋味、减少情欲、抑制富贵这些，我是不敢苟同的。紧接着便从宏观上驳斥了嵇康所崇尚的道家思想在养生上的局限：

> 夫人受形于造化，与万物并存，有生之最灵者也。异于草木，草木不能避风雨，辞斤斧；殊于鸟兽，鸟兽不能远网罗，而逃寒暑。有动以接物，有智以自辅。此有心之益，有智之功也。若闭而

---

① 戴明扬校注：《嵇康集校注》卷四《黄门郎向子期难养生论》，中华书局 2014 年版，第 284 页。

默之，则与无智同。何贵于有智哉？有生则有情，称情则自然。若绝而外之，则与无生同，何贵于有生哉？[1]

向秀首先肯定了人不同于草木鸟兽，是生命之灵。人有所行动就会和万物接触，有了智慧就要用来帮助自己，这都是心智的功劳，如果绝圣弃智，那就和没有智慧一样，哪能比有智慧还好呢？且人的情感是与生俱来的，如果非要断绝就会全无生机，哪能比有活力还好呢？他用草木鸟兽与人对比，指出无智的危害；又从正反两方面说理，论证了"有智""有情"的自然与可贵。两个反向假设直指道家的偏颇要害之处——人若抛弃智慧，则与草木鸟兽无异；若是抛弃情感，则与行尸走肉无异。这样就以道家崇尚之"自然"来作为批驳的武器，充分论证了智慧与情感的天赋自然与摒弃它们的不合理性。但这只是驳论展开的第一步，嵇康所谓"惟五谷是见，声色是耽，目惑玄黄，耳务淫哇。滋味煎其府藏，醴醪鬻其肠胃，香芳腐其骨髓，喜怒悖其正气，思虑销其精神，哀乐殃其平粹"[2]的着眼点可归结为一个"欲"字，那么，人究竟该不该通过抑制欲望养生呢？向秀又从自然之理上给出了回应：

且夫嗜欲，好荣恶辱，好逸恶劳，皆生于自然。夫天地之大德曰生，圣人之大宝曰位，崇高莫大于富贵。然富贵，天地之情也。贵则人顺己以行义于下，富则所欲得以有财聚人，此皆先王所重，关之自然，不得相外也。又曰：富与贵，是人之所欲也。但当求之以道义。在上以不骄无患，持满以损俭不溢，若此何为其伤德邪？

---

① 戴明扬校注：《嵇康集校注》卷四《黄门郎向子期难养生论》，中华书局 2014 年版，第 284 页。

② 戴明扬校注：《嵇康集校注》，中华书局 2014 年版，第 254 页。

或睹富贵之过，因惧而背之，是犹见食之有噎，因终身不餐耳。①

向秀认为，人的欲望同样是与生俱来的，是一种本能。又引用《易传》的观点，说明了符合道义的富贵不仅是天地对人的情分，也都对社会十分有帮助。而且富贵本来就是人的欲望，只要心存道义，即使拥有富贵也不会违背道德。如果因为惧怕拥有富贵导致的过错，就躲避富贵，那是因噎废食的做法。这样一来，向秀就从核心上批驳了嵇康对欲望的态度，首先仍然说明欲望、富贵之自然与合理，随后强调了道义制约的重要性，再次将儒道持论为合题。其后对五谷、五味、情欲的论述都是他针对嵇康观点加以驳斥的分论，体现出向秀对人之寿命长度的通透洞悉：

又云：导养得理，以尽性命，上获千余岁，下可数百年。未尽善也。若信可然，当有得者。此人何在，目未之见。此殆影响之论，可言而不可得。纵时有寿考者老，此自特受一气，犹木之有松柏，非导养之所致。若性命以巧拙为长短，则圣人穷理尽性，宜享遐期；而尧舜禹汤文武周孔，上获百年，下者七十，岂复疏于导养邪？顾天命有限，非物所加耳。②

这里向秀不仅看得通透，更是一语道破天机——“顾天命有限，非物所加耳”，人从生到死本来就是自然的分配，绝非外物能延长的！为证明嵇康关于寿数观点的错误，向秀首先通过实证不存在这一事实说明数百上千岁的寿命是不可能实现的，然而说有容易说无难，即使真有

---

① 戴明扬校注：《嵇康集校注》卷四《黄门郎向子期难养生论》，中华书局 2014 年版，第 284 页。

② 戴明扬校注：《嵇康集校注》卷四《黄门郎向子期难养生论》，中华书局 2014 年版，第 285 页。

活了那么久的，那也是像松柏一样天然长寿，并不是后天导养造成的。随后，向秀假设有智慧的人就能长寿，那么圣人应该属于这类，继而尽数列举世所公认的八位古圣先贤，用他们各自的寿数证明，人的寿数是自然形成的，不是通过服药导养就能延长的。古往今来，无数生命以从生到死的过程告诉古人，也告诉我们，死生有命并不是迷信，而是实实在在的自然之理。人的生命和天地万物一样，都有一定的寿限，除去早夭和非正常死亡的，人的寿命长不过百余年，通常不过几十年。向秀能在服药行散盛行的时代有如此理智且透彻的看法，可见其思想超越了魏晋之交这个时代。而且，从其《难养生论》也可以发现，向秀已经意识到仅用"自然"反"名教"是行不通的。这也是他后来选择与朝廷合作的思想基础：

> 康既被诛，秀应本郡计入洛。文帝问曰："闻有箕山之志，何以在此？"秀曰："以为巢许狷介之士，未达尧心，岂足多慕。"帝甚悦。[①]

好友嵇康被杀，向秀虽不愿做官，也十分清楚当下最安全的选择便是接受朝廷征召。因此，他最终选择了入朝为官。有意思的是，司马昭见向秀入洛，便问他：你不是要隐居吗，怎么来这儿了？其语带讥讽，向秀岂能不知？然而入洛毕竟是向秀的最终选择，他也只能回答，巢父、许由是狂狷孤介之人，不理解明君的心意，哪里值得大家追慕呢？

这里向秀的回答在《世说新语》和《晋书》中大体是一致的。《世说新语·言语》的正文部分虽未提及是否理解明君之意，但刘孝标注中却有所补充。向秀一个"多"字同样含有言外之意：隐士已有够多的人追慕效法了，我选择出仕也是很正常的。这样的回答既夸了司马

---

① （唐）房玄龄等：《晋书》，中华书局1974年版，第1374—1375页。

昭，又没有贬低隐士，同时表达了自己的选择，自然收到了理想效果——司马昭很高兴。《世说新语》刘孝标注谓"一坐皆说"，与《晋书》记载也大体一致。颇令人玩味的是，《世说新语》正文用了另外一番描述来表现司马昭的反应——"王大咨嗟"。其实这一描述才更加符合一位比较贤明有作为的君主性格："咨"是咋舌，"嗟"是叹气，这样更能反映出司马昭闻听此言的复杂感受——归隐的文人终于和朝廷合作了，心中安慰舒畅的同时，也为嵇康等人之死而叹惋：若是他们也能如此选择，何至于令他举起屠刀？

事实上，比起其父司马懿，其兄司马师，司马昭的手段称不上十分狠辣。对待文士，司马昭较之于乃父乃兄已经算是宽容了。阮籍、向秀等人也算是善终，这也能证明这一点。然而得以善终并不等于心情舒畅，做官毕竟不是向秀的喜好。他的《思旧赋》便是其凄凉心态的写照：

> 将命适于远京兮，遂旋反以北徂。济黄河以泛舟兮，经山阳之旧居。瞻旷野之萧条兮，息余驾乎城隅。践二子之遗迹兮，历穷巷之空庐。叹《黍离》之愍周兮，悲《麦秀》于殷墟。惟追昔以怀今兮，心徘徊以踌躇。栋宇在而弗毁兮，形神逝其焉如。昔李斯之受罪兮，叹黄犬而长吟。悼嵇生之永辞兮，顾日影而弹琴。托运遇于领会兮，寄余命于寸阴。听鸣笛之慷慨兮，妙声绝而复寻。伫驾言其将迈兮，故援翰以写心。①

孔子曰：诗亡隐志，乐亡隐情，文亡隐言。向秀此篇毫无遮掩，将他在序文中叙述的写作背景与目的表达得淋漓尽致："余与嵇康、吕安居止接近，其人并有不羁之才，嵇意远而疏，吕心旷而放，其后

---

① （唐）房玄龄等：《晋书》，中华书局1974年版，第1375页。

并以事见法。嵇博综伎艺，于丝竹特妙，临当就命，顾视日影，索琴而弹之。逝将西迈，经其旧庐。于时日薄虞泉，寒冰凄然"①，寒冷的黄昏，向秀在入洛路上经过了好友嵇康的旧居，邻人的笛声勾起他无限的回忆。听着笛声，嵇叔夜若在，正可以抚琴相和啊！想着以往和嵇康、吕安的欢聚，如今不但再无可能，我向秀也要选择和你们相反的路了！这一去虽然多半可以苟全性命，可我的黍离之悲，又能与谁言说呢？

无论向秀心中作何想法，其失途入洛的选择，同样代表了嵇康死后一批归隐文人的选择。文人既然走出了隐居之地，选择了与朝廷合作，也就变回了士人。向秀从文人而士人，是文人向士人回归的显著标志。

第二节　任诞背后的苦闷与反抗

任诞，任即放任，诞即荒诞，也就是言行的放任与荒诞。这是魏末晋初以来许多文士的行为方式写照，魏末晋初尤以竹林七贤为代表。《世说新语》专列"任诞"一门，以竹林七贤的故事起始，共 54 则，记录竹林文人任诞言行的凡 13 则，占了该部分近四分之一的比重。然而竹林文人活跃的时期不过十年上下，这个时间跨度内能够被记录下如此多的任诞之事，足见任诞于他们而言是一种生活常态。我们需要了解一个人时，听其言、观其行、读其文是最重要的几种方式，下文即先从任诞这种生活常态入手，透过竹林文人的行为表象，向他们的内心世界一探究竟。

一　竹林文人：当时任诞的群像

这一部分要讨论的主要问题有二：其一，"竹林七贤"究竟是文士

---

① （唐）房玄龄等：《晋书》，中华书局 1974 年版，第 1375 页。

的交游群体，还是旁人将之并称的标榜之词？其二，七贤各人任诞异同在何处？

首先，关于"竹林七贤"之名，《世说新语·任诞》开篇有如下记载：

> 陈留阮籍、谯国嵇康、河内山涛，三人年皆相比，康年少亚之。预此契者：沛国刘伶、陈留阮咸、河内向秀、琅邪王戎。七人常集于竹林之下，肆意酣畅，故世谓"竹林七贤"。①

关于竹林是否真实存在，学界历来便有争议。陈寅恪先生认为"七贤"乃标榜之义，"竹林"则是东晋之初取天竺"竹林"之名加诸其上②，方成"竹林七贤"之名。而王晓毅则通过检索《大正藏》的相关译名、实地考察遗址并综合分析文献后有力证明了河内山阳是生长竹子的，且在魏晋之际是贵族的庄园别墅，也是政治敏感地区，并论证了"竹林七贤"故事经琅琊王氏而最终在孙盛笔下定格的过程。③ 显然后者更加有理有据，本书赞同这一观点。

王晓毅先生在其《"竹林七贤"考》一文中不仅论证了竹林之实有，而且根据《晋书》对七贤的相关记载论证了竹林七贤的结交过程，证明了"竹林七贤"确实是一个文士的交游群体。这样，第一个问题就有了答案，前人之述既备，便不再赘言。

再来看第二个问题：首先，根据《世说新语》的记载，竹林七贤"常集于竹林之下，肆意酣畅"，这不仅构成了任诞的群像，还是"竹

---

① （南朝宋）刘义庆撰，（南朝梁）刘孝标注，余嘉锡笺疏：《世说新语笺疏》，中华书局 2016 年版，第 800—801 页。

② 参见万绳楠整理《陈寅恪魏晋南北朝史讲演录》，贵州人民出版社 2012 年版，第 43 页。

③ 参见王晓毅《"竹林七贤"考》，《历史研究》2001 年第 5 期。

林七贤"之名的来由。这就是他们任诞行为的共同之处。要了解七贤的任诞言行之不同，就需要一一梳理他们的种种任诞言行。《世说新语·任诞》记载了竹林七贤中阮籍、阮咸、刘伶、王戎的任诞言行，我们先来一一分析。

阮籍的任诞言行在《世说新语·任诞》中主要体现在其居丧期间、与异性交往及因酒求官上。人之大事莫过于死生，丧礼意味着慎终追远，又是尽孝道的最后一步，司马氏以孝治天下，父母之丧更是最被重视的。《世说新语》不惜笔墨，描绘了阮籍母丧期间三个阶段的任诞言行。

其一，在亲友吊丧期间，阮籍并没有哭：

> 阮步兵丧母，裴令公往吊之。阮方醉，散发坐床，箕踞不哭。裴至，下席于地，哭吊唁毕，便去。①

因母亲去世而哭不仅是礼仪，更是人之常情。阮籍非但不哭，反而醉酒散发，箕踞而坐。因为华夏民族最初没有合裆裤，故箕踞而坐是十分失礼的。阮籍这一行为在常人看来尚且太过，何况名教之士？然而看到这一幕的是裴楷，他对阮籍的行为十分包容，仍然哭着完成了吊唁才离开。人们自然不会理解，就问裴楷：阮籍都不哭，您哭什么？裴楷说阮籍是方外之人，咱们是俗世之人，他不尊崇礼制，咱们还是要遵从礼仪的。裴楷的回答充分体现了他对阮籍的理解与包容，被当时的人称道也是顺理成章的。反观阮籍，他不但在亲友吊丧期间任诞至此，母亲要下葬时，仍然是酒肉不断：

---

① （南朝宋）刘义庆撰，（南朝梁）刘孝标注，余嘉锡笺疏：《世说新语笺疏》，中华书局 2016 年版，第 808 页。

　　阮籍当葬母，蒸一肥豚，饮酒二斗，然后临诀，直言："穷矣!"都得一号，因吐血，废顿良久。①

　　母亲要下葬了，阮籍却依然没有断绝酒肉，蒸了一只肥嫩的小猪吃，喝了两斗酒（邓粲《晋纪》说是三斗），就要与母亲的容颜永隔了，阮籍还是没哭，口中只说"完了"，《晋书》记载阮籍丧母谓其在闻讯对弈过后和下葬之时两度"举声一号，吐血数升"，然而有声无泪谓之"号"，阮籍找不到路会声泪俱下地哭，母亲去世了虽然"废顿良久"也没有流泪，只是干号呕血，这难免令人生疑：这血是饮酒所致，还是情郁于中憋出了内伤？关于阮籍的号而不哭直言"穷矣"，唐长孺先生在其《读〈抱朴子〉推论南北学风的异同》中曾以此为例论证南北方"哀哭"的区别，认为阮籍的做法也许是"洛阳及其附近的哭法"②，如果事实真如唐先生所说，阮籍既以任诞之风行事，为何又仅在这一点上循规蹈矩？我们可以确知的是，阮籍并未也不可能一直遇到裴楷这样的人，于是，他居丧期间在司马昭面前喝酒吃肉，就招致了名教之士的反感与非难：

　　阮籍遭母丧，在晋文王坐进酒肉。司隶何曾亦在坐，曰："明公方以孝治天下，而阮籍以重丧，显于公坐饮酒食肉，宜流之海外，以正风教。"文王曰："嗣宗毁顿如此，君不能共忧之，何谓？且有疾而饮酒食肉，固丧礼也!"籍饮啖不辍，神色自若。③

---

　　① （南朝宋）刘义庆撰，（南朝梁）刘孝标注，余嘉锡笺疏：《世说新语笺疏》，中华书局 2016 年版，第 806 页。

　　② 唐长孺：《魏晋南北朝史论丛》，商务印书馆 2010 年版，第 352 页。

　　③ （南朝宋）刘义庆撰，（南朝梁）刘孝标注，余嘉锡笺疏：《世说新语笺疏》，中华书局 2016 年版，第 801—802 页。

阮籍居丧期间喝酒吃肉的行为令何曾十分不满，他建议司马昭流放阮籍，否则有伤风化。何曾有仁孝之称，是晋室的重臣，作为名教之士，他不能容忍阮籍的行为也是情理之中。幸运的是，司马昭还比较宽容，先以阮籍神形毁顿说明他并非不孝，又批评何曾没有与之共忧，最后还为阮籍喝酒吃肉找了身体上的原因——这也成为名教之士无可辩驳的论据，正是《孝经》所谓"孝之始"的"身体发肤，受之父母，不敢毁伤"。如此危机从产生到被化解，阮籍的反应却是"饮啖不辍，神色自若"。阮籍曾有"禽兽知母而不知父，弑父如同禽兽，弑母禽兽不如"的言论，其母丧期间一系列放任荒诞的言行就更加耐人寻味了。在生活中的其他方面，阮籍是否也是如此呢？显然，在与异性相处上，阮籍的任诞行为给了人们另一种印象：

> 阮籍嫂尝还家，籍见与别。或讥之，籍曰："礼岂为我辈设也？"①

阮籍的嫂子要回娘家，他便去与嫂子道别。《礼记·曲礼》谓"嫂叔不通问"，阮籍这一行为自然会被人所讥，可阮籍在反对的声音里依然故我，回说"礼难道是为了我们设置的吗？"然而嫂子毕竟是亲戚，阮籍不在意叔嫂之间的回避之礼似可说通，可是对毫无亲属关系的邻家之妻，阮籍同样不在意男女大防：

> 阮公邻家妇有美色，当垆酤酒。阮与王安丰常从妇饮酒，阮醉，便眠其妇侧。夫始殊疑之，伺察，终无他意。②

---

① （南朝宋）刘义庆撰，（南朝梁）刘孝标注，余嘉锡笺疏：《世说新语笺疏》，中华书局2016年版，第805页。
② （南朝宋）刘义庆撰，（南朝梁）刘孝标注，余嘉锡笺疏：《世说新语笺疏》，中华书局2016年版，第805—806页。

"男女不杂坐"同样是《礼记·曲礼》的规定，而阮籍则喝醉了就直接睡在邻家当垆卖酒的妇女身边，这一行为显然会令女子的丈夫怀疑，可这个邻人最终发现阮籍并没有其他意图。此外，《晋书》载阮籍曾为有才色却未嫁而死的兵家女哭吊，而他根本不认识这女子的父兄。阮籍不顾男女大防的行为虽然不合于礼，但比起母丧之时的种种行为，却实在要自然许多。《晋书》对阮籍此类言行的评价是"外坦荡而内淳至"①，这大概也是人们在此方面对他更为宽容的原因。说到对阮籍的宽容，我们就不能不提作为实际统治者的司马昭。阮籍因酒求官，没有他的首肯是不可能实现的：

步兵校尉缺，厨中有贮酒数百斛，阮籍乃求为步兵校尉。②

此前在司马昭掌权后，阮籍说喜欢东平的风土，司马昭便让他做了东平相。后因阮籍治理有方，被提拔为大将军从事中郎，也正因阮籍在朝为官，才引出了"杀父乃可"的论争。虽然阮籍最终获胜，大家也确实觉得他说的在理，可朝堂终究不是适合阮籍的处所。阮籍后来因酒求做步兵校尉，其真意不言自明。然而司马昭深知阮籍的无害，也就遂了他的心愿，足见其待阮籍十分宽容。阮籍任诞如此还能够善终而史称阮步兵，余嘉锡先生言其"赖司马昭保持之也"③。

阮咸是阮籍的侄子，在好酒纵酒与不循礼教上，他颇有乃叔之风。然而，《世说新语·任诞》还是表现了阮咸之任诞不同于其叔父的一面：

---

① （唐）房玄龄等：《晋书》，中华书局1974年版，第1361页。
② （南朝宋）刘义庆撰，（南朝梁）刘孝标注，余嘉锡笺疏：《世说新语笺疏》，中华书局2016年版，第804页。
③ （南朝宋）刘义庆撰，（南朝梁）刘孝标注，余嘉锡笺疏：《世说新语笺疏》，中华书局2016年版，第807页。

　　阮仲容、步兵居道南，诸阮居道北。北阮皆富，南阮贫。七月七日，北阮盛晒衣，皆纱罗锦绮。仲容以竿挂大布犊鼻裈于中庭。人或怪之，答曰："未能免俗，聊复尔耳！"①

　　犊鼻裈大致相当于今天人们所穿的内裤，在晒衣的时节，家境殷实的道北阮家都在晾晒料子贵重的好衣服，而道南的阮咸则在中庭挂上了内裤。此处文末刘孝标注中有"咸时总角"一语颇可注意：古时男子15岁即束发于顶，阮咸在中庭晒内裤的时候年龄当在八九岁至十三四岁之间，这一行为不无彰显顽皮的孩子气。生为全家好酒的阮氏，阮咸在饮酒上，行为也与众各别：

　　诸阮皆能饮酒，仲容至宗人间共集，不复用常杯斟酌，以大瓮盛酒，围坐，相向大酌。时有群猪来饮，直接去上，便共饮之。②

　　仅就此事而言，《晋书·阮咸传》谓"咸直接去其上"显然更加明确。事实上，我们在读《世说新语》以上文字时也不难知晓：阮咸与同宗亲戚一块喝酒时没有用酒杯，而是用大瓮（余嘉锡先生在笺疏中提到《山谷外集注》作"盆"）盛酒，无论是瓮还是盆，都是大型容器，这就给群猪饮酒提供了空间。当群猪来饮酒时，文中并没有写其余诸阮与群猪共饮，综合《晋书》的表述，可知与群猪共饮的当是阮咸一人，这种风格的任诞行为是他在纵酒方面不同于乃叔的特色。不仅如此，在无视礼教上，阮咸与阮籍也是同中有异：

---

　　① （南朝宋）刘义庆撰，（南朝梁）刘孝标注，余嘉锡笺疏：《世说新语笺疏》，中华书局2016年版，第807页。
　　② （南朝宋）刘义庆撰，（南朝梁）刘孝标注，余嘉锡笺疏：《世说新语笺疏》，中华书局2016年版，第809页。

> 阮仲容先幸姑家鲜卑婢。及居母丧，姑当远移，初云当留婢，既发，定将去。仲容借客驴着重服自追之，累骑而返。曰："人种不可失！"即遥集之母也。①

阮籍在论述弑父母的罪恶程度差异时运用了是否赶得上禽兽这一论证来支撑观点，阮咸与其叔父一样，以"人种不可失"来论证自己在母丧期间借驴追他已有男女之实的鲜卑婢女，这两个说法都是大众容易理解的，这是他们的相同之处。不同之处在于，阮籍丧母之时虽有酣饮食肉不哭的行为，但他也确实精神萎靡，心中悲痛；阮咸能够身着重孝借驴去追婢女，他的精神状态恐怕不会太差。结合以上阮咸其他的任诞言行，比之于阮籍，阮咸之任诞侧重于"诞"，即行为上更加荒诞不经；阮籍则侧重于"任"，即种种表现看上去更加放浪形骸。此处之所以言"看上去"，是由于阮籍的行不对心。关于这一点，后文会专门论述。

说到行不对心，刘伶也是一个典型人物。他的任诞行为大致虽与阮籍叔侄相似，然也颇有个性特色：

> 刘伶病酒，渴甚，从妇求酒。妇捐酒毁器，涕泣谏曰："君饮太过，非摄生之道，必宜断之！"伶曰："甚善。我不能自禁，唯当祝鬼神，自誓断之耳！便可具酒肉。"妇曰："敬闻命。"供酒肉于神前，请伶祝誓。伶跪而祝曰："天生刘伶，以酒为名，一饮一斛，五斗解酲。妇人之言，慎不可听。"便引酒进肉，隗然已醉矣。②

通过以上文字，也不难理解刘伶文章仅存一篇《酒德颂》的原因

---

① （南朝宋）刘义庆撰，（南朝梁）刘孝标注，余嘉锡笺疏：《世说新语笺疏》，中华书局 2016 年版，第 810 页。

② （南朝宋）刘义庆撰，（南朝梁）刘孝标注，余嘉锡笺疏：《世说新语笺疏》，中华书局 2016 年版，第 803—804 页。

了。这段文字描述的是一个嗜酒如命的刘伶，乍看上去与其他竹林文士差别不大，然细观之，亦能够清楚地发现刘伶的狡黠可爱。面对妻子的"捐酒毁器"和深情规劝，刘伶没有继续求酒，更没有摆出夫君的架子压制妻室，而是以上供鬼神为由要来了酒肉，还煞有介事地下跪作敬神状，当这一系列戏做足之时，刘伶便向鬼神言简意赅地陈述心声，不及妻子反应，他已然酒足肉饱醉倒了。不能不注意的是，七贤之中与妻子关系融洽和谐而明确留存记录的，除山涛、王戎外，也只刘伶一人而已。不同于山涛之妻的见识不凡，也不同于王戎之妻的聪敏可人，刘伶之妻看起来似乎"律夫"甚严又关切甚深，而刘伶也颇有一点"妻管严"的意味。然而妻管严在古代，不是来源于地位，就是来源于感情。刘伶和他的妻子都不是世家大族出身，刘伶之妻既无林下之风，也未见闺房之秀，那么刘伶能够待妻如此，也就只剩下感情这一种解释。这一点在普遍心怀傲气的竹林文士中是十分难能可贵的。然而对待外人，他就没有这份看似阳奉阴违，实则尊重如宾的耐心了：

> 刘伶恒纵酒放达，或脱衣裸形在屋中，人见讥之。伶曰："我以天地为栋宇，屋室为裈衣，诸君何为入我裈中？"①

魏晋文士的服药饮酒是人尽皆知的，饮酒一定要热酒。热酒喝多了自然会全身发热，衣服就成了令人难受的束缚。刘伶热酒下肚，脱衣也是身体的自然需要，就所见之文物与图像看，两晋之人衣袂飘飘且最爱敞怀，也正是为了适应散发这一生理需要。然而衣服脱光被人看见毕竟不雅，刘伶受到旁人讥笑也很正常。有趣的是他的回应——天地为我房屋，房屋为我内裤，你们怎么到我内裤里来了？如此回应反陷对方于尴

---

① （南朝宋）刘义庆撰，（南朝梁）刘孝标注，余嘉锡笺疏：《世说新语笺疏》，中华书局 2016 年版，第 805 页。

尬境地，谐趣中暗含讥讽，这种狡黠与"鸡肋不足以安尊拳"① 同样是刘伶式的，只是并无顺从对方而出语的心境而已。

刘伶之任诞诚如《晋书》所言，"虽陶兀昏放，而机应不差"②，他随机应变的狡黠给人留下了深刻印象。在魏晋那个重视容貌的时代，刘伶得以六尺之躯、丑陋之容跻身名士之流，如不能给人以独特印象，恐怕并不能如此顺利。无论是任诞中的狡黠应变，还是《晋书》的如下记载，都是他的有意为之：

> （伶）常乘鹿车，携一壶酒，使人荷锸而随之，谓曰："死便埋我。"③

《晋书》对刘伶这一行为的评价是"遗形骸如此"，然而刘伶若是真的对自己的身体放浪不顾，还用得着带人扛锹嘱咐人家死了就埋这么大费周章吗？这就和许多为博名声的假隐士一样，无非是为了显示自己的与众不同而已。事实上，刘伶与他《酒德颂》中洒脱自在的大人先生相去甚远。在行不对心上，刘伶与阮籍异曲同工，当然，也都得以寿终正寝，也算拥有了相对不错的结局。

王戎与山涛是竹林文士中实实在在的士人。他们同样身居朝中要职，不同于山涛的和光同尘，王戎也有任诞行为：

> 裴成公妇，王戎女。王戎晨往裴许，不通径前。裴从床南下，女从北下，相对作宾主，了无异色。④

① （唐）房玄龄等：《晋书》，中华书局1974年版，第1376页。
② （唐）房玄龄等：《晋书》，中华书局1974年版，第1376页。
③ （唐）房玄龄等：《晋书》，中华书局1974年版，第1376页。
④ （南朝宋）刘义庆撰，（南朝梁）刘孝标注，余嘉锡笺疏：《世说新语笺疏》，中华书局2016年版，第810页。

不必说《礼记·曲礼》中细致的日常行为规范，即使是今天，我们明知是男女二人同在卧室就一定会避开，王戎清晨去女儿女婿家，招呼都不打就直接进屋了，女儿女婿和他本人还一点也不尴尬，这样的行为不仅任性，还放诞无礼。从中不难看出，王戎虽然行为上显得夸张，但他的表现都是淡定的。这更加说明，无论是他的节俭吝啬还是任诞的行为，都是自幼机灵的王戎因身居要职且有功于国而为自己涂上的保护色。

嵇康、向秀的任诞行为虽未在《任诞》一门，然嵇康之任诞已在其《与山巨源绝交书》中有充分的展示，向秀则是与嵇康打铁遇钟会来访真正不发一语的人，可见嵇康、向秀的任诞是更加偏重简傲的。山涛则是除了大量饮酒外，并不会像他这些朋友一般言行任诞，且即使他大量饮酒，也懂得量力而行，只不过他酒量很大，与其余六贤一起之时看起来像是纵酒而已。随圆就方而心怀坚守，也是山涛在任诞群像中的个性色彩。

以上分析了竹林七贤任诞言行的异同，可知他们七人都有自己的个性特征。其中最突出也最具代表性的，便是阮籍与嵇康。下文即从他们的文章中对他们的思想进行剖析。

二 阮籍佯狂：行不对心的悲怆

阮籍留给后世之人的印象，大致不出其任诞之言行。那么，这是真实的阮籍吗？如果不是，那么后世对阮籍的印象离其真正的思想又有多远？据《晋书》的记载：

> 阮籍字嗣宗，陈留尉氏人也。父瑀，魏丞相掾，知名于世。籍容貌瑰杰，志气宏放，傲然独得，任性不羁，而喜怒不形于色。或闭户视书，累月不出；或登临山水，经日忘归。博览群籍，尤好

《庄》《老》。嗜酒能啸，善弹琴。当其得意，忽忘形骸。①

作为建安七子之一的阮瑀之子，阮籍具有如下特质：相貌上，生得漂亮，有英杰之气；个性气质上，胸怀大志，外表骄傲不羁，放浪形骸，实则处世谨慎至极——若非生理上有面瘫，喜怒不形于色是极难做到的，此前史书最早记载这样的人，是《三国志》中的刘备。阮籍能与刘备这等枭雄一样喜怒不形于色，足见其绝非等闲人物；生活上，喜闭门读书和游山玩水；学养上，博览群书的基础上，最爱老庄之学；爱好上，除嗜酒外，善于弹琴和长啸。这些都是当时名士风流的组成部分，可见阮籍具备许多当时品评人物看重的优势，这些优势令他无论选择出仕还是归隐，都逃脱不了众人的视线。老庄之学虽然是阮籍的最爱，但他毕竟是个胸怀大志的人。这一点上，《晋书》中有两点最突出的表现：其一，阮籍"本有济世志，属魏晋之际，天下多故，名士少有全者，籍由是不与世事，遂酣饮为常"②。阮籍的不问世事并非他的本意，只是在"天下多故"的情况下，他才做出了纵酒自全的选择。其二，阮籍不仅在楚汉战场怀古，有"时无英雄，使竖子成名"③的不平，也在登武牢山之时，望京邑而慨叹赋诗。可见他一方面不满于司马氏成为政权争夺的赢家，另一方面追慕"临难不顾生，身死魂飞扬"而"忠为百世荣，义使令名彰"的英雄，从中我们看到的是不输于其父辈建安风骨的精神气象，刘勰谓阮籍"使气以命诗"多半也在于此。刘勰在《文心雕龙·明诗》中有"阮旨遥深"之评价，事实上，阮籍的文章才更加"遥深"地表达了其心志。既然阮籍"尤好《庄》《老》"，那么就先从他对老庄思想的阐发开始讨论。阮籍《通老

---

① （唐）房玄龄等：《晋书》，中华书局1974年版，第1359页。
② （唐）房玄龄等：《晋书》，中华书局1974年版，第1360页。
③ （唐）房玄龄等：《晋书》，中华书局1974年版，第1361页。

《论》谓：

圣人明于天人之理，达于自然之分，通于治化之体，审于大慎之训，故君臣垂拱，完太素之朴；百姓熙洽（《太平御览》卷一作"怡"），保性命之和。

道者，法自然而为化，侯王能守之，万物将自化。《易》谓之"太极"，《春秋》谓之"元"，《老子》谓之"道"。

三皇依道，五帝仗德，三王施仁，五霸行义，强国任智：盖优劣之异，薄厚之降也。①

此文全貌现今虽不能见，但仅就传世的这几句而言，阮籍以《通老论》为题，其"通"当指儒道思想的融会贯通。原因如下：首先，阮籍在以上文字中皆着眼于治国平天下之道，这本来就是心怀济世之志的绝佳写照，并且，也蕴含着渴望有所作为的建安遗风；其次，阮籍在阐释"道法自然"之时，将儒家之《易》与《春秋》和道家的《老子》相提并论，表达了三者殊途同归的观点，这说明阮籍上承何晏、王弼等人，也是在思想上试图结合儒道的玄学家。如果说阮籍的《通老论》为残篇，不足以支撑以上论述，那么他的《达庄论》则可以从另一面证明这一论证：

夫山静而谷深者，自然之道也；得之道而正者，君子之实也。是以作智造巧者害于物，明著是非者危其身，修饰以显洁者惑于生，畏死而荣生者失其真。故自然之理不得作，天地不泰而日月争随，朝夕失期而昼夜无分，竞逐趋利，舛倚横驰，父子不合，君臣乖离。故复言以求信者，梁下之诚也；克己以为仁者，郭外之仁

---

① 陈伯君校注：《阮籍集校注》，中华书局1987年版，第159—161页。

也；窃其雄经者，亡家之子也；刳腹割肌者，乱国之臣也；曜菁华，被沆瀣者，昏世之士也；履霜露，蒙尘埃者，贪冒之民也；洁己以尤世，修身以明洿者，诽谤之属也；繁称是非，背质追文者，迷罔之伦也；成非媚悦，以容求孚，故被珠玉以赴水火者，桀纣之终也；含菽采薇，交饿而死，颜夷之穷也。是以名利之途开，则忠信之诚薄；是非之辞著，则醇厚之情烁也。①

《达庄论》全文围绕"分"和"一"何为自然之理，何为安天下之正道展开论述，驳斥了"雄桀"之客"天道贵生，地道贵贞，圣人修之，以建其名，吉凶有分，是非有经，务利高势，恶死重生，故天下安而大功成也"② 的观点，回答了"庄周乃齐祸福而一死生，以天地为一物，以万类为一指，无乃激惑以失真，而自以为诚是也"③ 的问题。阮籍在对"自然者无外，天地者有内"这一宇宙观进行阐释的基础上，方作出君子当舍"分"而取"一"的论述。事实上，文中仍然反向表露了父子君臣和睦相处，人性忠信醇厚，天下安定有序的希望，以上一段的后文又以史为鉴，进一步阐释了"庄周见其若此，故述道德之妙，叙无为之本，寓言以广之，假物以延之，聊以娱无为之心而逍遥于一世"④ 的良苦用心，最后明确表达了"直能不害于物而形以生，物无所毁而神以清，形神在我而道德成，忠信不离而上下平"⑤ 的理想。这不仅反映了阮籍通儒道的玄学思想，而且蕴含着他有为于世的社会理想。

阮籍与其侄阮咸都是著名的音乐家。阮籍最擅长的乐器便是琴，即

① 陈伯君校注：《阮籍集校注》，中华书局 1987 年版，第 159—161 页。
② 陈伯君校注：《阮籍集校注》，中华书局 1987 年版，第 136 页。
③ 陈伯君校注：《阮籍集校注》，中华书局 1987 年版，第 136—137 页。
④ 陈伯君校注：《阮籍集校注》，中华书局 1987 年版，第 155—156 页。
⑤ 陈伯君校注：《阮籍集校注》，中华书局 1987 年版，第 157 页。

今天我们所说的古琴，他不仅善于弹琴，在音乐思想方面也有《乐论》传世。此文同样能反映出阮籍志在济世的本心。在此文中，阮籍首先抛出了"刘子"的问题——礼使人与人之间的相处有秩序，音乐的存废看似对政治教化无甚影响，又为什么说"移风易俗莫善于乐"？阮籍的回答可说是《乐记》中部分内容的具体化、细致化：

> 夫乐者，天地之体，万物之性也。合其体，得其性，则和；离其体，失其性，则乖。昔者圣人之作乐也，将以顺天地之体，成万物之性也，故定天地八方之音，以迎阴阳八风之声，均黄钟中和之律，开群生万物之情，故律吕协则阴阳和，音声适而万物类，男女不易其所，君臣不犯其位，四海同其观，九州一其节，奏之圆丘而天神下，奏之方岳而地祇上；天地合其德则万物合其生，刑赏不用而民自安矣。①

在论乐的起始，阮籍并没有急于直接回答为何"移风易俗，莫善于乐"而论的社会功用，而是先从乐之所始谈起，阐明乐是"天地之体，万物之性"，这与《乐记》论乐之起源谓"其本在人心之感于物也"②，都是说乐是禀天地万物而产生，内在上是一致的。在对这一观点展开论述以后，阮籍方论及善乐对社会的重大积极作用——不仅使百姓安居乐业，君臣上下和睦，还令天下太平，神明护佑，天地万物都和谐美好，不用赏罚自然国泰民安。随即阮籍对乐之所始进行了总结："乾坤易简，故雅乐不烦；道德平淡，故五声无味。不烦则阴阳自通，无味则百物自乐，日迁善成化而不自知，风俗移易而同于是乐，此自然

---

① 陈伯君校注：《阮籍集校注》，中华书局1987年版，第78—79页。
② （晋）郑玄注，（唐）孔颖达正义：《礼记正义》，上海古籍出版社1997年版，第1527页。

之道，乐之所始也"①，说明乐的作用不是一朝一夕能够见到，而是潜移默化地影响社会的风习。紧接着阮籍列举了各地大量的反例论述了上古之时"八方殊风，九州异俗，乖离分背，莫能相通，音异气别，曲节不齐"②的乱象，说明任由各地之民乐随意发展造成的一系列严重后果，这也是圣人"立调适之音，建平和之声，制便事之节，定顺从之容，使天下之为乐者莫不仪焉"③的原因：正因乐对社会风习有如此巨大的影响，才要作平和调适的乐来改善民风。直到这里，阮籍方道出了移风易俗莫善于乐的原因：

> 圣人之为进退俯仰之容也，将以屈形体，服心意，便所修，安所事也。歌咏诗曲，将以宣平和，著不逮也。钟鼓所以节耳，羽旄所以制目，听之者不倾，视之者不衰；耳目不倾不衰则风俗移易，故"移风易俗，莫善于乐"也。④

论述至此，阮籍已然回答了"移风易俗，莫善于乐"的原因。但他认为这样远远不够，对方既然将乐看得过分简单，那么就有必要让对方知道，作乐与制礼一样，都是有"常"的，不能胡乱而为，这样作的乐才能改善民风、归化百姓。接着以史为鉴，论述了历史上正邪之乐对天下的不同影响，说明乐也有贵贱之分，对乐之正与淫，阮籍的区分标准与《乐记》高度一致。不仅如此，阮籍还论述了乐的创作——即使是雅正之乐，也是与时俱进，不是一成不变的。

在文章的结尾，阮籍以圣君舜帝命夔与典乐之事而天下太平与孔子闻韶三月不知肉味为例，说明圣人之乐对社会与个人的积极作用，紧接

---

① 陈伯君校注：《阮籍集校注》，中华书局1987年版，第81页。
② 陈伯君校注：《阮籍集校注》，中华书局1987年版，第84—85页。
③ 陈伯君校注：《阮籍集校注》，中华书局1987年版，第85页。
④ 陈伯君校注：《阮籍集校注》，中华书局1987年版，第85—86页。

着又用史书记载为例，论述了雅正之乐衰而天下大乱的结果，又重点论述了不可沉溺悲音，并告诫君子以之为鉴来收束全文。整篇文章中，阮籍反复强调圣人作乐的原则与依据，又给出了明确的鉴别标准，其观点是非常切合儒家礼乐思想的。《乐记》谓"唯乐不可以为伪"，这就说明阮籍不仅信服儒家的礼乐思想，他在文中的反复强调也可作为其心中怀有天下之旁证。

然而，希望与失望如同皮筋的两端，希望越强烈，持续时间越久，一旦失望，带来的反弹之力就越大。正因阮籍禀建安风骨之余绪，心怀济世之志，才会在志向无法实现时产生巨大的失望。阮籍虽然做了司马氏的官，但一方面司马氏在他眼中就是时下缺乏英雄才得以成名的"竖子"，另一方面阮籍面对的朝局根本不是他能够施展抱负的舞台，所以阮籍并未真心与司马氏合作。无论是在联姻还是在为官上，阮籍都以醉酒的方式达到了自己的目的。尽管如此，他还是逼不得已写下了《为郑冲劝晋王笺》，其行不对心处，可见一斑。

再谨小慎微的人，也都是需要情感宣泄的。平日里口不臧否人物、喜怒不形于色的阮籍自然也是如此。他的情感宣泄主要有以下三种途径：文章、音乐和看似任诞的言行。

作文是一个文人敞开心扉的特有方式。言其文章而非诗，是因为阮籍的咏怀诗意旨隐微，寄托遥深，在表达上是压抑而曲折的，远不及其文章情感酣畅。钱基博先生谓阮籍文章"《东平赋》《亢父赋》，气激而辞遒；《达庄论》《大人先生论》，旨放而韵逸；错综震荡，气过其文，颇得孔融之一体"[①]，前文已分析过《达庄论》，现就以《大人先生传》为例来观照阮籍的情感宣泄：

先生以为中区之在天下，曾不若蝇蚊之著帷，故终不以为事，

---

① 钱基博：《中国文学史》，上海书店出版社 2015 年版，第 136 页。

而极意乎异方奇域，游览观乐，非世所见，徘徊无所终极。遗其书于苏门之山而去，天下莫知其所如往也。①

　　以上文字是《大人先生传》首段的结尾。虽然文章的主客问答尚未开始，但是全文的核心观点已然明确点出。"大人先生"在后文中的宏论滔滔都是为阐述这一核心思想与人生选择服务的。刘孝标在《世说新语·栖逸》中注引《竹林七贤论》曰："籍归，遂著《大人先生论》，所言皆胸怀间本趣，大意谓先生与己不异也。观其长啸相和，亦近乎目击道存矣"②，阮籍笔下的大人先生是和自己一样的人，是他这一类人心理状态的生动写照。阮籍本欲有所作为，而不愿选择大人先生的生活方式，他之所以在心理上做出这样的选择，最重要的原因便如《晋书》概括的《大人先生传》所言：

　　　　世人所谓君子，惟法是修，惟礼是克。手执圭璧，足履绳墨。行欲为目前检，言欲为无穷则。少称乡党，长闻邻国。上欲图三公，下不失九州牧。独不见群虱之处裈中，逃乎深缝，匿乎坏絮，自以为吉宅也。行不敢离缝际，动不敢出裈裆，自以为得绳墨也。然炎丘火流，焦邑灭都，群虱处于裈中而不能出也。君子之处域内，何异夫虱之处裈中乎！③

　　上文虽然删去了原文中表现官场中人鱼肉百姓的"饥则啮人，自以为无穷食也"④一句，但也确实精练地概括了"大人先生"对当时官

----

　　①　陈伯君校注：《阮籍集校注》，中华书局1987年版，第162页。
　　②　（南朝宋）刘义庆撰，（南朝梁）刘孝标注，余嘉锡笺疏：《世说新语笺疏》，中华书局2016年版，第715页。
　　③　（唐）房玄龄等：《晋书》，中华书局1974年版，第1362页。
　　④　陈伯君校注：《阮籍集校注》，中华书局1987年版，第166页。

场之人生存状态的描摹，其讽刺可谓辛辣至极。阮籍在《大人先生传》中议论纵横，全文有不可阻挡的磅礴气势，足见其心中之不平与愤慨强烈到何种地步。要想在这样的官场中和光同尘进而有所作为，"见礼俗之士，以白眼对之"①的阮籍是做不到的。既然做不到，归隐就是最佳的选择。然而事实上阮籍为求自全又根本无法拒绝出仕，于是他只好在心理上退而求其次，追慕"大人先生"的人生选择。《大人先生传》全文有近五千字的篇幅，既然主旨已明，便不再对全文做细致分析了。

再来说音乐，无论是歌者、舞者、长于乐器者甚至是能够长啸者，音乐都可以成为他们抒发感情、表达内心世界的方式，更不要说像阮籍这样在理论和技巧上都取得巨大成就的音乐家了。阮籍在琴曲上的代表作是《酒狂》，明朱权《神奇秘谱·太古神品》谓："是曲者，阮籍所作也。籍叹道之不行，与时不合，故忘世虑于形骸之外，托兴于酗酒，以乐终身之志。其趣也若是，岂真嗜于酒耶？"②笔者习琴已近七载，也曾习得此曲，对《酒狂》一曲有如下体会：此曲正调宫音凡四段，四段之后另有尾声，称"仙人吐酒声"，前四段指法皆以最常见的勾挑抹撮为主，表现的是一个边行路边饮酒的文人隐士形象，而至"仙人吐酒"之尾声处，在指法上主要用的是拂和长锁，这两种指法都是右手快速过弦，乐音表现的是酒到酣时飘然欲仙，情绪正高的同时骤然回落，自始至终的意境正如阮籍"率意独驾，不由径路，车迹所穷，辄恸哭而反"③的过程。可见音乐是阮籍发泄情绪的又一途径。

最后是看似任诞的言行。之所以称看似任诞，是因为阮籍的任诞言行虽然存在荒诞之处，但并非彻底的放任——要么是放浪形骸，内心冷静；要么是喜怒不形于色，内心波涛暗涌。一言以蔽之，无论在世人眼

---

① （唐）房玄龄等：《晋书》，中华书局1974年版，第1361页。
② （明）朱权：《神奇秘谱》，中国书店2016年版，第35页。
③ （唐）房玄龄等：《晋书》，中华书局1974年版，第1361页。

中是否任诞，阮籍都常常行不对心，带有浓重的矫伪之气。此类例证举不胜举，这里仅略举两例典型者。

其一，青白眼与喜怒不形于色。这二者流于两个极端，但有一个共同点：都十分流于刻意，毫无天然可言。鲁迅先生说："白眼大概是全然看不见眸子的，恐怕要练习很久才能够"①，至于喜怒不形于色，笔者此前已有论述，也绝不是轻易可以做到的。这只能说明阮籍本性是眼里不容沙的，青白眼是他表达态度的窗口，而喜怒不形于色，其自全之心昭然。

其二，纵酒佯狂。其最突出表现在他以大醉六十日来拒绝司马氏的联姻和酒后为司马昭写劝进之辞上。在第一件事上，如果不是为了在保全自己的情况下推拒司马氏的联姻，何以早不醉晚不醉，刚巧是司马氏求亲时连醉两月之久？而第二件事的经过如下："会帝让九锡，公卿将劝进，使籍为其辞。籍沉醉忘作，临诣府，使取之，见籍方据案醉眠。使者以告，籍便书案，使写之，无所改窜。辞甚清壮，为时所重"②，阮籍不仅又醉得不早不晚正是时候，而且在使者来取文章时，他能够文不加点，一气呵成，文章的完成度又很高，这显然是刻意为之——不必说文章的完成过程与质量，仅就文章内容没有任何刺世之语而言，已经足以证明阮籍是早有准备的。酒后吐真言是人的常态，阮籍能在醉眠方醒之时无一语触怒朝廷中人，这本身就极为反常。恐怕他事先早已做好两手准备：躲得过最好，躲不过就写！其佯狂矫伪至此，只能说明阮籍纵酒一方面是为服药饮热酒，另一方面是假痴不癫，保护自己，还一方面则是借酒消愁，排遣他深重的压抑情绪。

由上可知，阮籍虽有多种宣泄内心的方式，但现实生活并不允许他

----

① 鲁迅：《魏晋风度及文章与药及酒之关系》，《汉文学史纲要》，江苏凤凰文艺出版社2017年版，第150页。

② （唐）房玄龄等：《晋书》，中华书局1974年版，第1360—1361页。

像写文章和作曲那般畅快淋漓。由于他是为人所重的名士，其言行成了世人效仿的对象。身为人父，阮籍的一言一行都不可能不影响他的孩子。当他发现儿子阮浑像他一样不拘小节时，却对儿子做出了"仲容已豫吾此流，汝不得复尔！"① 的告诫。关于这一点，鲁迅先生一针见血："假若阮籍自以为行为是对的，就不当拒绝他的儿子，而阮籍却拒绝自己的儿子，可知阮籍并不以他自己的办法为然"②，结合阮籍文章表达的思想，足见阮籍任诞言行的背后是如何行不对心，而行不对心的背后又是何等无奈与悲怆！

景元四年冬天，在好友嵇康被处决之后，在自己迫不得已写下《为郑冲劝晋王笺》之后，阮籍走完了他五十四年的一生。在旁人眼中看来，他是平平安安以寿终，算是得到了好的结局；然而，这五十四年人生中的种种经历，很难令不满时世的阮籍真正开怀。在天灾人祸频仍的魏晋之时，阮籍的寿命已不算短，高于平均寿命的生命长度究竟是上天的眷顾还是诅咒，恐怕只有阮籍自己心中清楚了。

三　嵇康疏放：心口不一的狷狂

嵇康的风神潇洒在本章开头已有提及，其人生选择前文也已有论述，他是公然不与朝廷合作而从士人中分化出的文人，前文已经详细分析过他的两封绝交书，也通过分析向秀《难养生论》对嵇康《养生论》的驳斥，对嵇康《养生论》"以为神仙禀之自然，非积学所得，至于导养得理，则安期、彭祖之伦可及"③ 的主要观点有了把握。与其好友阮籍相类，嵇康也在文学、思想和音乐上皆卓然大家。有趣的是，在矫伪这一点上，嵇康也与阮籍异曲同工。不过作为音乐家，嵇康并没有个人

---

① （唐）房玄龄等：《晋书》，中华书局 1974 年版，第 1362 页。

② 鲁迅：《魏晋风度及文章与药及酒之关系》，《汉文学史纲要》，江苏凤凰文艺出版社 2017 年版，第 154—155 页。

③ （唐）房玄龄等：《晋书》，中华书局 1974 年版，第 1369 页。

的独立创作①，那么还是从他的文章与言行中观照其内心世界。不过在此之前，还是先从史传记载中梳理嵇康的基本信息吧：

> 嵇康字叔夜，谯国铚人也。其先姓奚，会稽上虞人，以避怨，徙焉。铚有嵇山，家于其侧，因而命氏。兄喜，有当世才，历太仆、宗正。康早孤，有奇才，远迈不群。身长七尺八寸，美词气，有风仪，而土木形骸，不自藻饰，人以为龙章凤姿，天质自然。恬静寡欲，含垢匿瑕，宽简有大量。学不师受，博览无不该通，长好《老》《庄》。与魏宗室婚，拜中散大夫。常修养性服食之事，弹琴咏诗，自足于怀。②

嵇康与其好友阮籍相比，具有如下共性与特质：相貌上同样风姿不凡；个性气质上，阮籍外表骄傲放浪，实则处世谨慎，嵇康则恬静寡欲，性情简傲；学养上，二人皆在博览群书的基础上，最爱老庄之学；爱好上，都善于弹琴，但阮籍嗜酒，嵇康则服药，酒对于嵇康只是药引。嵇阮二人同样才华横溢，具备许多当时品评人物看重的特性，这注定使他们天下闻名。老庄之学虽然是阮籍的最爱，但他毕竟曾有济世之志，而嵇康则对用世无甚热情，思想上受老庄影响更深。这一点在他的文章上，也有显著的体现。

《文心雕龙·才略》谓嵇康"师心以遣论"，可见嵇康文章成就最高者，是他的论说文。不仅如此，既然嵇康之论是"师心"之作，自

---

① 案：据其《声无哀乐论》所载古曲，《广陵散》并非嵇康作品，这一点古琴大家顾梅羹先生在其《琴学备要》中已有考证；而著名的"嵇氏四弄"经顾老考证实为蔡邕所作，嵇康进行了加工补充。详见顾梅羹《琴学备要》下册（上海音乐出版社，因其为手稿本，故各版本页码一致）《广陵散》后记（第511—522页）与其对《嵇氏四弄》几个问题的考证（第551—559页）。另有《风入松》一曲，作者之说也无定论（详见戴明扬校注《嵇康集校注》之附录《广陵散考》，第703页）。

② （唐）房玄龄等：《晋书》，中华书局1974年版，第1369页。

然可以反映他的思想与情感。下文便以嵇康之《释私论》《声无哀乐论》与《家诫》为窗口，从人生选择和养生论之外的几个角度来试图透视嵇康的主要思想。

在《释私论》一文中，嵇康给自己眼中的君子下了定义："夫称君子者，心无措乎是非，而行不违乎道者也"①，随即给出了详细解释——气静神虚的人，心中不存矜傲；敞亮通达的人，情感不被欲望所控。心中不存矜傲，就能超越名教而任由自然；情感不被欲望所控，就能够明辨贵贱而通达万物情理。万物情理通达了，就不会违背大道；超越了名教任由自然天性，就不用留意对错。一言以蔽之，君子不藏私心，通达而不傲慢，凡事自然随心，也不会不合正道。以下全文分别从成败、吉凶、是非的不同角度围绕这一观点展开，随后又论证了包藏私心的危害，以按亲疏为次序的五伦情感为例，区分错误与私情的差异来收束全文。

君子是儒家十分重视的一个概念。嵇康给君子下的定义不仅合乎"道法自然"的道家思想，也接近孔子说的"从心所欲不逾矩"的境界，而对于不违道之原因的论述，又合乎《黄帝内经》"正气存内，邪不可干"的理论，可见嵇康确实在学问上是个通人，只不过更加偏重道家思想而已。此文题为"释私"，实际上是用说理的方式否定了当时包藏私心的司马氏朝廷以及拥护这一政权的名教之士。大致也正因此，"越名教而任自然"本是作为阐述道理的句子，才在名教之士眼里显得那么刺眼。

作为中国音乐史上的大家，嵇康在音乐上也有自己的理论著作，这就是《声无哀乐论》。该文不同于此前一直被官方推重的儒家音乐理论，逆向观照音乐与人心的互动关系，将人们赋予音乐的主体性剥离出来，把音乐彻底当成了人的认知客体，从而提出了"声无哀乐"的观点。文章主要围绕如下两个问题展开。

---

① 戴明扬校注：《嵇康集校注》，中华书局 2014 年版，第 402 页。

首先，音乐有无哀乐，这不仅是此文要阐述的首要问题，也是全文论证的核心问题。嵇康认为，音乐是客观存在的声响，就像客观存在的甜味苦味一样，并没有哀乐的感情色彩。他敏锐地区分了"善恶"与"哀乐"的内外之别，明确指出"声音自当以善恶为主，则无关于哀乐。哀乐自当以情感，则无系于声音。名实俱去，则尽然可见矣"①，音乐有好的和不好的，这是音乐本身具有的属性，而哀乐是人受到外界触动而引发的情感，不能将哀这种形容词加到客观存在的音乐之上。嵇康这一观点将音乐鉴赏中的声情关系进行了透彻分析，发现了音乐与自然界的其他对象类似，都作为人认识的客观对象而存在。这样的观点在"移风易俗，莫善于乐"这一长久不衰的观点被广泛认同的当时，是具有超越性的。

其次，音乐能否"移风易俗"。对这个问题的阐释，是在"声无哀乐"这一核心观点基础上的推论，嵇康的这段论述直接对儒家传统音乐理论"移风易俗，莫善于乐"的观点进行了驳斥。嵇康指出，移风易俗必然是在社会衰落凋敝之后，换言之，社会走下坡路和上坡路都是潜移默化地渐变。只有社会凋敝成为事实了，人们才会有移风易俗的意识。古代的统治者上承天命，无为而治，上下相安，天人和谐，百姓安居乐业，人们潜移默化形成了忠义的品格而不知道这种品质如何形成。雅乐的积极作用是"导其神气，养而就之；迎其情性，致而明之；使心与理相顺，气与声相应。合乎会通，以济其美"②，就如同化学反应中的正催化剂一样，只能使化学反应的速度加快，从而令反应现象更快显现，让人更早地清楚明白，并不能作为反应物来改变化学反应本身。随后，嵇康不仅指出"移风易俗"主要是靠礼乐的结合，核心在于礼对人的教化，乐只是充当了礼教的媒介，还回答了郑声误人的原因——

① 戴明扬校注：《嵇康集校注》，中华书局 2014 年版，第 347 页。
② 戴明扬校注：《嵇康集校注》，中华书局 2014 年版，第 357 页。

是由于它本身是"音声之至妙"而令人沉溺其中玩物丧志,反过来说,雅乐则类似于淡而无味的大羹一般不会令人沉溺。在礼乐通常被视作一体的普遍认知里,嵇康能够打破常规提出音乐媒介一般的社会功用,且在"郑声淫"深入人心已历久矣的情况下为其翻案,足见嵇康乐论的开创意义之巨。

不仅如此,《声无哀乐论》虽然在视角上与前人之论不同,但也论述了音乐作为媒介的社会作用,所以此文也是嵇康政治思想的一面镜子。由文章可知,嵇康推崇的是"崇简易之教,御无为之治",这种统治观无疑是近乎道家的。

这两篇文章加上《与山巨源绝交书》和《养生论》都是能反映嵇康思想与生活的代表性名篇,从中不仅能够体会到其文章的"清峻"之风,也可以提炼出如下思想:嵇康之所以有这一系列主张,无非是在呼唤坦荡自然的统治者和读书人,并且揭开以名教为掩护,实则包藏私心者的画皮。嵇康的养生观,则是他面对东汉末年以来生命脆弱这一现实想到的解决方式。在养生上,嵇康没来得及验证自己观点的对错就被杀了;那么在现实生活中,嵇康是否做到了不藏私心的"越名教而任自然"呢?鲁迅先生说得好:"凡人们的言论,思想,行为,倘若自己以为不错的,就愿意天下的别人,自己的朋友都这样做。但嵇康阮籍不这样,不愿意别人来模仿他"①,阮籍命阮浑不要学自己,这一点前文已有论述;那么,嵇康教子的《家诫》一文便能够告诉我们他心中的答案:

> 人无志,非人也。但君子用心,所欲准行,自当量其善者,必拟议而后动。若志之所之,则口与心誓,守死无二,耻躬不逮,期

---

① 鲁迅:《魏晋风度及文章与药及酒之关系》,《汉文学史纲要》,江苏凤凰文艺出版社2017年版,第154页。

于必济。若心疲体解，或牵于外物，或累于内欲，不堪近患，不忍小情，则议于去就。议于去就，则二心交争。二心交争，则向所以见役之情胜矣。或有中道而废，或有不成一匮而败之。以之守则不固，以之攻则怯弱；与之誓则多违，与之谋则善泄。临乐则肆情，处逸则极意。故虽繁华熠耀，无结秀之勋；终年之勤，无一旦之功，斯君子所以叹息也。若夫申胥之长吟，夷齐之全洁，展季之执信，苏武之守节，可谓固矣。故以无心守之，安而体之，若自然也，乃是守志之盛者耳。①

以上一段文字，正是嵇康《家诫》的总纲。从中我们不难知道，嵇康虽也提到了"无心守之，安而体之，若自然也，乃是守志之盛者"，但无论是他对"志"的强调，还是对守志的种种论述，反映出的都是儒家君子对自己的约束与要求。在接下来的诫子之语中，嵇康分别从对待上级、与人相处、立身行事、大是大非等方面为其子阐述了行动准则，归结起来就是以谨言慎行为核心，平时严于律己，必要时仗义疏财甚至舍生取义。无论从哪方面看，这些标准都更加符合儒家君子的品格，嵇康这些行事标准的细致程度几乎可以和《曲礼》中的一些行为规范媲美。而在文章最后，嵇康仍是论及了公与私，然其诫子之要求，则与《释私论》大异其趣：

凡人自有公私，慎勿强知人知。彼知我知之，则有忌于我，今知而不言，则便是不知矣。若见窃语私议，便舍起，勿使忌人也。或时逼迫，强与我共说，若其言邪险，则当正色以道义正之。何者？君子不容伪薄之言故也。一旦事败，便言某甲昔知吾事，是以宜备之深也。凡人私语，无所不有，宜预以为意，见之而走者，何

① 戴明扬校注：《嵇康集校注》，中华书局 2014 年版，第 544 页。

哉？或偶知其私事，与同则可，不同则彼恐事泄，思害人以灭迹也。非意所钦者，而来戏调蚩笑人之阙者，但莫应从小共转至于不共，亦勿大冰矜，趋以不言答之，势不得久，行自止也。自非所监临，相与无他宜适，有壶榼之意，束脩之好，此人道所通，不须逆也。过此以往，自非通穆，匹帛之馈，车服之赠，当深绝之。何者？常人皆薄义而重利，今以自竭者，必有为而作。鬻货徼欢，施而求报，其俗人之所甘愿，而君子之所大恶也。被酒必大伤，志虑又愦，不须离搂，强劝人酒，不饮自已。若人来劝己，辄当持之，勿稍逆也，见醉薰薰便止，慎不当至困醉，不能自裁也。①

在《释私论》中，嵇康宏论滔滔，极言君子不藏私心，何等洒脱，何等"自然"！然而到了嘱咐自己孩子的时候，嵇康特意在文章的结尾举生活琐事为例来说明对别人的私事、别人的馈赠和与人饮酒的注意事项，无论是"知而不言"还是"勿稍逆也"，都和"越名教而任自然"完全不沾边。嵇康临终前之所以没有将嵇绍托付给阮籍向秀等人，而是托付给他曾经写过绝交书的山涛，其中最重要的原因恐怕还是与这篇《家诫》的用心一致——不想让孩子与自己一样，希望他能够成为端方律己、有为有志的君子！

上面既然提到了山涛，那么我们就在分析过上面几篇文章和了解嵇康最后的选择之基础上，对嵇康与山涛"绝交"之真正目的进行探索：首先，听其言观其行，嵇康能够在生命的最后托孤山涛，再结合前文我们对嵇康两封绝交书的对比，这足以证明他的"绝交"是假绝交。其次，既然明确了绝交是假，那么结合嵇康、山涛二人的处境，原因主要有二，一是为与山涛划清界限，从而保护好友，让其不落众人口实；二是以绝交书为媒介表明自己的思想立场和人生选择。

---

① 戴明扬校注：《嵇康集校注》，中华书局2014年版，第546—547页。

据前文所述，嵇康其实在学问上是个通人，思想上也并非仅执道家一端，事实上他心中有着强烈的是非观念，只不过是借道家思想的路径表达出他对时局的不满而已，也正因此，这种心口不一就看似奇妙地统一在了同一个人身上。那么嵇康个性最突出的特色又是什么呢？他对自己的评价是"直性狭中，多所不堪"，可见嵇康非但没能做到"心无措乎是非"，反而对外界是有很多要求的。当外界不如他心中所想之时，他就"不堪"了。那么对于自己的要求呢？《与山巨源绝交书》中展现的生活状态，应该是嵇康日常生活的写照——疏懒怠惰又极为任性，而身边众人却对他极为包容，这一方面是嵇康的幸运，另一方面也能说明嵇康并不是一个严于律己的人。而"任自然"在生活上，不过是嵇康为自己的疏懒任性找的借口罢了。嵇康为自己开脱的习惯，前文论《与吕长悌绝交书》中已有论及，此处不赘。

由上，我们不难发现，即使在文章中明言"非汤武而薄周孔"，持论崇尚"越名教而任自然"，嵇康在现实中仍是心口不一的，其言行经常透出矫伪之气。此外，在钟会来访之时，嵇康先是将其晾在一边，等钟会要走时问出的"何所闻而来，何所见而去"也是其矫伪之气的旁证。若要随心所欲，不理也就不理了，又何须多此一举，忍不住开口发问呢？

通过对嵇康文章及其思想、个性与人生选择的论述分析，我们认识了一个博学多才的嵇康，一个疏狂任性的嵇康，一个严于律他的嵇康，一个爱子护友的嵇康，如果非要归结起来，那也只能是一个心口不一的嵇康。这样的嵇康形象不仅无损于他在后世学人心中魅力无穷的形象，而且显得更加有血有肉、真实可爱。他的一些不良习气当然不排除服药的因素，但仍然是其本来的性格底色在起主导作用。嵇康龙章凤姿的鲜活生命虽然定格在了刑场，但他的知人之明与心中的坚持让他的托孤极为成功。嵇绍不仅如他所说"不孤"，还被山涛培养成一代忠烈，尽管他护卫的君王昏聩无能，但他的忠义之光却在历史长河中永不消逝，如果嵇康知道这一点，除了感激挚友山涛外，应该也会得意和欣慰吧？

小结　混乱之中的文人思想转向

　　本章主要以竹林七贤的不同人生选择为中心，以七贤之领袖阮籍、嵇康为主要代表论述了两晋文章的思想开篇，事实上，以他们的思想为拐点，两晋同样迎来了艺术精神的转向：理论上，以嵇康《声无哀乐论》为代表思想的艺术精神流传开来，打破了儒家艺术精神的统一局面；实践上，自何晏而始的服药之风兴起，不仅直接促使当时的服饰变得轻薄宽松，主流对容貌的审美也在逐渐发生变化。

　　思想的变迁如同长河的走向，比起突变的时刻，还是渐变的形式更加符合思想的特点。东汉末年丧乱一起，天灾与人祸就贯通了整个三国两晋甚至此后的南北朝。在这之中的文人也由清流士人到建安的通脱之士，直到竹林名士一出，任诞之风大兴，矫伪之气横行。可笑可叹的是，争相效法、趋之若鹜的后人大多并不具备嵇康、阮籍的思想之光，仿照的结果也就无异于东施效颦。尽管如此，乱世总会或多或少催生思想的转向。天下毕竟经历了司马氏的政变，何晏、王弼等人的思想已然远去，在这场混乱中，嵇康、阮籍等人的生命虽已终结，但文人思想的转向也经由他们的推动而完成了。

第二章

西晋士风与西晋文章的
形式新变

太安二年的一个夜晚，一番挣扎过后，将军陆机终于从噩梦中醒来。梦里他的车被漆黑的帷幔紧紧包裹，任他拼命撕扯，仍是无济于事。起身后，陆机顾不得满头满身的汗水，不仅因为方才的梦境令他太过疲累，更因刚刚经历了建春门兵败，无论是堵塞了七里涧的兵将尸首，还是河桥的哀鼓与折断的牙旗，这些画面在他脑海中久久挥之不去。不觉已至天明，有人来报牵秀领兵来了。陆机从容脱下戎装，戴上处士的白帢，见到本就嫉妒他的牵秀时，他神态自若，对牵秀说："自吴朝倾覆，吾兄弟宗族蒙国重恩，入侍帷幄，出剖符竹。成都命吾以重任，辞不获已。今日受诛，岂非命也！"① 陆机说罢，面现凄然，给他的主公司马颖写了一封信。临刑之时，陆机不由叹道："华亭鹤唳，岂可复闻乎！"② 于是，文武双全的太康之英陆机，就这样在军中遇害，当时，他只有四十三岁。与他一同被害的，还有两个儿子陆蔚、陆夏。陆机罪不至死，众人心知肚明，军中士卒为之痛惜，都以同情之泪默送了陆将军一程。陆机遇害虽是白天，却大雾弥漫，不辨晨昏，狂风折树，骤雪平地一尺厚，人们都说，这是陆机冤死的象征。然而事情远非这么简单：宦官孟玖、谋士卢志极力促成陆机族诛的极刑，终于，其弟陆云、陆耽也未能幸免。随着陆机的生命终结，潘江陆海也从此成为历史。被西晋士风裹挟而惨遭屠戮的他们，是西晋文学最璀璨的双子星，本章要论述的便是以他们为代表的西晋士人之璀璨文章与复杂思想。

第一节　西晋党争与士风的转向

晋武帝司马炎受禅正名，是在其父司马昭死后的咸熙二年十二月（266），晋受魏禅，改元泰始。虽然此时蜀国已灭亡，统一天下只剩下

---

① （唐）房玄龄等：《晋书》，中华书局1974年版，第1480页。
② （唐）房玄龄等：《晋书》，中华书局1974年版，第1480页。

灭吴这一个目标，但现实状况决定了司马炎根本无法立即伐吴。司马炎代魏虽与曹丕代汉类似，然曹魏代汉毕竟手段要比司马氏代魏柔和得多，曹操的个人魅力与才能也使他手下人才济济，而司马氏在夺权过程中杀戮了太多的士人，又因弑君一事广失人心，因此，司马炎接手统治的朝局在人才数量和质量上远不及曹丕时期。不仅如此，司马炎称帝以来，朝野之中接连不断的内忧外患也让他在执政初期自顾不暇：在国家外部，北有匈奴叛乱，南有东吴侵扰，晋军和敌方互有胜负，虽然大致上是僵持的局面，但关外游牧民族的大量内迁已是大势所趋，这也为后来的五胡乱华埋下了隐患。

在国家内部，司马炎面对的主要有两大问题：首先是自然灾害，其次是官员特别是重臣的离世。当时由于自然与社会环境都十分恶劣，人们普遍寿命很短，所以归结起来，国内最主要的问题仍然是严重而频繁的灾疫。据《晋书·武帝纪》载，司马炎伐吴之前，国内主要发生了如下灾疫——泰始年间：三年昼昏，太山石崩；四年太山石崩，青、徐、兖、豫四州大水；五年青、徐、兖三州水，地震；七年雍、凉、秦三州饥，大雪，大雨霖，伊、洛、河溢，同年冬大雪；十年夏大蝗。咸宁年间：元年下邳、广陵大风，郡国螟，青州螟，徐州大水，十二月大疫；二年疾疫，春旱，河南、魏郡暴水，河东、平阳地震，荆州五郡水；三年益、梁八郡水，大风拔树，暴寒且冰，兖、豫、徐、青、荆、益、梁七州大水；四年阴平、广武两次地震，荆、扬郡国二十皆大水；五年百姓饥馑，郡国八雨雹。此外，还有多次日食和星象异常。这些灾疫不仅使农田减产甚至绝收，民不聊生，皇帝和官员也因此缩减食量，咸宁二年正月更是因疾疫而废朝，加上王祥、羊祜等一众文臣武将的离世，更是令晋朝正式立国之初雪上加霜。

尽管面对这样的内忧外患，但在执政初期，司马炎宽宏大量，励精图治，在与东吴的相持阶段，主将羊祜一面练兵，一面以善于招抚的攻心战术广纳人心，虽然他在咸宁四年病卒，但临终前举荐了杜预这个能文能武的全才，晋军终于得以在咸宁五年十一月大举伐吴，次年三月，孙皓投降，这一年，是太康元年。晋朝虽然统一了天下，但晋室夺权带来的隐患也在这个和平时期显现出来。

一　西晋立国以来的朝局分庭

一个王朝天下初定，本应是君臣一心、朝野上下朝气蓬勃的局面，然而西晋统一天下后却完全是另一番光景——最大的外患不见了，朝中之臣间的嫌隙也就浮现出来。整个朝局最活跃的力量分裂为两派：一派以"不能正身率下，专以谄媚取容"① 的贾充为首，主要包括裴秀、荀勖等人，其中多为司马昭弑君夺权的参与者；另一派起初以"性忠正，以社稷为己任"② 的任恺为首，主要包括张华、裴楷、和峤、庾纯等正直之士，他们是政坛的后起之秀，心中多有传统儒家之士的气节。朝中正邪两股势力的明争暗斗，使司马炎一直扮演从中调停的角色，尽管他当面劝告贾充、任恺"朝廷宜一，大臣当和"③，可他们之间本质上并非私人恩怨，加上司马炎并没有因此处罚他们，因而双方也只是"外相崇重，内甚不平"④。从太康元年（280）灭吴起到元康元年（291）八王之乱止，有晋一代和平统一的时间仅有短短十年多。这十年多来，司马炎大封诸王的隐患虽然暂未显现，但朝局分庭这一问题却一直存在。

不仅如此，在天下平定之后，虽然国内仍然灾疫横行，但司马炎却开始懈怠起来：他不再像当初那样勤政克俭，而是将孙皓的数千宫人纳入后宫，竟至任由羊车所至而决定宠幸何人。此外，他非但不制止，还助长其外戚王恺与石崇斗富，上有所好，下必甚之，当时世族享乐纵欲

---

① （唐）房玄龄等：《晋书》，中华书局 1974 年版，第 1167 页。
② （唐）房玄龄等：《晋书》，中华书局 1974 年版，第 1285 页。
③ （唐）房玄龄等：《晋书》，中华书局 1974 年版，第 1286 页。
④ （唐）房玄龄等：《晋书》，中华书局 1974 年版，第 1286 页。

之风盛行，于百姓而言，人祸尤甚于天灾。司马炎在时，尚能勉强维持社会稳定，当他离开人世，以上的一系列问题正如毒疮一般破溃，其子司马衷即位不到一年，皇后贾南风专权，直接导致八王之乱爆发。从权臣到诸王的宾客，许多文人才士换了主公，但只有在权贵手下做事方可能有所作为的事实并未有丝毫改变。

　　无论是朝局分庭带来的朋党之风，还是八王之乱带来的天下动荡，都像时代的洪流，将这一时期的文人英才悉数裹挟其中，无人真正幸免。西晋文坛"二十四友"的命运，也许从一开始就注定笼罩了悲剧的阴影。

二　二十四友：貌同神异的短暂浮华

　　太康三年四月，贾充终于病逝，其爵位为其外孙贾谧所袭。晋惠帝即位后，贾谧作为贾皇后的亲外甥，手中权力远超惠帝，不仅在朝中作威作福，生活上也骄奢淫逸。即便如此，因贾谧手中权力太大，人又确实"好学，有才思"，甚至有人写文章将他比作贾谊来称美他，于是，在他开阁大宴宾客之时，还是吸引了天下绝大多数世族文士。其中最著名的二十四人，被称为"二十四友"，《晋书·贾谧传》列其姓名籍贯如下：

　　　　渤海石崇欧阳建、荥阳潘岳、吴国陆机陆云、兰陵缪征、京兆杜斌挚虞、琅邪诸葛诠、弘农王粹、襄城杜育、南阳邹捷、齐国左思、清河崔基、沛国刘瑰、汝南和郁周恢、安平牵秀、颍川陈眕、太原郭彰、高阳许猛、彭城刘讷、中山刘舆刘琨皆传会于谧，号曰二十四友，其余不得预焉。①

---

① （唐）房玄龄等：《晋书》，中华书局1974年版，第1173页。

以上二十四人虽皆因文才聚集，但他们实质上的结构非常松散，彼此之间的关系非但完全称不上"友"，反而还会行加害之事。其中最重要的原因，便是他们品格、行为甚至位列其间的目的都相差太远——多数人汲汲于个人名利，而绝少有人心怀天下，这样不仅达不到志同道合，内斗也无法避免。此外，他们的心性、思想和志向确乎大异其趣，我们择其文才最著者相比，便能一窥其略。钟嵘《诗品序》谓："太康中，三张、二陆、两潘、一左，勃而复兴，踵武前王，风流未沫，亦文章之中兴也"①，这一概括虽不及《文心雕龙》全面，然其提及之人也确实是当时文章冠绝天下的人物，尤其是陆机和潘岳的文章，更是代表了这一时代的美学风尚。下文就分别简要分析潘岳、左思和陆机兄弟的出身、经历、性情与理想，从而明确他们在这些方面的异同。

潘岳，二十四友之首，世人多因其表字而称之潘安。他不仅因风姿绝美而在当时闻名遐迩，少时"常挟弹出洛阳道，妇人遇之者，皆连手萦绕，投之以果，遂满车而归"②，更是千百年至今美男子的代名词。他与石崇关系很好，二十四友虽是贾谧召集，但其文学聚会活动的承办者却是财力雄厚的石崇。潘岳与石崇，应是最能代表后世多数人对二十四友之印象者。《晋书·潘岳传》载：

> 潘岳字安仁，荥阳中牟人也。祖瑾，安平太守。父芘，琅邪内史。岳少以才颖见称，乡邑号为奇童，谓终贾之俦也。早辟司空太尉府，举秀才。③

出身官宦之家的少年英才，被举为秀才也是顺理成章。然而木秀于

---

① （南朝梁）钟嵘著，曹旭集注：《诗品集注》，上海古籍出版社2011年版，第24—25页。

② （唐）房玄龄等：《晋书》，中华书局1974年版，第1507页。

③ （唐）房玄龄等：《晋书》，中华书局1974年版，第1500页。

林，风必摧之，潘岳显然不是例外。他也因此表达了心中不满：

> 岳才名冠世，为众所疾，遂栖迟十年。出为河阳令，负其才而郁郁不得志。时尚书仆射山涛、领吏部王济裴楷等并为帝所亲遇，岳内非之，乃题阁道为谣曰："阁道东，有大牛。王济鞅，裴楷鞴，和峤刺促不得休。"①

从以上文字中，我们不仅了解到潘岳被人嫉妒有志难酬的十年蹉跎，也可明确体会到潘岳本人心量狭窄、轻率刻薄的性格特征，这样的心性正与刘勰对其"轻敏"（《文心雕龙·体性》）的评价严丝合缝。但他无论自己官位高低，对政事都是勤勉负责的。这一点不但体现在他面对"逆旅逐末废农，奸淫亡命，多所依凑，败乱法度"② 而上奏的《上客舍议》一文中，还体现在《晋书》对其"频宰二邑，勤于政绩"③ 的明确记载上。于是，潘岳得到了升迁。

然而好景不长，潘岳又因公事而被免官，直到杨骏辅政时，才做了主簿。杨骏被害，潘岳本也应被连坐，却因旧友公孙宏为其说话而得幸免。不久，潘岳被选为长安令，在征补博士时，潘岳因母亲生病没有应征，免了官。不久，他又做了著作郎，转散骑侍郎，升迁至给事黄门侍郎。可任何人也无法一直幸运，在八王之乱这一时期更是如此：赵王司马伦辅政之时，从前因为人"狡黠自喜"而被潘岳厌恶的孙秀做了中书令，潘岳用言语试探过后，自知此次无法幸免，不久之后，孙秀果然诬陷潘岳、石崇等人谋划叛乱，潘岳因而被诛并夷三族。

潘岳最终的下场不仅是身处乱世的命运使然，也要归咎于他心性中

---

① （唐）房玄龄等：《晋书》，中华书局 1974 年版，第 1502 页。
② （唐）房玄龄等：《晋书》，中华书局 1974 年版，第 1502 页。
③ （唐）房玄龄等：《晋书》，中华书局 1974 年版，第 1503 页。

狭隘刻薄、趋炎附势的负面因素。诚然，对于百姓而言，潘岳是勤政的好官，河阳之桃花令他流芳千古；对于其母而言，潘岳是恭谨的孝子，可为奉事母亲而不做官；对于其妻而言，潘岳是专情的爱侣，其悼亡之作感动后世至今，可是这些都无法稍稍减弱他急功近利的心态。潘岳也正因此沾染了罪恶，甚至手上沾了冤杀太子的血：

> 岳性轻躁，趋世利，与石崇等诌事贾谧，每候其出，与崇辄望尘而拜。构愍怀之文，岳之辞也。谧二十四友，岳为其首。谧《晋书》限断，亦岳之辞也。其母数诮之曰："尔当知足，而干没不已乎？"而岳终不能改。①

望尘而拜，或许是潘岳、石崇二人最令后世诟病的形象，人们往往容易淡忘事不关己的屠戮，而对他人的丑恶嘴脸印象深刻。二十四友这个群体不去参加也不会危及生命——潘尼就是潘岳身边最好的例子。事实上，这一切更多的还是潘岳自身的选择。无论是拟定《晋书》时间断限的罪恶粉饰，还是构陷太子司马遹的杀人文章，即使是被逼无奈，潘岳也毕竟去做了。我们相信如果潘岳不做，一定还会有别人去做，但是他并没有作出不做的选择，不管是为了名利，还是为了自保。宦海浮沉的危险和母亲"知足"的劝告都没能使潘岳回头，由是我国古代史上最有才情的美男子就这样被其干没不已的恶果推下了历史舞台。

陆机，通常与潘岳并称为"潘陆"，他们是西晋文学星河中最为璀璨的双子星座。而且在文学成就上，陆机是当之无愧的西晋之冠。这不仅因其《文赋》在理论上的不朽成就，也由于陆机最能代表西晋时代特征的才气与文风。除了司马懿、司马炎这两位实质上和形式上的晋室开创者，唐太宗李世民仅为两人的传记之后撰写了史论，其中一个是书

---

① （唐）房玄龄等：《晋书》，中华书局1974年版，第1504页。

圣王羲之，另一个就是被其称作"百代文宗"的陆机。潘陆之争历来便是文坛公案，除去文学成就本身，陆机能够成为除君主外西晋唯一让唐太宗亲自评说的人，是否有其他原因呢？我们还是先梳理陆机的人生轨迹，从中观照他的性情与理想吧。关于陆机的出身和少年经历，《晋书·陆机传》载：

> 陆机字士衡，吴郡人也。祖逊，吴丞相。父抗，吴大司马。机身长七尺，其声如钟。少有异才，文章冠世，伏膺儒术，非礼不动。抗卒，领父兵为牙门将。年二十而吴灭，退居旧里，闭门勤学，积有十年。[1]

陆氏是东吴四大世家之一，素来以忠著称[2]，且无论在思想、文章还是韬略上，陆氏都有十分卓越的家学渊源。陆逊、陆抗于孙吴皆是砥定中流之士，作为他们的儿孙，陆机不仅生得器宇不凡，更是怀抱冠世之才，秉持儒家思想的方正君子。在父亲陆抗病逝后，年少的陆机早早接下父亲的责任，无奈东吴气数已尽，亡国之时，陆机只有 20 岁。面对故国倾覆，家道中落的残酷现实，年少的陆机内心经历了什么已无从知晓，只可确知的是，他选择了带着弟弟陆云一起闭户读书，这一闭门，便是十年之久。闭门十年，也几乎完全错过了西晋少有的十年和平。

不同于潘岳等中原文士，陆机虽出身高贵，但他的家乡在吴地，他的母国是吴国。晋朝一统天下，对中原人而言是有望安定的幸事；而对东吴文士而言，吴国再乱，孙皓统治后期再残暴，吴国都是他们尽忠以事的母国，那么对于满门忠直的陆氏而言就更是如此。晋灭吴后，亡国

---

① （唐）房玄龄等：《晋书》，中华书局 1974 年版，第 1467 页。
② 参见（南朝宋）刘义庆撰，（南朝梁）刘孝标注，余嘉锡笺疏《世说新语笺疏》，中华书局 2016 年版，第 543 页。

之思与势败之困就成了陆机心中迈不过的两道坎，发愤而著《辩亡论》便是这种心态的写照。然而复国兴家毕竟需要实际的功业，吴国大势已去，复兴吴国虽已无望，但凭借胸中才略，重振家族却并非绝无可能。渴望重振陆氏一门的理想终于让陆机离开了书斋与故园，太康末年，陆机携其弟陆云、陆耽与顾荣等其他江南才俊一并北上入洛，虽然客居他乡遭遇过种种歧视，尽管面对的混乱局面不亚于当年，但毕竟遇到了张华这样的伯乐，也有贾谧这样的当权者提供机遇，陆机并没有放弃希望。此外，陆机还保持着心中的准则：对张华，他视之为师长和楷模；对贾谧，他虽然身在二十四友之列，却并非贾谧一党，后来还因参与诛伐贾谧之功被赵王司马伦赐爵关中侯。

然而司马伦野心勃勃意图篡位，终被齐王司马冏、河间王司马颙、成都王司马颖诛杀。司马冏居功自傲，不思进取，陆机若非司马颖和吴王司马晏援救，几乎被司马冏冤杀。陆机见司马颖"推功不居，劳谦下士"①，既感念他的救命之恩，又见朝廷变乱不绝，认为司马颖是能够中兴晋室的人，便追随他做了平原内史。当时顾荣、戴渊等人都劝陆机退步抽身，回吴避难，可叹陆机满心都是匡扶世难的理想，又自恃其胸中才略，却独独未能意识到自己当局者迷的状况——在八王之乱这场空前的皇族内斗中，又有哪一方是正义之师？

不仅所认主公非人，陆机的同僚之中，小人亦不在少数。太安之初，司马颖与司马颙起兵讨伐长沙王司马乂，陆机虽然坚辞河北大都督一职，无奈司马颖不答应，也只得做了二十余万大军的统帅。陆机统兵正应了三世为将的道家忌讳，他本就以羁旅之身才华出众而备受中原之士打压忌恨，此次又是大军主帅，手下的王粹、牵秀等人都对他心存怨恨。事实上，陆机非但没有因执掌帅印而滋生骄心，反而十分清醒，既不因司马颖许以高官勋爵而盲目自信，又不忘提醒司马颖用人不疑，他

---

① （唐）房玄龄等：《晋书》，中华书局1974年版，第1479页。

在战前于人心一事上，已经尽可能做到了自己能做的所有。但心怀不满的孟超等人偏就不听号令，又岂是陆机一个外来新帅能够左右？

王粹、牵秀与陆机昔日同在二十四友之列，大军出征不想着如何取胜，反而对陆机心怀忌恨，陆机兵败又给了他们落井下石的良机，在陆机生命的最后时刻，牵秀正是领兵来拿他的那个人。贾谧二十四友，其貌同神异至此！

天才秀逸的陆机在八王之乱中惨遭陷害，怀璧其罪只是一方面，另一方面应该也由于他的正直风骨得罪了卢志等一干小人。关于两晋文人的风骨，后文会有专门论述，此处不赘。同样渴望建功立业，不同于潘岳的望尘而拜与屈从威权，陆机的服膺儒术、正直风骨与才情韬略都是明君看重的品质，一个具备以上品质的人怀抱匡世之志，入可为忠臣，出可为良将，陆机确实是不可多得之才，这大概也是唐太宗舍潘尊陆为文宗的原因之一。陆机临刑之叹被载入《世说新语·尤悔》中，不知他悔的是北上入洛，还是没能及时退步抽身？也不知陆机去后，他的爱犬黄耳是否最后一次回东吴送了这个消息？李世民不愧一代明君英主，评价历史人物十分中肯，对陆机的悲剧命运，他的评说十分精彩。兹不赘言，录之如下：

> 睹其文章之诫，何知易而行难？自以智足安时，才堪佐命，庶保名位，无忝前基。不知世属未通，运钟方否，进不能辟昏匡乱，退不能屏迹全身，而奋力危邦，竭心庸主，忠抱实而不谅，谤缘虚而见疑，生在己而难长，死因人而易促。上蔡之犬，不诫于前；华亭之鹤，方悔于后。卒令覆宗绝祀，良可悲夫！然则三世为将，衅钟来叶；诛降不祥，殃及后昆。是知西陵结其凶端，河桥收其祸末，其天意也，岂人事乎！①

---

① （唐）房玄龄等：《晋书》，中华书局1974年版，第1488页。

以上一段评价，唐太宗原本带上了陆云，但在笔者看来，实是对陆机的评价。长久以来，人们虽将二陆并称，但在言及陆云之时，却往往将之作为陆机的附属一笔带过。事实上，陆云虽与其兄感情深厚，但陆云之个性与乃兄大异，甚或因此几乎改写命运，所以有必要对陆云的生平进行梳理，分析陆云的个性与思想和陆机、潘岳之异同，以便透视他们悲剧命运的根源。

陆云自身的光芒虽常被兄长陆机掩盖，然较之乃兄，陆云亦有所长，同样是一位天才少年。《晋书·陆云传》载：

> 云字士龙，六岁能属文，性清正，有才理。少与兄机齐名，虽文章不及机，而持论过之，号曰"二陆"。幼时吴尚书广陵闵鸿见而奇之，曰："此儿若非龙驹，当是凤雏。"后举云贤良，时年十六。①

由上不难得知，陆云不仅天资颖悟，六岁能文，在论说方面超过了其兄陆机，更是一位心性清正的君子，有龙驹凤雏之誉。因而，他十六岁被举贤良也是顺理成章。陆云虽有"当今颜子"之称，却因其笑疾而给人留下别样印象：

> 机初诣张华，华问云何在。机曰："云有笑疾，未敢自见。"俄而云至。华为人多姿制，又好帛绳缠须。云见而大笑，不能自已。先是，尝著缞绖上船，于水中顾见其影，因大笑落水，人救获免。②

---

① （唐）房玄龄等：《晋书》，中华书局1974年版，第1481页。
② （唐）房玄龄等：《晋书》，中华书局1974年版，第1481—1482页。

　　若非陆机预先言明，陆云之笑疾极易令人误会。不过，陆云身着丧服而大笑落水一事，已足够证明他的笑疾是身体实有之病。既然是病症，不妨对病因作一探索，或可有所收获。关于笑疾，《黄帝内经·灵枢·本神》谓："心气虚则悲，实则笑不休"，更详细一些的解释，则在《素问》之中："心生血，血生脾，心主舌。其在天为热，在地为火，在体为脉，在脏为心，在色为赤，在音为徵，在声为笑，在变动为忧，在窍为舌，在味为苦，在志为喜。"（《黄帝内经·素问·阴阳应象大论》）又，《黄帝内经·素问·调经论》谓："神有余则笑不休，神不足则悲"，可见陆云之笑疾实源于心。心脏是受情绪影响最明显的器官之一，类似陆云的症状现代依然存在，名为自笑。对此病之症状与根由，今之医者有如下解释：

　　　　不因快事赏心，逗惹作态，无端咯咯笑，甚至捧腹大笑，不能自知，或虽知亦不能控制，多为情志失调。①

　　如医者言，笑疾是心病所致，其根源多为情志失调。陆云性情如颜子一般温和内敛，《世说新语·赏誉》谓其"文弱可爱"，这样的个性遇到不平之事尚不能如刚直的陆机一般即刻还击，更何况是深重的亡国破家之痛？陆云十六岁被举贤良时，史料毕竟没有记载其笑疾，须知在重视人物品藻的两晋，笑疾不可能使人毫无印象，相反，是作为人不得不书之特色存在的。所以我们有理由相信，陆云笑疾背后的情志失调，多半和吴国灭亡密不可分。那么，陆云入洛看似是对兄长陆机的亦步亦趋，不如说也在一定程度上反映了他在复国无望的情况下借由功业以兴家族的心愿，这也是儒家用世心态的反映。事实证明，陆云不仅如颜子

---

　　① 于伟臣：《自笑症验案两则》，《国医论坛》1990年第2期，第28页。

一般外表文弱可爱，内心仁厚清正，他的智慧与才能也足以当得这一赞誉：

> （云）俄以公府掾为太子舍人，出补浚仪令。县居都会之要，名为难理。云到官肃然，下不能欺，市无二价。人有见杀者，主名不立，云录其妻，而无所问。十许日遣出，密令人随后，谓曰："其去不出十里，当有男子候之与语，便缚来。"既而果然。问之具服，云："与此妻通，共杀其夫，闻妻得出，欲与语，惮近县，故远相要候。"于是一县称其神明。①

见微知著，接手一个难以治理著称的县，陆云以其断案如神的智慧使百姓心服口服，在他的治理下，浚仪县"下不能欺，市无二价"。此中"下不能欺"颇有意味：陆云的下属不是由于惧怕上级而"不敢欺"，作为难理之地，浚仪的小吏也多半不会因为敬爱上级而"不忍欺"，当然只能是因为陆云的过人智慧而骗不过，也就不"欺"了。小吏对明察秋毫的上司是因"不能欺"而认真做事，上司对出类拔萃的下属本应奖掖提拔，然而人们很容易原谅别人的错误，却很难原谅别人的正确，当下属无论是智慧、能力还是声誉都远胜自己之时，恐怕也只有真正的君子才能正确对待了。陆云所在地的郡守并不是君子，他非但没有对陆云的卓越才能有任何肯定，反而"害其能，屡谴责之"，陆云也就因此而辞了官。可是百姓对这位断案如神的陆大人十分拥戴，虽然陆云辞官而去，但他们将陆云"图画形象，配食县社"以为纪念，陆云之德行与才能为他带来的积极影响可见一斑。

陆云不仅在所治之地的百姓中声誉极佳，而且他"爱才好士，多

---

① （唐）房玄龄等：《晋书》，中华书局1974年版，第1482页。

所贡达"①，给同为文士的人群也留下了很好的印象。虽然他最终也因为人清正妨碍小人利益而被陷害，但江统、蔡克、枣嵩等人一并上疏为之求情，任凭司马颖不听，他们还是不曾放弃，在小人卢志向司马颖进谗言时，他们更是拼命力保，以至司马颖几乎要答应宽宥陆云：

> 蔡克入至颖前，叩头流血，曰："云为孟玖所怨，远近莫不闻。今果见杀，罪无彰验，将令群心疑惑，窃为明公惜之。"僚属随克入者数十人，流涕固请，颖恻然有宥云色。②

然而面色恻然，意欲宽宥到底不及小人之歹毒，陆云终究没能逃过遭谗被杀的噩运。可不能不留意的是，司马颖后期何等多疑与昏聩！若非蔡克等人叩头流血，情词恳切，他又岂能心生回转？能令司马颖在亲信的谗言中清醒片刻，那是何等不易！陆云才智过人，患有笑疾，又是吴人入洛，身上有如此多容易被中原文士嫉妒、鄙夷甚至排挤的天然因素，在他生死关头却有数十人为他挺身而出，尽心竭力，这大概就是陆云颜子之风的魅力吧！这份人格魅力不仅是陆云的个性所在，在某种程度上也是他超越乃兄陆机的温厚之光。同在宦海沉浮，陆云虽也有立德立功之心，但他远比陆机淡泊，虽在原则问题上直言不讳，但在处事方式上却十分温和宽厚。这应该与他的思想不无关联：

> 云尝行，逗宿故人家，夜暗迷路，莫知所从。忽望草中有火光，于是趣之。至一家，便寄宿，见一年少，美风姿，共谈老子，辞致深远。向晓辞去，行十许里，至故人家，云此数十里中无人

① （唐）房玄龄等：《晋书》，中华书局1974年版，第1483页。
② （唐）房玄龄等：《晋书》，中华书局1974年版，第1485页。

居，云意始悟。却寻昨宿处，乃王弼冢。云本无玄学，自此谈老殊进。①

以上史料记载虽不乏灵异色彩，但也反映出陆云持论胜于陆机的一个重要原因：在思想上，陆云算是通人，他并不是专于儒家用功，于道家思想和玄学上也有积淀。他的悲剧命运，与其说是受其兄长所累，不如说是他与兄长一起被时代吞噬了。

与潘岳、陆机、陆云三人相比，左思的结局要好上很多。迥异于潘岳和二陆兄弟，左思不仅出身一般，而且完全不是天才型人物：

> 左思字太冲，齐国临淄人也。其先齐之公族有左右公子，因为氏焉。家世儒学。父雍，起小吏，以能擢授殿中侍御史。思少学钟、胡书及鼓琴，并不成。雍谓友人曰："思所晓解，不及我少时。"思遂感激勤学，兼善阴阳之术。貌寝，口讷，而辞藻壮丽。不好交游，惟以闲居为事。②

没有二陆、潘岳的优越家庭背景，左思的父亲只是小吏出身，他本人也并无过人的天资，哪怕是当时普遍看重的相貌与口才，左思也一样都不具备，连他的父亲也说他不及年轻时的自己。即便如此，左思还是凭着勤勉积累了才学，他擅长阴阳之术，文章也写得很好。左思不好交游，应与他"貌寝，口讷"和当时人物品鉴与清谈之风盛行密切相关，多半是不愿以己之短就人之长所致。倘若左思真的懒与人共，他完全可以不在二十四友之列。

值得注意的是，《晋书》将左思列入《文苑传》，与他一并入此传

---

① （唐）房玄龄等：《晋书》，中华书局 1974 年版，第 1485 页。
② （唐）房玄龄等：《晋书》，中华书局 1974 年版，第 2375—2376 页。

的另有 16 人,分别是应贞、成公绥、赵至、邹湛、枣据、褚陶、王沈、张翰、庾阐、曹毗、李充、袁宏、伏滔、罗含、顾恺之、郭澄之,这份名单中之所以并没有收入傅玄、张华甚至是三张二陆两潘等人,是因他们的政治地位之故,其传记远在《文苑传》之前,所以张载、陆机、潘岳作为最具文才的代表,仅存在于《文苑传》序文的只言片语中。这就说明左思等人的政治地位和影响力远不及前述之人,在乱世之中,这反而成了远离风暴中心的幸事,此是后话。事实上,左思在缺乏优越政治资源的情况下,借由文才而扬名天下就成了他提高社会地位的唯一途径。在为提高社会地位而努力这一点上,左思用心之周密,用力之勤勉可谓超乎常人。他的《三都赋》能够流行到洛阳纸贵的程度绝非偶然,正是他苦心经营的结果:

> 复欲赋三都,会妹芬入宫,移家京师,乃诣著作郎张载访岷邛之事。遂构思十年,门庭籓溷皆著笔纸,遇得一句,即便疏之。自以所见不博,求为秘书郎。及赋成,时人未之重。思自以其作不谢班张,恐以人废言,安定皇甫谧有高誉,思造而示之。谧称善,为其赋序。张载为注《魏都》,刘逵注《吴》《蜀》而序之。①

左思不仅在创作上十年来专为赋三都做出了一系列努力,终于写就佳作,在文章写成后还拜访名士自荐其文,由是《三都赋》为人所知,当时的文坛领袖张华见文也不禁赞叹,造成了一时洛阳纸贵的局面,并致使文才如海的陆机阅而辍笔。可见左思虽对当时“血而优则仕”的政治局面深为不满,但还是会为跻身上流社会而煞费苦心。于是,左思能够答应贾谧请他讲《汉书》,能够身居二十四友之列,也是他成名之后顺理成章的事。

---

① (唐)房玄龄等:《晋书》,中华书局 1974 年版,第 2375—2376 页。

　　然而与潘岳等人不同的是，当贾谧被诛杀后，左思并未继续跟随任何一股政治力量，而选择了退居宜春，专意于典籍。左思的退避还是比较彻底的，当齐王司马冏命他做记室督时，他选择了托病不就。虽然在此后的乱世中，左思并没能避免迁徙之苦，但他"以疾终"已然算是不错的人生结局。左思能够得以善终，最直接的原因便是他在贾谧垮台后及时远离了官场，这或许与他善阴阳之术不无相关。若是对前路祸福浑然未觉，以左思对才名、地位之用心，又岂能心甘情愿一走了之呢？

　　潘岳、陆机、陆云、左思不仅在二十四友中文才最著，即使放眼整个两晋，他们在文学上也是卓然大家。通过对他们生平的简单梳理，我们于上文中对比了他们的出身、性情、思想、志向和人生选择，得出了他们之间的种种貌同神异，而他们正分别代表了二十四友中成员的不同类型。因此，在元康中后期，二十四友虽皆选择了以文才依附于位高权重的贾谧，也都或多或少有为个人名利计的成分，但在这个表象的背后却是他们形形色色的内心世界。这些貌同神异的文士之所以能够暂时以贾谧为中心形成文学群体，根本原因还是贾谧专权的局面和他们自身有所作为的愿望。然而政治就是利益的分配，专权者如不能对手中的权力善加利用，为下属提供实际利益与发展空间，也就只会人心尽失，没有人心所向的权力就像沙滩上的房子一样不堪一击，正因如此，贾谧能为二十四友带来的只能是短暂的浮华。这浮华的岁月虽然短暂，且存在诸多不堪，但也曾为后世留下足以世代效仿的精彩瞬间。

三　金谷之集：自我觉醒的别样风雅

　　晋惠帝元康六年，石崇由太仆外任为征虏将军，持节监青州、徐州诸军事。临行前又有征西大将军祭酒王诩将回长安，石崇便在河阳别馆金谷园举行了一场盛宴，宴会上共有包括二十四友在内的三十位名士，其中以苏绍为首。当时之盛况正如《晋书·石崇传》所载：

崇有别馆在河阳之金谷，一名梓泽，送者倾都，帐饮于此焉。①

仅"倾都"一语，已然道尽了当时聚会的排场。然而若是仅有排场，与石崇平日与王恺斗富的奢华生活也并没有什么差别，金谷集会又称金谷诗会或金谷雅集，它的不同由以上两个别称便可窥知大略——参与者不仅囊括了当时绝大多数最杰出的文人，而且众人是要赋诗的。惜金谷诗集并未留存，而今日能够零星所见之诗与作者，胡大雷先生已早有考述。② 值得关注的问题是，金谷雅集何以令后世如此称道，以至于书圣王羲之在听人将其《兰亭诗序》比之《金谷诗序》时非常高兴？金谷诗会之前也有华林园诗会，与之相比，其独特魅力与可贵之处又是什么？若要解决以上问题，我们仍需将金谷诗会置于元康年间这个历史背景下，从当时的历史背景出发来一探金谷诗会吸引后人的深层原因：

首先，元康是晋惠帝司马衷使用最久的年号，这一时期也是惠帝一朝相对最和平的岁月。自元康元年（291）六月贾后历时三月成功夺权起，直至元康九年十二月贾后阴谋废太子止，这之中的八年时间里，虽然贾氏一族掌握了朝政大权，但当时朝中也不乏张华、裴颋、裴楷、王戎这样的名臣名士，社会总体上还是比较安定的。元康六年正处于这一时间范围内，相对安定的社会局面为金谷诗会提供了可能和前提。

其次，不同于一般情况下的安定局面，元康年间的安定是贾后及贾氏一族专权情况下的安定，在这个前提下，读书人若想建功立业，不和贾氏集团有任何牵扯几乎是做不到的，也正因此，绝大多数文士还是做

---

① （唐）房玄龄等：《晋书》，中华书局1974年版，第1006页。

② 参见胡大雷《中古文学集团》，广西师范大学出版社1996年版，第77—78页。

出了依附贾氏的选择。而依附贾氏本身就违背了儒家忠君的道德准则，做出这样的选择就远离了根植于他们思想中真与善的标准，对真善美的追求与亲近是人的本能，对于胸有诗书的文士而言更是如此。然而，当求真无门、求善无果时，他们就只剩下了求美一条路。金谷诗会的发起人石崇便是这样的典型：

> 尝与王敦入太学，见颜回、原宪之象，顾而叹曰："若与之同升孔堂，去人何必有间。"敦曰："不知余人云何，子贡去卿差近。"崇正色曰："士当身名俱泰，何至瓮牖哉！"其立意类此。①

石崇也曾以颜子、子思为榜样，希望自己身名俱泰，死后与他们一样。但此后现实的残酷粉碎了他理想的美好，于是石崇不再拥有这样的追求，对上望尘而拜，对下劫掠敛财，与人争奢斗富，自己则任性使气，随意害人性命，心中的道德彻底沦丧。但与此同时，他毕竟也曾"好学不倦"②，即使将道德抛诸脑后，石崇仍然"颖悟有才气"③，又有任侠的个性，因此对文章音乐，他能写能赏；对危难中的朋友，他仗义相救。金谷诗会中的文人虽在道德节操与心性志趣上相去甚远，但他们在文学艺术上尽力求美却是不争的事实：石崇是如此，我们此前论述对比过的潘岳、陆机、陆云、左思等二十四友亦是如此。

而且，不同于曹魏时期统治者本身就多为文学家的时代，两晋的君主并没有什么文学成就，也对文章之事没有什么热情，金谷诗会自然与邺下风流不同，与晋武帝时期的华林园聚会也有本质区别：后两者都有统治者或统治集团的参与和影响，而金谷诗会则是石崇等文士

---

① （唐）房玄龄等：《晋书》，中华书局1974年版，第1007页。
② （唐）房玄龄等：《晋书》，中华书局1974年版，第1005页。
③ （唐）房玄龄等：《晋书》，中华书局1974年版，第1006页。

的私家诗会，其气氛和情感自然有所不同。正如石崇《金谷诗序》所谓：

> 余以元康六年，从太仆卿出为使持节、监青徐诸军事、征虏将军，有别庐在河南县界金谷涧中，去城十里，或高或下，有清泉茂林、众果竹柏、药草之属，金田十顷、羊二百口，鸡猪鸭鹅之类，莫不毕备。又有水碓、鱼池、土窟，其为娱目欢心之物备矣。时征西大将军、祭酒王诩当还长安，余与众贤，共送往涧中，昼夜游晏，屡迁其坐，或登高临下，或列坐水滨，时琴瑟笙筑，合载车中，道路并作。及住，令与鼓吹递奏，遂各赋诗，以叙中怀。或不能者，罚酒三斗。感性命之不永，惧凋落之无期。故具列时人官号姓名年纪，又写诗箸后。后之好事者，其览之哉。凡三十人，吴王师议郎、关中侯、始平武功苏绍，字世嗣，年五十，为首。①

前文已经提及，金谷诗会是为送行而设。由上文可知，诗会地点金谷园位于金谷涧中，是石崇的私人住所，离城池有一定距离，景色优美而不喧嚣，相应地，宴会盛大却不粗俗——不仅宴饮众人往来赋诗，更有多种乐音相伴。更重要的是，作为一场私家诗会，其气氛自然比含有官方成分的更加轻松自由。正是在这样的氛围中，众文士才能不分昼夜地游乐欢宴，多次变更地方，有时登高临下，有时坐在水边，大家饮酒赋诗时精神放松。

最后也是最重要的，就是金谷文士普遍存在的"感性命之不永，惧凋落之无期"之情感，以及其来源和影响。有晋一代天灾人祸频繁，在相对和平的元康年间依然如此。人祸上除元康初年贾后夺权及

---

① （清）严可均辑：《全晋文》，商务印书馆1999年版，第335页。

此后弑皇太后事件外，还有元康四年的匈奴郝散叛乱①；天灾上就显得密不透风了：元康元年京师地震，二年大疫、雨雹，三年雨雹两次，四年山崩、地陷、洪水、大饥且一年内地震八次，五年地震、雨雹、暴风、火灾，六州大水，而元康六年正月地震，三月东海隕霜，四月大风，五月有匈奴、马兰羌、庐水胡造反②，从欧阳建战败一事，可知金谷诗会当在元康六年五月胡人叛乱之前，以上大致是金谷诗会之前的天灾人祸梳理。身处衰世与乱世，在频繁的各种灾祸面前，生命便显得尤其脆弱。此前我们对晋人平均寿命之低已有提及，在不知灾难何时降临到自己身上的情况下，在生命朝不保夕的情况下，金谷文士活在这个世界的每一天甚至每一刻都充满了未知的死亡阴影。面对随时可能到来的死亡，他们唯一能做的，就是把生命中的每一天都当成最后一天一样度过。无论是当时盛行的享乐之风，还是不择手段的争名逐利，除受"越名教而任自然"的思想余绪影响外，他们的纵欲很大程度上都类似于人在时日无多的时候为了不虚此生而做出的种种疯狂举动。当身心放松，可以一吐块垒之时，他们对生命的留恋、对死亡的无奈和对死生无常的惧怕就会自然流露出来。从这个意义上讲，兰亭文人乐生恶死之心态与金谷文人的这种心境确实是一脉相承的。当然，兰亭文人在此基础上有相当大的超越，这是我们后文要专门讨论的内容。

在星汉灿烂的中国文学史上，金谷之集的影响力远远不及五十余年后的兰亭之会，然而，兰亭之会却实实在在对金谷之集多有效仿。在人格魅力上，石崇比之于王羲之虽如东坡所言"如鸱鸢之于鸿鹄"，但王羲之对金谷之集的肯定已永载于《世说新语·企羡》之中，这或许就是心境相类之时的理解与共鸣使然吧！金谷之集最大的魅力，正是在于

---

① （唐）房玄龄等：《晋书》，中华书局1974年版，第92页。
② （唐）房玄龄等：《晋书》，中华书局1974年版，第92—94页。

文人们普遍对短暂的生命怀有敏锐的感怀和真挚的深情，以及他们对文采华章的不懈追求，这不仅是西晋文人时代精神的缩影，也是他们在山雨欲来风满楼的元康年间内心折射出的觉醒之光和别样风雅。至于它的发起人石崇，在因财致害之时，在临终的那一刻，不知他能否忆起金谷园中那场盛大而风雅的欢宴？又能否再见那个在太学中义正词严，以"士当身名俱泰"为人生准则的任侠少年？

第二节　西晋文章思想与艺术的新变

嵇康、阮籍的思想并未因其生命终结而消亡，文人思想的转向是经由他们的推动而完成的。对这段思想发展轨迹，余敦康先生有如下精彩概括：

> 如果说王弼的贵无论的玄学体系致力于结合本体与现象、自然与名教，代表了玄学思潮的正题，那么阮籍、嵇康的自然论以及裴頠的崇有论则是作为反题而出现的。阮籍、嵇康强调本体，崇尚自然，裴頠则相反，强调现象，重视名教，他们从不同的侧面破坏了王弼的贵无论的哲学体系，促使它解体，但却围绕着本体与现象、自然与名教这个核心进行了新的探索，在深度和广度方面极大地丰富了玄学思想。郭象的独化论是玄学的合题。[1]

正始到西晋的思想发展在总体上在王何的正题之后，嵇阮首先从强调本体这一角度打破了王弼的思想体系，这个反题的意义是十分重大的：在思想上，没有这一次激进的破题，就不会有裴頠崇有的思想，嵇阮与裴頠的思想正如一个硬币的两面，裴頠的崇有既是嵇阮思想的反其

---

[1]　余敦康：《魏晋玄学史（第二版）》，北京大学出版社 2016 年版，第 340—341 页。

道而行，也是社会的现实需要——毕竟在君主制社会中，嵇康"昔为天下，今为一身。下疾其上，君猜其臣。丧乱弘多，国乃陨颠"① 和阮籍"君立而虐兴，臣设而贼生"② 这种将矛头直指君主制的思想是根本无法被承认的。然而此后的合题，笔者更倾向于说是向秀与郭象共同完成的③。

　　行为和审美都是思想的表现方式，西晋文人思想的转向带动了西晋文人行为和审美的新变。这些新变充分体现在他们的文章之中，无论是私家文语、公家笔语还是语体文章，这就是下文要论述的内容。

一　东施效颦：从行事任诞到放纵欲望

　　上一章我们论述了竹林名士的任诞之风，这种风气在西晋尚存余绪，不过竹林名士的行为是有才学和思想支撑的，而西晋名士总体上在这一方面就逊色得多。《世说新语·任诞》中真正记载西晋文人的数量并不多，观其行为本身，也多不及竹林文人的气度超逸。鲁迅先生说："何晏、王弼、阮籍、嵇康之流，因为他们的名位大，一般的人们就学起来，而所学的无非是表面，他们实在的内心，却不知道。因为只学他们的皮毛，于是社会上便很多了没意思的空谈和饮酒。许多人只会无端地空谈和饮酒，无力办事，也就影响到政治上，弄得玩'空城计'，毫无实际了。"④ 这里鲁迅先生可谓一针见血——西晋最终覆亡，晋室衣冠南渡，多少人发出了清谈误国的慨叹！西晋文人任诞言行的表里大致如上所说，现举两例如下：

---

　　① 戴明扬校注：《嵇康集校注》，中华书局2014年版，第534页。
　　② 陈伯君校注：《阮籍集校注》，中华书局1987年版，第170页。
　　③ 《庄子注》的作者问题素来是学界公案，本书不纠结于向郭之争，在这一问题上，笔者赞同向秀为《庄子》作注在先，而郭象则对其思想有丰富和发展，最终完成了我们能见到的《庄子注》。参见汤一介《郭象与魏晋玄学》，北京大学出版社2009年版。
　　④ 鲁迅：《魏晋风度及文章与药及酒之关系》，《汉文学史纲要》，江苏凤凰文艺出版社2017年版，第156页。

　　任恺既失权势，不复自检括。或谓和峤曰："卿何以坐视元裒败而不救？"和曰："元裒如北夏门，拉擸自欲坏，非一木所能支。"①

　　任恺放纵自己的原因是丢了官，仅就原因上而言，已与竹林文人差之千里。而其行为更是与竹林风雅大异其趣，几乎就是以美酒珍馐和丝竹之声来满足自己的享乐欲望。《晋书·任恺传》对此有更加详细的记载：

　　恺素有识鉴，加以在公勤恪，甚得朝野称誉。而贾充朋党又讽有司奏恺与立进令刘友交关。事下尚书，恺对不伏。尚书杜友、廷尉刘良并忠公士也，知恺为充所抑，欲申理之，故迟留而未断，以是恺及友、良皆免官。恺既失职，乃纵酒耽乐，极滋味以自奉养。初，何劭以公子奢侈，每食必尽四方珍馔，恺乃逾之，一食万钱，犹云无可下箸处。恺时因朝请，帝或慰谕之，恺初无复言，惟泣而已。②

　　这段史料将任恺放纵自己的原因、行为及内心写照表现得淋漓尽致：任恺本是勤勤恳恳的能臣，是因贾充的排挤才被陷害的，他本来也志在朝堂有所作为，并非生性闲散之人，纵情酒乐不过是免官之后的退而求其次，《世说新语》谓其"不复自检括"也就言简意赅地反映了这一点。他免官之后的行为与其说是任诞，不如说是在纵欲，他的朋友和

---

　　① （南朝宋）刘义庆撰，（南朝梁）刘孝标注，余嘉锡笺疏：《世说新语笺疏》，中华书局 2016 年版，第 811 页。
　　② （唐）房玄龄等：《晋书》，中华书局 1974 年版，第 1287 页。

峤正对此十分了解，才并没有规劝。任恺纵欲其实带了自暴自弃的意味，在后人看来远不及竹林名士可爱或许也正在此，他最终"不得志，竟以忧卒"① 的结局也可作为其热衷名利的旁证。我们了解了任恺纵欲的精神内核，也就不会为其死在强烈的功名之心上而感到丝毫意外。

事实上，西晋一朝到了武帝后期已然纵欲成风，任恺纵欲不仅不是个案，也远不及王恺、石崇等人，这应该也是《世说新语》将石崇等人此类言行收入《汰侈》一门中，而将任恺归入《任诞》的重要原因。石崇因与王恺斗富而在今天仍广为人知，可谓是将奢侈行为进行到极致的人。《世说新语·汰侈》共 12 则，涉及石崇的有 7 则，其中直接写石崇生活豪奢的有 4 则。除去争豪斗富的王石二人，王济也是西晋以骄奢闻名的人物。而且为逞一时之快，他们甚至会将珍稀动物甚至是人的生命都视若无物：

> 王君夫有牛，名"八百里驳"，常莹其蹄角。王武子语君夫："我射不如卿，今指赌卿牛，以千万对之。"君夫既恃手快，且谓骏物无有杀理，便相然可。令武子先射。武子一起便破的，却据胡床，叱左右："速探牛心来！"须臾，炙至，一脔便去。②

"八百里驳"本是王恺的宠物牛，王济为与王恺赌射艺，押重金指之为赌。王恺自恃箭术好，又认为这么珍稀的牛没有被杀的道理，也就答应了，且让王济先射。谁知王济一箭即中，一射中就吆喝随从杀牛取心。片刻间烤牛心就送来了，王济吃一块就走了。王济一系列的举动不仅充分证明了在他眼中这头牛就像随时可以毁坏的玩物一样，丝毫不值

---

① （唐）房玄龄等：《晋书》，中华书局 1974 年版，第 1287 页。
② （南朝宋）刘义庆撰，（南朝梁）刘孝标注，余嘉锡笺疏：《世说新语笺疏》，中华书局 2016 年版，第 971 页。

得珍惜，而且也是他财大气粗肆意横行完全不考虑对方感受的写照。无独有偶，石崇对王恺的珊瑚树也是随意击碎，然后拿自己的来炫耀。而对于石崇而言，人的生命居然也可以像珊瑚树一样随意戕害：

> 石崇每要客燕集，常令美人行酒，客饮酒不尽者，使黄门交斩美人。王丞相与大将军尝共诣崇，丞相素不善饮，辄自勉强，至于沉醉。每至大将军，固不饮，以观其变。已斩三人，颜色如故，尚不肯饮。丞相让之，大将军曰："自杀伊家人，何预卿事！"①

以上一段文字在各家的笺疏中虽皆有存疑，或以此为言过其实，或谓《晋书·王敦传》言以上是王恺所为。但无论如何，皆可见石崇、王恺、王敦之残忍：于王敦而言，是毫无恻隐之心；于石崇、王恺而言，是为纵欲逞一时之快而不顾人命。如果说斩杀还算是比较痛快的死法，那么王恺以下行为简直是残忍到了变态的程度：

> 王君夫尝责一人无服余衵，因直内着曲阁重闺里，不听人将出。遂饥经日，迷不知何处去。后因缘相为，垂死，乃得出。②

王恺处分一个人，不准他穿衣服，又将其关在深宅大院不让人带他出来。这个人饿了好几天，晕头转向不知往哪走。幸好有人助他出来，这个人才在垂死之际捡回一条命。王恺这种处罚方式不但让人在身体上难以忍受、生不如死，更加令人劳心耗神、尊严尽失。若非此人走运，这种死法岂不比刀下的美人更惨？

---

① （南朝宋）刘义庆撰，（南朝梁）刘孝标注，余嘉锡笺疏：《世说新语笺疏》，中华书局2016年版，第966页。

② （南朝宋）刘义庆撰，（南朝梁）刘孝标注，余嘉锡笺疏：《世说新语笺疏》，中华书局2016年版，第972页。

以上几人行为虽归入《汰侈》一门，但其种种无视生命的暴行早已不是"汰侈"这么简单，几乎可称得上近乎变态的暴行了。而且这些并不能代表名士风度，王导在席间的做法就是明证。这只能说明当人心被无休止的纵逸和物欲占据之时，厚生爱物的一面就会彻底泯灭。任诞和纵欲都有任性妄为的成分，但当一个人任由其人性恶的方面与各种欲望随意滋长甚至膨胀时——如果说这算得上是"任自然"的余绪，那只能说是东施效颦。

除此之外，还有另外一种看似有竹林遗风的任诞行为，但还是与竹林名士有本质上的差距：

> 刘道真少时，常渔草泽，善歌啸，闻者莫不留连。有一老姬，识其非常人，甚乐其歌啸，乃杀豚进之。道真食豚尽，了不谢。姬见不饱，又进一豚。食半余半，乃还之。后为吏部郎，姬儿为小令史，道真超用之，不知所由，问母，母告之，于是赍牛酒诣道真。道真曰："去，去！无可复用相报。"①

少年刘宝常常到草泽打鱼，又善于啸歌，人们听了流连忘返，乍看上去和嵇阮行为类似，然而此后却意趣殊异：有个老妇看出他不同寻常，且非常喜欢听他啸歌，就杀了个小猪送他吃。刘宝吃光了也全不道谢。老妇见他没吃饱，又送他个小猪。刘宝吃了一半，剩下一半还给老妇。后来刘宝担任吏部郎，老妇人的儿子是个小令史，刘宝就越级提拔任用他，令史不知缘故就问母亲，母亲告诉他，于是他带了牛肉和酒去拜见刘宝，才被刘宝以无可为报拒绝了。首先从起因上说，老妇见刘宝不同寻常而送他小猪吃，是有意为之；其次从经过上说，刘宝以越级提

---

① （南朝宋）刘义庆撰，（南朝梁）刘孝标注，余嘉锡笺疏：《世说新语笺疏》，中华书局 2016 年版，第 812 页。

拔其子的方式来报答老妇之赠，是公私不分；最后从结果上说，刘宝以无可为报为由拒绝老妇儿子的馈赠，又是流入俗套。无论从起因经过还是结果上看，刘宝都看似任诞超然，实则浅薄世俗。阮籍待人尚可以青白眼区分，刘宝却以"长柄葫芦"一语来轻慢二陆兄弟，更可作为其浅薄世俗的旁证。

事实上，以上众人在西晋也皆可称为名士，但少了足够卓越的才学和思想支撑，他们的任诞也好，纵欲也罢，都只能令人十分厌恶。正如西子捧心蹙眉众人都觉美好可爱，东施效颦则招致众人一致反感一样，竹林名士的可爱并非来源于任诞的言行本身，而是源于他们思想光辉的夺目；以上述文人为代表的西晋名士或多或少令人生厌则是源于他们言行的世俗、刻意乃至乖张充分展现了人性之恶，虽然人的生存本能决定了人们对他人之恶的抗拒，但这也确实是人性中一个不美好侧面的充分觉醒。

二　破而后立：从裴頠崇有到向郭注庄

晋室立国面对的最大问题，便是正统思想问题。汉儒的天人感应理论已经被现实彻底粉碎，曹操则直接在思想上弃儒取法，抛弃了传统世族尊奉的那一套，但唯才是举毕竟只能作为乱世中的权宜之计，在治世中仍然需要儒家的秩序性和道德原则，然而自曹丕开始，这个问题就没能处理妥当，也必然无从真正处理妥当，其政权被奉儒家思想为正统的传统世族取代也是大势所趋。但司马氏最致命的症结便是弑君夺权的方式违背了儒家的道德原则，事情虽然过去，这个问题却一直都在，再加上嵇阮"越名教而任自然"且矛头直指君主制度的思想余绪，当最大的外患以晋灭吴统一而解决时，问题自然就会浮出水面。这些我们在前文中或多或少已然提及，正如罗宗强先生谓"政失准的，导致士无特操，乃西晋后期士人心态之一普遍现象"①。要解决这一问题并妥善处

---

① 罗宗强：《玄学与魏晋士人心态》，天津教育出版社 2005 年版，第 167 页。

理君权与门阀世族之间的关系，就必须正视这一思想上的危机。但无论是晋武帝"勉励学者，思勤正典"还是傅玄提倡的"息欲""明制"经国之道，都没有取得实效。裴頠的《崇有论》就是在这种情况下写就的：

> 頠深患时俗放荡，不尊儒术，何晏、阮籍素有高名于世，口谈浮虚，不遵礼法，尸禄耽宠，仕不事事；至王衍之徒，声誉太盛，位高势重，不以物务自婴，遂相放效，风教陵迟，乃著崇有之论以释其蔽。①

"弘雅有远识，博学稽古"的裴頠生于儒学世家，而且裴氏一族里著名的"八裴"之中的裴徽、裴楷都是玄学家。裴頠本人也十分善于谈玄，这些都是他能够写成《崇有论》的思想基础。《崇有论》全文仅 1368 字，要用如此短小的篇幅将"崇有"的玄学思想立论绝非易事，然而裴頠却做到了。不过，或许恰恰正因此文篇幅不长，也就在论说上多取直接说理的方式，全文便显得颇为晦涩。有鉴于此，我们便将此文进行逐段分析，在分析中将裴頠所表达的思想与此前的玄学思想结合起来进行考察，从而真正明确裴頠崇有之论在玄学思想发展中的得与失：

> 夫总混群本，宗极之道也。方以族异，庶类之品也。形象著分，有生之体也。化感错综，理迹之原也。夫品而为族，则所禀者偏，偏无自足，故凭乎外资。是以生而可寻，所谓理也。理之所体，所谓有也。有之所须，所谓资也。资有攸合，所谓宜也。择乎厥宜，所谓情也。识智既授，虽出处异业，默语殊涂，所以宝生存

---

① （唐）房玄龄等：《晋书》，中华书局 1974 年版，第 1044 页。

宜，其情一也。众理并而无害，故贵贱形焉。失得由乎所接，故吉凶兆焉。是以贤人君子，知欲不可绝，而交物有会。观乎往复，稽中定务。惟夫用天之道，分地之利，躬其力任，劳而后飨。居以仁顺，守以恭俭，率以忠信，行以敬让，志无盈求，事无过用，乃可济乎！故大建厥极，绥理群生，训物垂范，于是乎在，斯则圣人为政之由也。[①]

裴頠开门见山，落笔便明言其心中的"宗极之道"不是虚无，而是囊括了万事万物根本的"道"。接下来他层层推进，由万物以类相从说到万物有分的道理，由于万物有分，就会错综复杂地变化感应，这也是事理有迹可循的根源所在。既然如此，那么它们各自禀受的"道"自然都是"宗极之道"的不同侧面，也就都有所偏差，因为万物之道皆有偏差，就无法自我满足，必须靠外物的辅助，选择了合适的辅助，就是所谓万物有情了。

文章到这里，裴頠便已经奠定了崇有的思想基础——万事万物相互辅助，相互依存，其中的规律也是有迹可循的，凡此种种都是在说"有"的客观实在性，这让我们很难不联想到物质的客观存在性与事物的普遍联系性。裴頠能够在以"有"为本体论的情况下展开这样一段带有唯物论色彩的论述，已然充分说明了他思想中先进的一面。不过，裴頠其后的论证就远没有如此深度了，当论述涉及现实，裴頠认为，人既然得以禀授识见和智慧，那么即使出仕与隐居，沉默和发声看去是不同的，也都是珍爱生命选择适当的生存方式，其中的情理是一致的。各自的情理并存而互不妨害，因而就形成了尊贵与卑贱；得失之心产生于与外物的接触，因而就出现了吉凶的征兆。所以圣贤君子知道欲望不可能断绝，且这些欲望都会与外物交感，那么就应该观察事物的往返变

---

① （唐）房玄龄等：《晋书》，中华书局1974年版，第1044页。

化，以此来考定要秉持的原则和能做的事情，这就很难自圆其说：如果说不同的人生选择背后情理一致还有一定道理，那么裴頠论述贵贱吉凶的原因就很难令人信服——如果说君子"稽中定务"就能够在贵贱吉凶的问题上实现自己所想，那么孔子、颜子等圣贤先哲又何以或困厄或短寿？

在文章首段的结尾，裴頠在说理的基础上提出了他认为合理可行的为政之道：利用天道，区分地利，人们致力于各自力所能及之事，劳而有获再去享受；为君要仁顺待人、恭俭自守、以忠信为人表率，以恭敬辞让行事、没有过多的欲望，没有过度用事，这样就可以达到"济"的状态了。因此建立最高的治国方略，安抚治理天下苍生，遵循事理来示范群臣百姓也就在此，这就是圣人治理天下的根本途径。这些提议和设想乍看起来非常合理且可行，然而晋武帝在即位之初不是也勉力去做这些吗？最值得玩味的是，裴頠用"乃可济乎"概括如此行事的结果，殊不知在《周易》中既济一卦恰恰是初吉终乱、盛极而衰的卦象，其实君权在没有约束的情况下必将受人本身的局限性作用，在过程中稍有不慎结局就会如此卦最后一爻一样危险，现实中的晋武帝不也正是如此吗？

在指出了圣人治理天下的根本途径之后，裴頠开始论证欲望无制带来的一系列危害，进而指明贵无论产生的根源，揭示其危害后，又提出了他的解决方式：

> 若乃淫抗陵肆，则危害萌矣。故欲衍则速患，情佚则怨博，擅恣则兴攻，专利则延寇，可谓以厚生而失生者也。悠悠之徒，骇乎若兹之衅，而寻艰争所缘。察夫偏质有弊，而睹简损之善，遂阐贵无之议，而建贱有之论。贱有则必外形，外形则必遗制，遗制则必忽防，忽防则必忘礼。礼制弗存，则无以为政矣。众之从上，犹水之居器也。故兆庶之情，信于所习；习则心服其业，业服则谓之理

然。是以君人必慎所教，班其政刑一切之务，分宅百姓，各授四职，能令禀命之者不肃而安，忽然忘异，莫有迁志。况于据在三之尊，怀所隆之情，敦以为训者哉！斯乃昏明所阶，不可不审。①

　　裴颁首先阐明欲望无制的一系列后果：如果放纵欲望，以上凌下，肆意妄为，那么危机祸患就萌发了。因此欲望滋生就会离祸患不远，纵情无制就会扩大仇怨，恣肆擅权就会引起攻伐；独占利益就会招致贼寇，这就是说本是为了厚待自己，反而因此丧了命。面对这样的现实，"悠悠之徒"惊骇于这样的祸患，便寻求危难纷争的原因。因为他们体察到万事万物的各种弊病，又看到了摒弃欲望的好处，于是就阐发了贵无的观点，建立了贱有的论断。这里裴颁通过阐述欲望无制的后果来推导贵无论产生的原因，他在其中已然表达了自己对贵无论的态度——这是"悠悠之徒"提出来的，言下之意便是这种理论比较低级，现实中无法使危机解除，反而会带来更严重的乱象：如果不在乎存在的万事万物，就必定会放浪形骸，放浪形骸就必定抛弃制度规范，抛弃制度规范就必定轻忽道德防线，轻忽道德防线就必定忘却礼制。没有了礼制的约束，也就无法治理天下了。裴颁从欲望无制的后果入手层层推进，阐明贵无论的现实来源便用贵无带来的礼制崩坏、社会无序之恶果予以还击，论述逻辑严谨，过程合理。

　　紧接着裴颁打了个比方强调了君主在为政过程中的决定作用：民众顺从君主，犹如水在器皿中一样，既有约束作用，又有塑造作用。因此百姓的性情就像形态由器皿决定的水，他们信服于各种政教下养成的习性，习性养成就会遵循本分，遵循本分就认为道理本该如此。正因君主在为政中起决定作用，所以即使身为君主，也必须谨慎教化百姓，颁布政令刑法及一切事务，分别交给民众不同的职分，让接受命令的人不需

<hr>

① （唐）房玄龄等：《晋书》，中华书局1974年版，第1044—1045页。

要严苛的政令就安于职守，忘却职分之间的差异，也就没人有改变职分的想法。更何况是位居三公的尊位，心怀崇敬之情敦促君主训教的人呢？这是政治通向混乱与清明的根本途径，不可不审慎对待。在这部分论述中，裴頠着重强调了君主的决定性作用，进一步申明君主谨慎为政，臣下勉力配合的重要性和必要性。但是任何人都存在人性的弱点，不可能一直保持谨慎的状态，所以其实这个问题裴頠并没有从根本上解决。然而他毕竟提出了谨慎为政的做法，也需要对谨慎的重要性进行强调。裴頠的强调方式是对贵无贱有的危害展开进一步批判：

> 夫盈欲可损而未可绝有也，过用可节而未可谓无贵也。盖有讲言之具者，深列有形之故，盛称空无之美。形器之故有征，空无之义难检，辩巧之文可悦，似象之言足惑，众听眩焉，溺其成说。虽颇有异此心者，辞不获济，屈于所狃，因谓虚无之理，诚不可盖。唱而有和，多往弗反，遂薄综世之务，贱功烈之用，高浮游之业，埤经实之贤。人情所殉，笃夫名利。于是文者衍其辞，讷者赞其旨，染其众也。是以立言藉于虚无，谓之玄妙；处官不亲所司，谓之雅远；奉身散其廉操，谓之旷达。故砥砺之风，弥以陵迟。放者因斯，或悖吉凶之礼，而忽容止之表，渎弃长幼之序，混漫贵贱之级。其甚者至于裸裎，言笑忘宜，以不惜为弘，士行又亏矣。[①]

裴頠先强调了欲望无度时合理节制欲望、节俭物用的可行与完全禁绝的不现实性：欲望过多可以减损，但不可能完全抹灭；物用过奢可以节俭，但不可说以无为贵。随即裴頠又言明清谈之士何以使贵无理论如此兴盛——他们着重列举有形之物的弊端，盛赞虚无之义的好处，有形之器的缺陷容易得到验证，虚无之道却难以得到检验，巧辩的文章可以

---

① （唐）房玄龄等：《晋书》，中华书局1974年版，第1045页。

悦人，似是而非的论说足以惑众，那么大众听了这些就迷惑其间乃至沉溺于这些已成气候的论断。一方面来源于贵无之士的论辩口才，另一方面来源于大家的从众心理。那么这之中就没有不同的声音吗？裴颁也论及了这种情况：即使持不同意见的人有相当一部分，但他们在言辞表达上能力不足，也就又屈服于熟悉的陈言，所以才说贵无的理论确实无法驳倒。如此下去，贵无的言论有唱有和，多数人就偏执于此而不再反思。由论辩的失败而至于屈从，直到不再反思的后果就显而易见了：这些贵无之士既然在论辩中取胜了，就越发相信这一理论，轻视经世的责任，看贱有功之士的作用，崇尚空泛的清谈，鄙视踏实经世的贤人。本来沉溺名利就是人之常情，于是善辩的大发空论，木讷的人就称赞他们的论点，大众就越发沾染了这种风习。于是便有了这样的局面：人们将以虚无立言称作玄妙；为官不履行责任称作雅远；做人放弃廉洁操守称作旷达。正因如此，严于律己的风气渐渐消失，放纵的人也因而悖逆吉凶的礼仪，忽视自身的仪表，轻慢甚至不顾长幼的次序，混淆贵贱的等级差异。更严重的甚至赤身裸体，谈笑忘乎所以，拿什么都不在乎当成荣耀，作为读书人的德行就更亏缺了。在以上论述中，裴颁对当时"时俗放荡，不尊儒术"的士风进行追根溯源，他认为贵无论就是这种堕落士风的思想源头。既然根源在于思想，那么就从他们尊奉《老子》的思想渊源上加以匡正，裴颁正是这么做的：

> 老子既著五千之文，表摭秽杂之弊，甄举静一之义，有以令人释然自夷，合于《易》之《损》《谦》《艮》《节》之旨。而静一守本，无虚无之谓也；《损》《艮》之属，盖君子之一道，非《易》之所以为体守本无也。观老子之书虽博有所经，而云"有生于无"，以虚为主，偏立一家之辞，岂有以而然哉！人之既生，以保生为全，全之所阶，以顺感为务。若味近以亏业，则沉溺之蚰兴；怀末以忘本，则天理之真灭。故动之所交，存亡之会也。夫有

非有，于无非无；于无非无，于有非有。是以申纵播之累，而著贵无之文。将以绝所非之盈谬，存大善之中节，收流遁于既过，反澄正于胸怀。宜其以无为辞，而旨在全有，故其辞曰"以为文不足"。若斯，则是所寄之涂，一方之言也。若谓至理信以无为宗，则偏而害当矣。先贤达识，以非所滞，示之深论。惟班固著难，未足折其情。孙卿、扬雄大体抑之，犹偏有所许。而虚无之言，日以广衍，众家扇起，各列其说。上及造化，下被万事，莫不贵无，所存金同。情以众固，乃号凡有之理皆义之埤者，薄而鄙焉。辩论人伦及经明之业，遂易门肆。颓用爨然，申其所怀，而攻者盈集。或以为一时口言。有客幸过，咸见命著文，摘列虚无不允之征。若未能每事释正，则无家之义弗可夺也。颓退而思之，虽君子宅情，无求于显，及其立言，在乎达旨而已。然去圣久远，异同纷纠，苟少有仿佛，可以崇济先典，扶明大业，有益于时，则惟患言之不能，焉得静默，及未举一隅，略示所存而已哉！①

　　裴颓直接从《老子》一书入手，他说老子写那五千字的文章揭示出纷杂事物的弊端，标举了守静致一的要义，意在使人放松愉悦，与《周易》中损、谦、艮、节四卦的意旨相合。然而老子主张静一守本并非以虚无立说，损艮这类卦象也是君子之道的一部分，而并非说《周易》是以守为体，以无为本的。《老子》一书渊博而有根据，若要说"有生于无"，以虚无为本体，那就是偏执片面的一家之言，难道应该将之作为真理吗？裴颓阐释了老子著书的真正目的并非以无为本体，也就从思想源头上批判了贵无论。那么《老子》一书中多有"虚""无"之语又该作何解释呢？裴颓进一步给出了论述，他说人活着应以保养生命为全，其途径在于顺性而感物。如果耽于无益的玄思而荒废自己的责

---

① （唐）房玄龄等：《晋书》，中华书局 1974 年版，第 1045—1046 页。

任，那么沉溺的祸患就兴起了；如果心怀枝末而忘却根本，那么天道真理就会在人心中磨灭。因而人性与外物的交感是存亡的关键。"有"不是自无而生，它不是无；而"无"也不是自有而无，它不是有。因此老子为申明放纵恣意的危害，便作崇尚虚无的文章，用以断绝他所反对的过分谬误，存养善道使之在节制之中，从万物之偏的过失中聚合流动四散的万物真理，从而使胸怀回归澄澈清正。他选择以虚无为言辞这一合理的表达方式，而目的却在于保全实有，所以老子才说"以为文不足"。那么他的文字所寄托的尽是偏执的言论而已。如果将《老子》的言语表达作为最高的道理，确信虚无就是根本，那就是偏执而危害真理的片面之词。

在辨明《老子》一书的思想与形式后，裴頠又真诚叙述了写作原因：以往的贤达士人因为不会误读老庄之学，也就没有对其深入论说。只有班固《难庄论》，但不足以使人折服；荀子和扬雄虽然总体上批判老庄之学，但仍有赞同之处，这样，崇尚虚无的言论就日益得到推广和发展，于是各家群起，各举其说，上到造化之本体，下到世间之万物，言及这些没有不崇尚虚无的。他们观点大致相同，因互相支持而越发稳固，于是他们声称，凡是崇有的思想都是低端的义理，也就轻薄鄙视这类思想，这样一来，以往辨明经纶的儒士们就改换了门庭。我对这样的局面十分担忧，就申明了自己的观点，自然招致了众多的攻击者，有的认为我说的内容只是一时兴起的说法。幸而有个客人经过，感于所见而要我写成文章，罗列批判贵无之学的不当之处。如果不能给每件事情以正确的解释，那么贵无的言论就无法被驳倒了。我就退而深思这一问题，君子虽然不该急于表达，应该不求显达声名，但我著文立言，也仅为表达这一思想罢了。不过因为我们距离圣人的时代太久远，各种思想异同交织，哪怕是稍有与真理相似之处，也就算是崇尚和发扬先贤的经典，光大功业，有利于当下这个时代，那么我唯一担心的就是言辞不能达意，又不能静默无语，也没能举出大道的一角，只是简单表述我自己的想法啊！

以上，裴頠虽不无谦辞，但我们仍可从中感受到他对当时士风的深切忧虑与强烈的担当精神。而且他在一段段语言质实、逻辑清晰的论述过后剖白了自己对真理的敬畏之心和无心显达的诚意，这是他在文中真正令人感动的部分。阐明了写作目的，文章也就到了结尾：

> 夫至无者无以能生，故始生者自生也。自生而必体有，则有遗而生亏矣。生以有为已分，则虚无是有之所谓遗者也。故养既化之有，非无用之所能全也；理既有之众，非无为之所能循也。心非事也，而制事必由于心，然不可以制事以非事，谓心为无也。匠非器也，而制器必须于匠，然不可以制器以非器，谓匠非有也。是以欲收重泉之鳞，非偃息之所能获也；陨高墉之禽，非静拱之所能捷也；审投弦饵之用，非无知之所能览也。由此而观，济有者皆有也，虚无奚益于已有之群生哉！①

在文章的最后，裴頠强调了绝对的"无"是无法生发任何事物的，因此万物的起始是自生的。既然是自生，就必然以有为本体，那么"有"一旦失落，事物的自生就亏缺了。万物生来都是以"有"为本分，那么虚无就是"有"所谓的缺憾。所以要滋养已然化生的万有，就不能靠无所作为来保全；治理已经存在的大众，也不是靠无为就能理顺的。意识不是事物本身，处理万事却必然要靠意识指导，然而不能因为处理万事的意识不是事物本身，就认为意识是虚无的。工匠不是器物，制作器物却必须有工匠，不能因为制作器物的工匠不是器物本身，就说工匠不存在。因此，想捕捞深水中的游鱼，不是偃息不动所能捕到的；想射落高墙上的禽鸟，也不是拱手静待所能捉到的。审视并运用弓

---

① （唐）房玄龄等：《晋书》，中华书局1974年版，第1046—1047页。

弦和鱼饵的作用，不是无知者能够看懂的。这样看来，成就"有"的都是"有"，虚无又哪里有益于已然存在的苍生呢？

裴頠在文章结尾以向秀的自生论批判了"有生于无"的观点，对贵无论的思想基础进行了批判。从全文来看，余敦康先生在《魏晋玄学史》中概括说，裴頠的成功在于抓住了贵无论的两个致命弱点，一是抓住了贵无论"有生于无"的理论困境，二是抓住了贵无论没有对有无概念作出明确界定的漏洞。① 这样看来，作为驳论而言，《崇有论》确有其成功之处。但作为驳论，《崇有论》的缺失在于并没有对贵无论作出根本主题的批判。余敦康先生谓："贵无论玄学的主题是现象与本体之间的关系，而不是存在与非存在的关系"②，说的正是这一点。

而作为立论而言，余敦康先生则指出了《崇有论》自身的理论缺陷，认为"就其建立崇有论的根本宗旨而言，裴頠却暴露了自己的理论缺陷，并没有达到预期的目的"③，"裴頠的《崇有论》之所以不成体系，原因就在于混同了现象与本体，缺少概念之间的联系和转化"④。然而，《崇有论》在立论上还是有一些可取之处的，除了此文开头论述中的唯物论色彩外，笔者认为，裴頠对精神（心）之能动作用的重视也是其值得称道之处。

以上我们对《崇有论》思想上之得与失进行了总结，说明《崇有论》确是从"越名教而任自然"的对立面去做了贵无论的驳论。君主制这个当时社会最大的现实决定了"越名教而任自然"根本行不通，然而裴頠虽然借"崇有"来提倡名教，但其政治主张是以君主的谨慎自律为核心，而现实又无法给君权任何制约，因此，他的思想同样也行

① 参见余敦康《魏晋玄学史（第二版）》，北京大学出版社2016年版，第359页。
② 余敦康：《魏晋玄学史（第二版）》，北京大学出版社2016年版，第361页。
③ 余敦康：《魏晋玄学史（第二版）》，北京大学出版社2016年版，第360页。
④ 余敦康：《魏晋玄学史（第二版）》，北京大学出版社2016年版，第360页。

不通，裴頠本人也未及写就"古今精义皆辨释焉"① 的《辩才论》，就被赵王司马伦害死了。裴頠虽在盛年遇害，却在玄学思想史上留下了浓墨重彩的一笔：他将玄学思想发展中的反题补上了另外一面，而且他的思想似乎更加合乎社会的现实需要，因而发展为玄学的主流，也逐渐得到完善。余敦康先生说："在阮籍、嵇康的自然论的玄学煽起了一股虚浮旷达之风以后，如果没有裴頠树起崇有的旗帜维护名教，也许玄学的发展会走上另一条与现实越离越远的道路"②，此后的思想发展之路正是由裴頠的思想光芒照亮！

嵇阮和裴頠分别完成了玄学思想发展的反题，最终都在现实面前败下阵来，那么思想的进一步发展，就仍然是种种社会矛盾的现实需要。继后王弼时代的两端反题后最终完成合题，且建立了完整玄学思想体系的文人，是郭象。

郭象的一生见证了西晋从正式立国到最终覆灭，其性情志趣与西晋士风十分一致。据《晋书·郭象传》载：

> 郭象字子玄，少有才理，好《老》《庄》，能清言。太尉王衍每云："听象语，如悬河泻水，注而不竭。"州郡辟召，不就。常闲居，以文论自娱。后辟司徒掾，稍至黄门侍郎。东海王越引为太傅主簿，甚见亲委，遂任职当权，熏灼内外，由是素论去之。永嘉末病卒，著碑论十二篇。③

由上我们可明确把握郭象性情志趣中的两极：一端是"有才理，好《老》《庄》，能清言。常闲居，以文论自娱"，另一端是"任职当

---

① （唐）房玄龄等：《晋书》，中华书局1974年版，第1047页。
② 余敦康：《魏晋玄学史（第二版）》，北京大学出版社2016年版，第365页。
③ （唐）房玄龄等：《晋书》，中华书局1974年版，第1396—1397页。

权，熏灼内外"，这两端几乎就是西晋士风的高度概括。换言之，在性情志趣上，郭象足以成为西晋士风的缩影。拥有西晋士风两大最重要特质的郭象，在思想上自然会具备更鲜明的时代特征。郭象于永嘉末病卒，先后经历了八王之乱和永嘉之乱，这样的经历也促使他对现实的尖锐矛盾进行深思。由是，继王弼《周易注》《老子注》之后，为玄学思想尊奉的《庄子》一书作注就成了他表达其思想的途径。不过注《庄子》的过程并非郭象独立完成，他是站在向秀的肩膀上成就其思想体系的：

> 先是注《庄子》者数十家，莫能究其旨统。向秀于旧注外而为解义，妙演奇致，大畅玄风，惟《秋水》《至乐》二篇未竟而秀卒。秀子幼，其义零落，然颇有别本迁流。象为人行薄，以秀义不传于世，遂窃以为己注，乃自注《秋水》《至乐》二篇，又易《马蹄》一篇，其余众篇或点定文句而已。其后秀义别本出，故今有向、郭二《庄》，其义一也。①

以上是《晋书》对向郭二人注《庄子》的过程叙述，又，《世说新语·文学》也有同样的说法。但据刘汝霖先生考证，向秀共注《庄》二十卷，篇数当在26—28篇，且并未注杂篇。而郭注则有外篇15篇，杂篇11篇，即使窃自向义，杂篇也必是自出机杼②，与其说郭象对向秀注是窃取，不如说是对向秀注的继承。郭象玄学思想的核心体现于他为《庄子》所作的序文里。全文篇幅不长，下文即对郭象《庄子序》所讲的三部分内容逐一进行分析：

---

① （唐）房玄龄等：《晋书》，中华书局1974年版，第1397页。
② 参见刘汝霖《汉晋学术编年》，华东师范大学出版社2010年版，第662—663页。

夫庄子者，可谓知本矣，故未始藏其狂言，言虽无会而独应者也。夫应而非会则虽当无用，言非物事则虽高不行，与夫寂然不动，不得已而后起者，固有间矣。斯可谓知无心者也。夫心无为则随感而应，应随其时，言唯谨尔，故与化为体，流万代而冥物，岂曾设对独遻而游谈乎方外哉！此其所以不经，而为百家之冠也。[①]

郭象在这部分内容中明确了《庄子》在各家思想著作中的地位——不是经典，却是诸子百家之冠。那么《庄子》何以成为"百家之冠"，以这样的思想高度又为何不能作为经书存在呢？郭象认为《庄子》知本是其成功之处，这也是他称其"百家之冠"的原因；同时因为《庄子》发表了许多"狂言"，虽然没有真正与道融会，但还是与之相应的。这就与"寂然不动，不得已而后起"的圣人状态还有距离。和与造化合一又不做方外之谈的孔子比较而言，庄子之书也只能在思想深度上居于诸子百家之首，但在境界上就不及孔子，与经典还是有距离的。

不难看出，郭象在处理儒道关系这一玄学基本问题上，仍然是将儒家置于第一位的，但同时也承认道家的次席地位。这就与王弼的"圣人体无"完美衔接，但又不同于王弼，因为玄学家们对《庄子》的热衷是从嵇阮开始的。要为他们"越名教而任自然"的思想与任诞言行做理论支持，《庄子》自然是首选。然而裴頠《崇有论》一出无异于振聋发聩，玄学家们这才重新审视儒道之间的关系，重新开始重视名教与儒家思想。郭象正是在这个基础上将儒道对比相合来论述它们之间的关系，《庄子》则是他论述这种关系最好的切入口。紧接着他笔锋一转，对《庄子》的精神内核作出了阐释与概括：

---

① （清）严可均辑：《全晋文》，商务印书馆 1999 年版，第 799 页。

　　然庄生虽未体之，言则至矣。通天地之统，序万物之性，达死生之变，而明内圣外王之道，上知造物无物，下知有物之自造也。其言宏绰，其旨玄妙，至至之道，融微旨雅，泰然遣放，放而不敖；故曰不知义之所适，猖狂妄行，而蹈其大方，含哺而熙乎澹泊，鼓腹而游乎混芒。至人极乎无亲，孝慈终于兼忘，礼乐复乎已能，忠信发乎天光：用其光则其朴自成。是以神器独化于玄冥之境而源流深长也。[①]

　　上文之所以言阐释，是因为郭象对庄子思想的概括并非对其原意的注解，而是融入了他自己思想加工而成的概括。郭象对庄子思想的概括之核心在于"上知造物无物，下知有物之自造"，这就将崇有和贵无完美结合到了一起。分而言之，从自然观的角度就是"通天地之统，序万物之性，达死生之变"，即掌握天地之间的各种自然规律；从社会观的角度则是"明内圣外王之道"，即在掌握各种规律的基础上顺势而为，达到"神器独化于玄冥之境"的状态，一切美好的德行出自天性本心，名教本于自然，且与自然合一，也就无所谓名教与自然的对立了。郭象在这一部分中继承了向秀、裴頠的"自生"之论，巧妙地借助了《庄子》的语言来阐发自己的玄学思想，表达了天性自然合乎名教的"独化论"观点。那么这种思想的作用何在呢？郭象在文章结尾也作了一番论述：

　　故其长波之所荡，高风之所扇，畅乎物宜，适乎民愿；弘其鄙，解其悬；洒落之功未加，而矜夸所以散。故观其书，超然自以为已，当经昆仑，涉太虚而游惚恍之庭矣。虽复贪婪之人，进躁之士，暂而揽其余芳，味其溢流，仿佛其音影，犹足旷然有忘形自得

---

① （清）严可均辑：《全晋文》，商务印书馆 1999 年版，第 799—800 页。

之怀，况探其远情而玩永年者乎！遂绵邈清遐，去离尘埃，而返冥极者也。①

郭象认为庄子的上述思想"畅乎物宜，适乎民愿"，可以改变当时放纵矜夸、贪婪躁进的不良士风。读庄子之书，即使"揽其余芳，味其溢流，仿佛其音影"也能旷然自得，更何况是细读深思呢！因而"弘其鄙，解其悬"，恢复自性中本来"绵邈清遐，去离尘埃"的品质，回归"冥极"的状态可以通过学习庄子思想来达成，这也就是郭象期待和阐释的庄子思想之社会功用。此文在玄学思想史上的意义，余敦康先生概括说：

> 　　郭象的《庄子序》可以看作是他的玄学体系的一个总纲。从这篇序中，可以看出郭象是复归于玄学的主题，着眼于自然与名教的结合，而重点在于阐明一种内圣外王之道。但是郭象不同于王弼，他接受了阮籍、嵇康与裴頠的挑战，针对他们的问题，一方面从超越的观点重新解释了名教，另一方面又从名教的观点重新解释了超越，最后提出了"神器独化于玄冥之境"的命题……既回答了阮、嵇二人应从何处追求精神境界的问题，又把裴頠维护名教的做法提到一个更高的层次，从而形成了新的综合。②

郭象完成的"新的综合"将玄学思想推上了巅峰，然而它并没有对此后的时代产生《庄子注》中论述的功用，原因同样是君主作为人的局限性以及君权的缺乏制约。但是，郭象的思想不仅深刻影响了东晋的文人，对后世的宋代理学也有深刻的启发意义。玄学毕竟是极其需要

---

① （清）严可均辑：《全晋文》，商务印书馆1999年版，第800页。
② 余敦康：《魏晋玄学史》，北京大学出版社2004年版，第354—355页。

悟性和思辨的一种思想学说，这种属性决定了它只能为文人接纳、学习并消化，对于"则无恒产，因无恒心"的庶民而言，礼乐教化和明文律法都是不可缺少的。在嵇阮、裴頠完成两端的反题之后，玄学由郭象成功立论，构建了完整思想体系而发展到极致的同时，也就意味着玄学此后的无路可走。打破这一困境最佳的方式便是有新思想的注入，因此，东晋出现玄释合流也就顺理成章了。

三　妙笔逞才：从华章繁缛到理论之光

纵观整个中国古代历史进程，能够在政治、军事和文学上都取得巨大成就的国家实际领导者，也只曹操一人而已（曹丕还称不上军事家），但喜好并鼓励文学创作的君主却并不罕见，然而司马氏并未如此。也就是说，西晋的文章创作没能受到官方的鼓励与支持，而是文人的个人行为。《文心雕龙·时序》谓：

> 逮晋宣始基，景文克构，并迹沉儒雅，而务深方术。至武帝惟新，承平受命，而胶序篇章，弗简皇虑。降及怀愍，缀旒而已。然晋虽不文，人才实盛：茂先摇笔而散珠，太冲动墨而横锦，岳湛曜联璧之华，机云标二俊之采，应傅三张之徒，孙挚成公之属，并结藻清英，流韵绮靡。前史以为运涉季世，人未尽才，诚哉斯谈，可为叹息！①

正如刘勰所说，虽然晋代的君主不重文学之事，但却涌现出非常多的文才之士。仅以上一段文字已提及张华、左思、潘岳、夏侯湛、陆机、陆云、应贞、傅玄、张载、张协、张亢、孙楚、挚虞、成公绥等

---

① （南朝梁）刘勰著，范文澜注：《文心雕龙注》，人民文学出版社 1958 年版，第 674 页。

14 人，这些还仅仅是西晋立国以来的，若是算上司马懿三父子掌权之时的文人那就更多。即使仅就西晋立国至覆灭这短短五十余年而言，文才之士已彬彬之盛。他们在文章创作上具有鲜明的时代特征，刘勰将之概括为"结藻清英，流韵绮靡"。这些文人运逢季世，虽然才华都没有得到充分发挥，人生遭遇也使人由衷叹惋，但是他们自有其自发创作的可贵。况且，他们毕竟也有一些文章留存下来，已经足以让我们窥斑见豹，从而了解他们的文章成就。

若要选取最能代表西晋文章"结藻清英，流韵绮靡"之时代精神的文人，陆机和潘岳显然是毫无争议的。然潘陆而外，或有人多称左思之文章成就，但左思文章代表作无疑为《三都赋》，它并非两晋最具特色的文体，故在此不作讨论。下文即以作者年龄及其创作时间为序，择潘岳之《西征赋》《闲居赋》、陆机之《辩亡论》《演连珠》为例，来考察西晋文人的逞才妙笔和繁缛华章。

《西征赋》是潘岳受旧友公孙宏相助而幸免于被杨骏牵累，此后不久被选为长安令后所作。根据《文选》李善注与其文开篇自述及其对所经人物山水的叙述，可知潘岳此文绝大部分作于赴任途中。全文洋洋洒洒近五千言，《晋书》谓其"文清旨诣"，又因篇幅过长而没有收录。

在文章的开头，潘岳简单交代了写就此文的时间、地点与创作缘由：

> 岁次玄枵，月旅蕤宾。丙丁统日，乙未御辰。潘子凭轼西征，自京徂秦。乃喟然叹。[1]

对于此文开始创作的日期，据《文选》李善注曰："岳《伤弱子序》曰：'元康二年五月，余之长安。'以历推之，元康二年，岁在壬

---

[1] （清）严可均辑：《全晋文》，商务印书馆 1999 年版，第 965 页。

子，乙未五月十八日也"①，五月十八，端阳已过，中原已然入夏，潘
岳非但没有在马车中安坐纳凉，反而凭轼而立，与其说潘岳是从帝京去
长安赴任，倒不如说他彼时的状态更像一个春秋时期驾车出征，踌躇满
志的将军。西晋、曹魏及东汉皆以洛阳为帝京，而长安是西汉的都城，
自洛阳至长安，潘岳西征之路是一条遍布历史遗迹的路线，作为一个读
书人，这样的路线很难不引发感动。而且他刚从大难中幸免不久，如今
又被委以长安令的官职，潘岳又怎能不在途中满怀自信地游目骋怀？除
自信外，潘岳还对朝廷怀着真诚的感激之情：

> 当休明之盛世，托菲薄之陋质。纳旌弓于铉台，赞庶绩于帝
> 室。嗟鄙夫之常累，固既得而患失。无柳季之直道，佐士师而
> 一黜。②

潘岳不仅感激朝廷对他委以重任，也进行了一番诚恳的自我反思：
他谦虚道，自己生活在安宁清明的太平盛世，长安令的重任寄托在了他
这鄙陋的庸才身上；又说自己曾受朝廷重用，为晋室做出了一些平常的
政绩，可叹的是他常为世俗琐事所累，即使已经得到了想要的，还是会
有患得患失的心态。自身缺乏柳下惠那种直道，也就一再被罢黜官职。
这种劫后余生的感激是真实可信的，而且潘岳的自我反思虽有谦辞，但
他患得患失的心态确实很重。我们已在前文从其生平中总结过潘岳的心
性志趣，足见这份感激与自省之恳切。不仅如此，作为居官之人，潘岳
对朝廷也是称得上忠诚的：

> 皇鉴揆余之忠诚，俄命余以末班。牧疲人于西夏，携老幼而入

---

① （南朝梁）萧统编，（唐）李善注：《文选》，中华书局1977年版，第146页。
② （清）严可均辑：《全晋文》，商务印书馆1999年版，第965页。

关。丘去鲁而顾叹，季过沛而涕零。伊故乡之可怀，疚圣达之幽情。矧匹夫之安土，邈投身于镐京。犹犬马之恋主，窃托慕于阙庭。眷巩洛而掩涕，思缠绵于坟茔。①

潘岳说，皇上看我忠诚，便任命我做长安令管理当地疲惫不堪的百姓，我便携带一家老小入关上任。当年孔子离开鲁国时发出感叹，汉高祖在返还故乡沛地时伤怀落泪，故乡是如此令人怀念，即便是圣人达士也会抒发内心的深情。更何况像我这样安土重迁的平庸之辈，即将远赴周代的镐京做事。这就像犬马留恋主人一样，我对故乡和庙堂也恋恋不舍，十分眷恋巩县和洛阳一带，脑海中萦绕着的是先人的坟茔，也因此而掩面涕泣。虽然潘岳重回官场意气风发，但古代远途行路之难，是非常能够催生人思乡之情的。且潘岳十分孝顺，自然在故土情结和血亲情感上也要强烈一些。当他经过孝水时，强烈的情感便被激发出来，潘岳虽然也在安慰自己，却还是抑制不住内心的感伤：

澡孝水而濯缨，嘉美名之在兹。夭赤子于新安，坎路侧而瘗之。亭有千秋之号，子无七旬之期。虽勉励于延吴，实潜恸乎余慈。②

"沧浪之水清兮，可以濯我缨；沧浪之水浊兮，可以濯我足"，又《说文》谓："澡，洒手也"③，潘岳途经孝水，用河水洗了洗手，又洗了洗帽缨，这不仅由于孝水清澈，更是为赞美孝水之名才这样做。他想到了在新安时早夭的孩子，只能在路边挖坑草草埋葬，附近有个亭子名

① （清）严可均辑：《全晋文》，商务印书馆 1999 年版，第 965 页。
② （清）严可均辑：《全晋文》，商务印书馆 1999 年版，第 966 页。
③ （汉）许慎撰，（宋）徐铉校定：《说文解字》，中华书局 2013 年版，第 236 页。

为千秋，而他的孩子却连七十天也没有活到，即使再以延陵季子和东门吴丧子的豁达自我勉励，实际上内心仍然暗中悲伤至极。无论是为人子、为人夫还是为人父，潘岳都扮演了一个好角色。事实上，若非时代和命运使然，潘岳也具备成为贤臣的能力。在只要出仕就不得不与世浮沉的西晋，潘岳对蔺相如的敬佩与赞美十分值得玩味：

> 经渑池而长想，停余车而不进。秦虎狼之强国，赵侵弱之余烬。超入险而高会，杖命世之英蔺。耻东瑟之偏鼓，提西缶而接刃。辱十城之虚寿，奄咸阳以取俊。出申威于河外，何猛气之咆勃。入屈节于廉公，若四体之无骨。处智勇之渊伟，方鄙吝之怨悁。虽改日而易岁，无等级以寄言。①

　　经过渑池时，潘岳不由自主停了车，开始怀想战国时期著名的渑池之会：弱小的赵国冒险去赴渑池之会，对方是虎狼之强秦，依靠的正是名垂青史的国之精英蔺相如。蔺相如为挽回赵王当众鼓瑟被记录在案的颜面，便针锋相对地胁迫秦王击缶。他用让秦国把咸阳让给赵国的方式成功回击秦王让赵国送给秦国十座城邑以为寿礼的无理要求，在河外之地伸张了赵国的威严。潘岳慨叹蔺相如为国扬威的气势，同时又十分佩服他回国后对廉颇的折节忍让。然而蔺相如的智勇何其耀眼，胸怀何其深广，相比而言廉颇的气量又何等狭隘！蔺相如一日之内于国之功相当于廉颇一年的征战，无法同日而语。这里潘岳极力称赞蔺相如之大智大勇和于国之功，与其后对廉颇的折节忍让形成鲜明对比，更加突出了蔺相如能屈能伸的英雄本色，而潘岳笔下的廉颇却狭隘无知，逞一时匹夫之气，若非将自己折节的情感融入其间，又何以会有此不无偏颇的视角？如果说蔺相如是潘岳身为人臣的敬慕对象与理想化身，那么潘岳理

---

① （清）严可均辑：《全晋文》，商务印书馆 1999 年版，第 966 页。

想的君主类型则是汉高祖刘邦：

> 乾坤以有亲可久，君子以厚德载物。观夫汉高之兴也，非徒聪明神武、豁达大度而已也。乃实慎终追旧，笃诚款爱。泽靡不渐，恩无不逮。率土且弗遗，而况于邻里乎？况于卿士乎？①

潘岳认为，天地因亲爱众生而能长存，君子靠深厚的德行来承载万物，汉高祖之所以能够成就功业并不只因他的聪明神武、豁达大度，根本上在于他能不忘根本，慎其所终，爱护百姓和待人真诚。他的恩泽没有达不到的地方，天下中人都没有遗漏，何况对于乡邻故旧？又何况对待朝廷中的卿士？其实潘岳这里的视角并不客观，他忽略了汉高祖不喜读书人的事实，恩泽能够惠及每一个人更是不可能的事情。不过，这可以作为潘岳心中理想君主的范本。潘岳对君主和人臣都有寄托理想的化身，证明了他是心怀政治抱负的。因此他终于到达长安，临就职前，也十分注意关注附近的风土人情：

> 庾饮马之阳桥，践宣平之清阃。都中杂遝，户千人亿。华夷士女，骈田逼侧。展名京之初仪，即新馆而莅职。励疲钝以临朝，勖自强而不息。②

潘岳到了饮马桥，进了宣平门，眼前所见的城邑人来人往，十分繁盛，汉人和少数民族的男男女女在大街上拥挤非常。初步领略了长安的面貌，潘岳便去了新馆就职。心中想的是竭尽所能报效朝廷，勉励自己要自强不息。读到这些文字，我们就不会对潘岳治下突出的政绩感到意

---

① （清）严可均辑：《全晋文》，商务印书馆 1999 年版，第 968 页。
② （清）严可均辑：《全晋文》，商务印书馆 1999 年版，第 968 页。

外。仅就为政之事而言，潘岳是勤谨负责的，是真正把治理所辖之地当成事业来做的。除了以蔺相如这样的英雄为理想化身外，潘岳也分等级评说了如下这些风流人物：

> 怀夫萧曹魏邴之相，辛李卫霍之将。衔使则苏属国，震远则张博望。教敷而彝伦叙，兵举而皇威畅。临危而智勇奋，投命而高节亮。暨乎秺侯之忠孝淳深，陆贾之优游宴喜。长卿渊云之文，子长政骏之史。赵张三王之尹京，定国释之之听理。汲长孺之正直，郑当时之推士。终童山东之英妙，贾生洛阳之才子。飞翠绥，拖鸣玉，以出入禁门者众矣。或被发左衽，奋迅泥滓；或从容傅会，望表知里。或著显绩而婴时戮，或有大才而无贵仕。皆扬清风于上烈，垂令闻而不已。想珮声之遗响，若铿锵之在耳。当音凤恭显之任势也，乃熏灼四方，震耀都鄙。而死之日，曾不得与夫十余公之徒隶齿。才难不其然乎？①

潘岳完成了就职，心中怀想着三类人：第一类是萧何、曹参、魏相、邴吉、辛庆忌、李广、卫青、霍去病、苏武、张骞这样的千古贤臣与良将名使，他们的经世之才、赫赫战功、临危之勇和高尚节操都让潘岳敬重不已；第二类是金日磾、陆贾、司马相如、王褒、扬雄、司马迁、刘向、刘歆、赵广汉、张敞、王遵、王骏、王章、于定国、张释之、汲黯、郑当时、终军、贾谊这样有突出特色的人才，这些人遭遇虽各有不同，但他们都清誉远扬，上下皆知，后世之人也会怀想他们的美好言行；第三类是王音、王凤、弘恭、石显等人，他们掌权之时权势如烈焰一般炙烤天下，远近皆为之震动，而他们死后，甚至不能和以上十余贤人的仆从相提并论。于是潘岳发出了与孔子一样的慨叹：真正的人

---

① （清）严可均辑：《全晋文》，商务印书馆 1999 年版，第 968—969 页。

才太难得了，事实不正是这样吗？他又何尝不知所处之世并非能够人尽其才呢？不过，自己到底还是有官职在身，那他要怎么做呢？潘岳在文章的最后既以史为师，陈说了自己在多民族区域的为政思想，同时，这也是他对君王治理天下的政治主张：

> 尔乃端策拂茵，弹冠振衣。徘徊酆镐，如渴如饥。心翘勤以仰止，不加敬而自祗。岂三圣之敢梦，窃十乱之或希。经始灵台，成之不日。惟酆及鄗，仍京其室。庶人子来，神降之吉。积德延祚，莫二其一。永惟此邦，云谁之识？越可略闻，而难臻其极，子赢锄以借父，训秦法而著色。耕让畔以闲田，沾姬化而生棘。苏张喜而诈骋，虞芮愧而讼息。由此观之，土无常俗，而教有定式。上之迁下，均之埏埴。五方杂会，风流溷淆。惰农好利，不昏作劳。密迩猃狁，戎马生郊。而制者必割，实存操刀。人之升降，与政隆替。杖信则莫不用情，无欲则赏之不窃。虽智弗能理，明弗能察；信此心也，庶免夫戾。如其礼乐，以俟来哲！①

潘岳简单整理了下仪容，就在酆镐一带徘徊，心中如饥似渴地追求理想，而又满怀希望与敬意。他先是思考了周代国祚绵长的原因，认为主要是周文王积德为善的结果，同时，他也觉得周代国运久长的原因没人说得清，也只能说出个大概，根本原因是很难说清的。潘岳将秦国的以法制人和周境之民深受礼乐教化影响的民风进行对比，并为此后的礼崩乐坏而感到惋惜。又想到了苏秦、张仪擅长行诈骗之术，虞、芮之君因羞耻之心而不再争讼这两类极端的事例，潘岳认为一个地方的民风不会一成不变，但教化却有一定之规，都是自上而下的教化影响。即使是各种人员杂处之地或是接近匈奴的边境这些民风不淳、常生战乱的所

---

① （清）严可均辑：《全晋文》，商务印书馆 1999 年版，第 971 页。

在，执政者也必须当机立断。人们的进步或堕落是与政治的兴衰一样交替的，凭借信用会使人信赖，没有贪欲的人即便奖赏也不会行窃。即便我潘岳的智慧还不足以厘清看透这个道理，但只要秉持诚信，不生贪欲，也就会免去许多坏事，民风也会消失戾气。虽然礼乐教化同样是潘岳希望实行的，但是他知道在他的时代没有可能，因此他才在最后说礼乐教化要等以后的贤人来做，既说明了现实的不可能性，也或多或少寄托了自己的期待。

综观潘岳《西征赋》全文，我们不难体会到其"文清旨诣"的行文风格。同时，就全文内容观之，潘岳几乎都在借景言史，虽不尽客观公允，但也正因此而能清楚地感知到潘岳倾注其中的丰沛情感，文中酣畅的笔墨确是一个大难不死又得任用之人的心声。这就充分说明潘岳此文并非为文造情，而是真情流露之作，从中能够体察到他的种种情感与他的理想和追求，或许从这一点上，我们就能够稍稍减少对其望尘而拜的厌憎了。

《西征赋》写就时，潘岳四十六岁，正值盛年又人生得意，指点江山自然出语自然。然而潘岳文章令人印象最深的却是他的哀诔之文，这些作品以《悼亡赋》《哀永逝文》为代表，多是在元康六年仕宦不达之际完成，同年他还写成了《闲居赋》，那一年，潘岳五十岁。比起哀诔文章，《闲居赋》显然更能够反映潘岳的思想、志向和心路历程。该文前有一大段序言，潘岳在其中直言其志，远比正文中要显豁许多：

> 顾常以为士之生也，非至圣无轨微妙玄通者，则必立功立事，效当年之用。是以资忠履信以进德，修辞立诚以居业。①

潘岳认为，士人活在世上，若不是像圣人一样不能以规则束缚的精

---

① （清）严可均辑：《全晋文》，商务印书馆1999年版，第976页。

微灵通之人，就必须要建功立业，将自己的一生为其时所用，用自己的社会价值积累忠信的品质，以才能和诚意来履行社会责任。既然如此，他在后文说的"绝意乎宠荣之事"也就至多算是时运不济下一时的想法，并不能从根本上改变他的志向。这一点在《闲居赋》中也是有所体现的：

> 傲坟素之场圃，步先哲之高衢。虽吾颜之云厚，犹内愧于宁蘧。有道吾不仕，无道吾不愚。何巧智之不足，而拙艰之有余也？①

在文章的开头，潘岳便说自己因诵读经典，遵循圣贤之道而自豪。即使这样的说法有厚颜的成分，但心中还是愧于宁武子和蘧伯玉。自己邦有道不出仕，邦无道不装愚，怎能如此巧智不足而笨拙有余呢？潘岳这一开篇就对自己丢官之事带有强烈的憾恨之情，若是心中畅快，即使不是"仰天大笑出门去"也总该类似于"田园将芜胡不归"吧？更不要说他对自己"身齐逸民，名缀下士"的状态描述了！若是胸中全无功名之事，不以处士为荣也可，何以竟有"下士"之言？而且他的住所分明是"面郊后市"，又何以全文一半以上之篇幅尽是朝廷官方之事？即使抛却以上两点，潘岳笔下闲居的私人生活，也并没有什么超脱之意：

> 爰定我居，筑室穿池。长杨映沼，芳枳树篱。游鳞瀺灂，菡萏敷披。竹木蓊蔼，灵果参差。张公大谷之梨，梁侯乌椑之柿。周文弱枝之枣，房陵朱仲之李，靡不毕植。三桃表樱胡之别，二柰耀丹白之色。石榴蒲桃之珍，磊落蔓延乎其侧。梅杏郁棣之属，繁荣藻

---

① （清）严可均辑：《全晋文》，商务印书馆 1999 年版，第 976 页。

丽之饰。华实照烂，言所不能极也。菜则葱韭蒜芋，青笋紫姜。董
荼甘旨，蓼菱芬芳。蘘荷依阴，时藿向阳。绿葵含露，白薤
负霜。①

　　根据潘岳的描绘，他隐居的处所是一处景致不错的园林，不过其中
的池塘、荷花、游鱼、植物之类皆是人工造就，其中不乏名贵品种。从
上文可知，潘岳也比较喜爱这些名贵的果实。然而物之贵贱终究是人定
的标准，潘岳明言其"灵"与"珍"，本身就沾染了世俗的味道。相较
而言，在潘岳笔下的闲居生活里，还是融融亲情和天伦之乐最是动人：

　　于是凛秋暑退，熙春寒往，微雨新晴，六合清朗。太夫人乃御
版舆，升轻轩。远览王畿，近周家园。体以行和，药以劳宣。常膳
载加，旧疴有瘳。于是席长筵，列孙子。柳垂阴，车洁轨。陆摘紫
房，水挂赪鲤，或宴于林，或禊于汜。昆弟斑白，儿童稚齿。称万
寿以献觞，或一惧而一喜。寿觞举，慈颜和。浮杯乐饮，丝竹骈
罗。顿足起舞，抗音高歌。人生安乐，孰知其佗？②

　　潘岳在描绘母亲的日常生活时，笔下倾注了拳拳深情。如果他不够
关心母亲，又怎知母亲身体上的细微变化？如果他不够关心母亲，又怎
会体察到大家为母亲长寿欢喜的同时也为其年迈而忧惧的复杂心绪？如
果他不够关心母亲，又怎能捕捉到"寿觞举，慈颜和"的美好瞬间呢？
在或长或短的四六句式和较长的三字句式之中，"寿觞举，慈颜和"既
是打破这种整饬的特别音符，又是以上整个生活图景最美好最动人的一
幕。在这样的美好气氛下，心系功名的潘岳也会暂时忘却朝中旧事，发

---

① （清）严可均辑：《全晋文》，商务印书馆1999年版，第977页。
② （清）严可均辑：《全晋文》，商务印书馆1999年版，第977页。

出"人生安乐，孰知其他"的慨叹，这里的"其他"仍然回味深长，直给人以放下一切纷繁俗事之感。可是幸福偏偏都很短暂，又因其珍贵，更会越发显得短暂，潘岳在文章的结尾仍然退回到自我反省之中：

> 退求己而自省，信用薄而才劣。奉周任之格言，敢陈力而就列。几陋身之不保，尚奚拟乎明哲。仰众妙而绝思，终优游以养拙。[1]

潘岳反省自身，觉得自己不适合做官又去做了，结果差点连自身都不保，还哪能比之于古圣先贤呢？如今也只好断绝用世之念，优游闲适了却平庸的一生。然而谄事贾谧的事实证明，潘岳并未放弃对官场的执念，最终也还是落得被宦海淹没的结局，其《闲居赋》也并未有"高情千古"之风，还是张溥"闲居一赋，板舆轻轩，浮杯高歌，天伦乐事，足起爱慕。孰知其仕官情重，方思热客，慈母拳拳，非所念也"（《汉魏六朝百三家集题辞注》）和赵翼"迹恬静而心躁竞"（《廿二史札记校正》）之评更为精当。

通过以上对潘文的分析，我们在把握其思想与情感的同时，也能清楚体会到他轻敏的才气和绮靡流丽的文风，这也是西晋整体文风的一种代表，"潘才如江"确非溢美之词。与之相应的便是"陆才如海"，《全晋文》载陆机文章74篇，在这些文章中，熔思想、情感与文采于一炉的当首推《辩亡论》；而陆机之《演连珠》则是连珠体文章的代表作，刘勰谓之"自《连珠》以下，拟者间出……唯士衡运思，理新文敏，而裁章置句，广于旧篇，岂慕朱仲四寸之珰乎"[2]，足见无人能出其右。

---

① （清）严可均辑：《全晋文》，商务印书馆1999年版，第977页。
② （南朝梁）刘勰著，范文澜注：《文心雕龙注》，人民文学出版社1958年版，第256页。

由于陆机《辩亡论》《演连珠》篇幅都不短，下文便通过分析《辩亡论》上篇与《演连珠》之部分内容来观照陆机的思想、情感与才情。

《晋书·陆机传》在《辩亡论》正文之前交代了陆机的创作缘由：

> （陆机）以孙氏在吴，而祖父世为将相，有大勋于江表，深慨孙皓举而弃之，乃论权所以得，皓所以亡，又欲述其祖父功业，遂作《辩亡论》二篇。①

可见陆机写就此文是深情使然，然而在笔者看来，《辩亡论》之主观性恰恰是其个性色彩之所在。文章是从汉室倾颓，群雄逐鹿论起的：

> 昔汉氏失御，奸臣窃命，祸基京畿，毒遍宇内，皇纲弛顿，王室遂卑。于是群雄蜂骇，义兵四合。吴武烈皇帝慷慨下国，电发荆南，权略纷纭，忠勇伯世，威棱则夷羿震荡，兵交则丑虏授馘，遂扫清宗祊，蒸禋皇祖。于时云兴之将带州，猋起之师跨邑，哮阚之群风驱，熊罴之族雾合。虽兵以义动，同盟勠力，然皆苞藏祸心，阻兵怙乱，或师无谋律，丧威稔寇。忠规武节，未有如此其著者也。②

陆机开篇首先简要叙述了吴国兴起之前君权旁落，董卓窃国的天下乱象，在群雄涌现，义军四起之际，武烈皇帝孙坚"慷慨下国，电发荆南"，不同于一众包藏祸心的军事势力，孙坚在群雄之中无论是忠臣之谋还是武将之德都远胜旁人。这里陆机所言确乎如此，不独他这样认为，陈寿对孙坚的评价也是"勇挚刚毅，有忠壮之烈"，裴松之更是称

---

① （唐）房玄龄等：《晋书》，中华书局 1974 年版，第 1467 页。
② （唐）房玄龄等：《晋书》，中华书局 1974 年版，第 1467—1468 页。

孙坚"于兴义之中最有忠烈之称"。可见陆机在感情上虽然推崇东吴君主，但在论说之时仍是尊重史实的，且看问题极其透辟，一针见血地指出所谓义军的种种丑恶与自私，同时还反衬了孙坚的忠勇形象。不过孙坚血染沙场而英年早逝，重任自然传到了其长子孙策肩上：

> 武烈既没，长沙桓王逸才命世，弱冠秀发，招揽遗老，与之述业。神兵东驱，奋寡犯众，攻无坚城之将，战无交锋之虏。诛叛柔服，而江外底定；饬法修师，则威德霸赫。宾礼名贤，而张公为之雄；交御豪俊，而周瑜为之杰。彼二君子皆弘敏而多奇，雅达而聪哲，故同方者以类附，等契者以气集，江东盖多士矣。将北伐诸华，诛锄干纪，旋皇舆于夷庚，反帝坐于紫闼，挟天子以令诸侯，清天步而归旧物。戎车既次，群凶侧目，大业未就，中世而殒。①

继而陆机论述了长沙桓王孙策积累实力的过程：作为少年天才，他首先招揽了父亲的老臣，与他们论说大业，为东吴创下大业打下了思想基础。对外他发动神兵以少胜多，向东长驱直入，但对待俘虏却采取怀柔策略，从而安定了江东；对内则整饬法律，修整军队，取得了非常高的威望。同时，孙策还礼贤下士，招揽了张昭这样的贤臣，结交了周瑜这样的人杰，他们都是机敏多奇谋的有志君子，文雅通达而聪明智慧，志同道合之士就这样以类聚集，江东也就人才济济了。于是孙策就要讨伐北方诸侯，意在铲除违反法纪之徒，辅佐皇帝兴复汉室，挟天子以号令诸侯，清君侧而恢复太平。然而就在他即将出征时便遇刺去世，大业未成而中途陨落。陆机这段论述中对孙策的肯定同样合乎史实，能令曹操也认为"难与争锋"的，孙策之才略确实非同一般，只是孙策轻率急躁的一面被陆机有意无意地忽略了。孙策

---

① （唐）房玄龄等：《晋书》，中华书局1974年版，第1468页。

身死，事业便传与了孙权：

　　用集我大皇帝，以奇踪袭逸轨，睿心因令图，从政咨于故实，播宪稽乎遗风；而加之以笃敬，申之以节俭，畴咨俊茂，好谋善断，束帛旅于丘园，旌命交乎涂巷。故豪彦寻声而响臻，志士晞光而景骛，异人辐辏，猛士如林。于是张公为师傅；周瑜、陆公、鲁肃、吕蒙之俦，入为腹心，出为股肱；甘宁、凌统、程普、贺齐、朱桓、朱然之徒奋其威，韩当、潘璋、黄盖、蒋钦、周泰之属宣其力；风雅则诸葛瑾、张承、步骘以名声光国，政事则顾雍、潘濬、吕范、吕岱以器任干职，奇伟则虞翻、陆绩、张惇以风义举政，奉使则赵咨、沈珩以敏达延誉，术数则吴范、赵达以禨祥协德；董袭、陈武杀身以卫主，骆统、刘基强谏以补过。谋无遗计，举不失策。故遂割据山川，跨制荆吴，而与天下争衡矣。魏氏尝藉战胜之威，率百万之师，浮邓塞之舟，下汉阴之众，羽楫万计，龙跃顺流，锐师千旅，武步原隰，谟臣盈室，武将连衡，喟然有吞江浒之志，壹宇宙之气。而周瑜驱我偏师，黜之赤壁，丧旗乱辙，仅而获免，收迹远遁。汉王亦凭帝王之号，帅巴汉之人，乘危骋变，结垒千里，志报关羽之败，图收湘西之地。而我陆公亦挫之西陵，覆师败绩，困而后济，绝命永安。续以濡须之寇，临川摧锐；蓬茏之战，舟轮不反。由是二邦之将，丧气挫锋，势衄财匮，而吴莞然坐乘其弊，故魏人请好，汉氏乞盟，遂跻天号，鼎峙而立。西界庸益之郊，北裂淮汉之涘，东苞百越之地，南括群蛮之表。于是讲八代之礼，搜三王之乐，告类上帝，拱揖群后。武臣毅卒，循江而守；长棘劲铩，望焱而奋。庶尹尽规于上，黎元展业于下，化协殊裔，风衍遐圻。乃俾一介行人，抚巡外域，巨象逸骏，扰于外闲，明珠玮宝，耀于内府，珍瑰重迹而至，奇玩应响而赴；轺轩骋于南荒，冲輣息于朔野；黎庶免干戈之患，戎马无晨服之虞，而帝业固矣。①

孙权一朝是陆机论述最详细的部分。这不仅因为孙权是吴国首位称帝的君主，也因陆机之祖父陆逊于东吴之功勋卓著。以上一段文字主要论述了孙权稳固吴国帝业的三大功绩：其一，作为人君，他谦虚、坚定、节俭，善于用人和听取建议，因此身边得以聚集张昭、周瑜、陆公（陆逊）、鲁肃、吕蒙这样的心腹之臣和朝廷栋梁。此外，吴国武有甘宁、凌统、程普、贺齐、朱桓、朱然、韩当、潘璋、黄盖、蒋钦、周泰等战将，文臣则有诸葛瑾、张承、步骘、顾雍、潘濬、吕范、吕岱、虞翻、陆绩、张温、张惇、赵咨、沈珩这些才能各异的贤臣，另有吴范、赵达这样的术数之士，董袭、陈武这样的护卫之人，骆统、刘基这样的直言谏臣。国家在孙权的领导下人才济济而各尽其用，才能得以在群雄之中割据一方，统辖荆州吴越，而“与天下争衡”。其二，善用周瑜、陆公（陆逊）的军事天才，在赤壁之战、夷陵之战和蓬笼之战中取胜，从而“西界庸益之郊，北裂淮汉之涘，东苞百越之地，南括群蛮之表”，巩固疆域得以称帝，与魏蜀两国鼎足而立。其三，称帝之后励精图治，政治清明，影响极好：对内推行礼乐教化，将祭祀与国防这两件国之大事处理得十分妥善，百姓在和平环境下安居乐业，连远方的边民也得到教化而改善了民风，又派使臣巡视安抚外地，收获了许多奇珍异宝。东吴国泰民安，帝王之业得以巩固。以上陆机不惜笔墨，运用列举的方式描绘了孙权时期东吴人才彬彬之盛的景象，又采取先言敌国之强盛与气势的方式来烘托出赤壁、夷陵、蓬笼之战主帅得以取胜的不凡智慧，最后为我们展示了吴国承平安乐、井然有序的图景。这是吴国国力极盛的时期，陆机于论述之中透出的强烈自豪十分激荡人心。然而好景

① （唐）房玄龄等：《晋书》，中华书局 1974 年版，第 1468—1469 页。

不长，孙权一离开人世，十岁的幼主孙亮没有孙权的强大向心力，吴国也自此开始走下坡路：

> 大皇既没，幼主莅朝，奸回肆虐。景皇聿兴，虔修遗宪，政无大阙，守文之良主也。降及归命之初，典刑未灭，故老犹存。大司马陆公以文武熙朝，左丞相陆凯以謇谔尽规，而施绩、范慎以威重显，丁奉、钟离斐以武毅称，孟宗、丁固之徒为公卿，楼玄、贺邵之属掌机事，元首虽病，股肱犹良。爰逮末叶，群公既丧，然后黔首有瓦解之患，皇家有土崩之衅，历命应化而微，王师蹑运而发，卒散于陈，众奔于邑，城池无藩篱之固，山川无沟阜之势，非有工输云梯之械，智伯灌激之害，楚子筑室之围，燕人济西之队，军未浃辰而社稷夷矣。虽忠臣孤愤，烈士死节，将奚救哉！①

陆机这段文字的笔调由自豪转为悲凉，他从孙亮即位奸臣横行的混乱局面写起，又言景帝孙休是不错的守成之君，直至孙皓即位之初，吴国仍旧法未废，老臣尚存，吴国仍有大司马陆公（陆抗）、左丞相陆凯、施绩、范慎、丁奉、钟离斐、孟宗、丁固、楼玄、贺邵这些治国能臣。因此即使孙皓有"病"，当时朝中仍有贤德的股肱之臣可为支撑，然而到了吴国末期，这些贤臣已经去世，之后百姓有叛乱之险，朝廷呈崩溃之象。吴国大势已去，晋师应运伐吴，吴国乱自内起，已然不堪一击，晋军当然会在很短的时间就荡平吴国社稷。即使忠臣耿直忧愤，烈士以身殉国，又何能挽救吴国呢？由其对吴国末期国情国运的论述，可见陆机对吴国覆灭之必然性是有深刻认识的，并没有因对母国情感深厚而丧失理性。陆机对吴国末期局面的论述处处散发着哀其不幸憾其气运的情感，这种无奈又深切悲凉的情感，怕是也只有真正身为亡国之余的

---

① （唐）房玄龄等：《晋书》，中华书局1974年版，第1469—1470页。

人才能体会其中甘苦吧！

在《辩亡论》上篇的最后，陆机冷静地分析了东吴灭于晋朝的首要原因：

> 夫曹刘之将非一世所选，向时之师无曩日之众，战守之道抑有前符，险阻之利俄然未改，而成败贸理，古今诡趣，何哉？彼此之化殊，授任之才异也。①

晋室军队质量上将领不及曹操、刘备麾下的武将，数量上也没有曹刘时期那样众多，东吴地势上的天险也没有任何改变，为何以往能够以弱胜强，如今灭吴的军队偏偏是无法与曹刘相比的晋军呢？陆机认为，东吴今昔成败颠倒，古今局势迥异，首要原因是孙权、孙皓二人的政治教化不同，手下的人才各异。由此可见，比起用国之气数来"辩亡"，陆机更倾向于观照不同时期敌我双方的政治局面，这种思想不仅在上文之中，在其《辩亡论》下篇仍是贯彻始终，十分合乎孟子"天时不如地利，地利不如人和"的思想。这就可以从一个侧面证明陆机受儒家思想影响之深，而没有如当时多数文人一般醉心玄学。当然，儒家思想刚健有为，清正庄重的特色也在陆机的文风中具有突出体现。《辩亡论》十分能够反映刘勰所谓"矜重"的文章风格，陆机虽在文中倾注了深刻而浓厚的情感，情绪也是由自豪而悲慨，但是通篇并未如潘岳《西征赋》一般给人以偏激之感，全文更像是一篇文质兼美、典雅庄重而又情感充沛、慷慨悲凉的东吴挽歌。虽然刘勰谓"陆机《辩亡》，效《过秦》而不及；然亦其美矣"②，但从文情并重上来说，陆机之《辩

---

① （唐）房玄龄等：《晋书》，中华书局1974年版，第1470页。
② （南朝梁）刘勰著，范文澜注：《文心雕龙注》，人民文学出版社1958年版，第327页。

亡论》显然要比贾谊之《过秦论》更加打动人心。从这个意义上讲，《辩亡论》之主观情感反而应当作为其魅力而存在。

与《辩亡论》相比，陆机的《演连珠》虽文质兼美，但其过人之处，则在于文章的形式之美。这里选取几则个性鲜明的进行分析：

> 臣闻利眼临云，不能垂照；朗璞蒙垢，不能吐辉。是以明哲之君，时有蔽塞之累；俊义之臣，屡抱后时之悲。

> 臣闻郁烈之芳，出于委灰；繁会之音，生于绝弦。是以贞女要名于没世，烈士赴节于当年。

> 臣闻览影偶质，不能解读，指迹慕远，无救于迟。是以循虚器者，非应物之具；玩空言者，非致治之机。

> 臣闻遁世之士，非受匏瓜之性；幽居之女，非无怀春之情。是以名胜欲，故偶影之操矜；穷欲达，故凌霄之节厉。

> 臣闻图形于影，未尽纤丽之容；察火于灰，不睹洪赫之烈。是以问道存乎其人，观物必造其质。

> 臣闻虐暑熏天，不减坚冰之寒；涸阴凝地，无累陵火之热。是以吞纵之强，不能反蹈海之志；漂卤之威，不能降西山之节。

> 臣闻足于性者，天损不能入；贞于期者，时累不能淫。是以迅风陵雨，不谬晨禽之察；劲阴杀节，不凋寒木之心。[1]

陆机《演连珠》的语言清新晓畅，生动自然，于上可见一斑。言其贡献，钱基博先生谓："至是机演为之，而偶对既工，音律克谐，则开辞赋之别派，而为四六之滥觞焉。"[2] 同时，其文风也反映出西晋文章"结藻清英，流韵绮靡"的时代特色。从中我们不难了解连珠体

---

① （清）严可均辑：《全晋文》，商务印书馆 1999 年版，第 1048—1051 页。

② 钱基博：《中国文学史》，上海书店出版社 2015 年版，第 159—160 页。

文章的特点：每则短章之间相互独立，如同串起的珠子，调整顺序或随意节选都不会影响文章之意义与整体面貌。另外，这几则中反映了陆机的一些鲜明观点：一是明君贤臣也会在利益面前受到蒙蔽或拥有悲剧命运；二是贞女节士多出自乱世末世之中，而隐居者并非没有欲望，而不过是求名之心胜过物欲而已；三是空谈务虚于世无益，问道观物要看原貌和本质；四是君子的志向气节是强权无法磨折和改变的。以上观点不仅说明了陆机观察问题之透辟，也反映出陆机清正不屈的君子风骨。

至此，通过对潘岳、陆机的文章分析，可以得出如下结论：虽然二人文章分别具有强烈的个性特色，但在文风上也确有代表西晋时代特征的绮丽特色。我们虽然已经借由潘陆之文章对西晋华章的绮丽之风有所把握，但是西晋的文章成就远不止创作这一端，西晋文人的文章理论贡献巨大，在我国古代文学理论及批评史上极具开创性和超越性。其代表性成果便是陆机的《文赋》，挚虞的《文章流别论》次之。因陆机之《文赋》是在我国古代文论史上首次全面系统地论述了文学创作过程的理论著作，钱基博先生谓其"扬榷文体，发凡起例，实刘勰《文心雕龙》之前导，而为中国文学批评之初祖"[1]，故历来文论家们皆对其卓越贡献进行过详细论说。下面我们就在前人分析基础上对它们的贡献进行补充。

对于陆机《文赋》的理论贡献，文论家们的论说大同小异。这里选取其中影响最广的罗宗强、张少康两位先生的观点，分列如下。

罗宗强先生将《文赋》的理论贡献概括为以下三方面：第一，物感说。其贡献在于"在文学理论上第一次把心由物动表述为'瞻万物而思纷'，把它与创作构思联系起来，看作构思开始的一部分"[2]，且指

---

① 钱基博：《中国文学史》，上海书店出版社 2015 年版，第 159 页。
② 罗宗强：《魏晋南北朝文学思想史》，中华书局 2016 年版，第 134 页。

出刘勰、钟嵘皆沿这一线发展而成熟。第二,认为《文赋》最主要的贡献是"对于文学创作构思过程的描述"①,并指出陆机是我国第一位研究创作过程的文人。第三,在写作技巧上,认为陆机在这一方面与论构思之处"同为重视文学自身特色、而舍弃其功利目的之后的产物"②,同时明确指出这恰恰是西晋文学思想的主要内容之一。

张少康先生将《文赋》的理论贡献概括为:首先,肯定其"第一次全面系统地研究了文学创作的基本理论"③;其次,在思想上,"开始体现了论创作以道家为主,论功用以儒家为主的儒道结合之文艺思想特征"④,并指出其不仅深刻影响《文心雕龙》,而且挚虞、李充的文体论,沈约等人的声律论、萧统《文选》中的文学观念等皆是陆机文学思想某方面的进一步发展;最后是文体论。认为陆机"在《典论论文》提出文体分八体四类的基础上,把文体分为十类并具体概括了其风格特征"⑤,且明言"诗缘情而绮靡"的观点有"开一代风气"的重大意义。

此外,两位先生都对陆机《文赋》中"应和悲雅艳"的审美标准十分重视并展开论述,都肯定了这些审美标准的时代精神和积极作用。

在总体上十分赞同两位先生观点的前提下,笔者要补充辨正一个问题:当下认为陆机将文体分为十类的学者不在少数,但事实上,陆机所言之十种文体思路与曹丕论文一致,当为举例论说,而非真正认为文体有十类。仅就陆机的创作而言,已有十类之外的文体,又怎能说陆机是将文体分为十类呢?且挚虞与陆机身处同一时代,其《文章流别论》今天无法得以见其全貌,然而其中已涉及赋、七、箴、铭、诗、颂、哀

---

① 罗宗强:《魏晋南北朝文学思想史》,中华书局 2016 年版,第 135 页。
② 罗宗强:《魏晋南北朝文学思想史》,中华书局 2016 年版,第 141 页。
③ 张少康:《中国文学理论批评史教程》,北京大学出版社 1999 年版,第 69 页。
④ 张少康:《中国文学理论批评史教程》,北京大学出版社 1999 年版,第 75 页。
⑤ 张少康:《中国文学理论批评史教程》,北京大学出版社 1999 年版,第 72 页。

辞、诔、碑、图谶等，其中已有超出陆机列举之范围的，还能说陆机仅将文体分为十类吗？

挚虞的《文章流别论》是将文章分体进行论说，其文学思想符合儒家经典文艺理论。在陆机和挚虞而外，陆云为文"好清省"的审美标准虽不同于当时的绮靡之风，但也或多或少影响了东晋文风。

以上我们对西晋文章的创作与理论分别举例进行了论说。西晋文章的绮靡文风并非独立存在，它与西晋文人的思想、情感、审美和社会背景影响下的士风皆是息息相关。虽然西晋文风并未被所有后世之人肯定，但这一时期文学思想上的理论之光却恒久不灭，照耀着后世一代又一代文人。在这之中，陆机的功劳自是首屈一指。我们没有必要因文学的时代共性而对其中之具体文人之文章留有刻板印象，而且文章形式优美并不等于空洞无物，陆机辞藻华丽，却自有英伟之气；潘岳辞章华美，也不乏肺腑真情。综合文章创作与理论上的成就，陆机能被唐太宗称作"百代文宗，一人而已"也是实至名归，当之无愧。

小结　短暂安宁中的纤巧玄思

西晋，是一个和平岁月屈指可数的时代。不计其数的天灾人祸轮流上演，文人们的生命正如枝头的秋叶，风起之时便随之飘落。我们在论述西晋士风与西晋文章的形式新变之时，发现生命的强盛或脆弱会直接作用于人们的一切——包括情感、思想、审美、文章。对人产生了作用，社会风气也就自然随之产生变化。正因生命如此脆弱，所以文人们或刚健有为，或退避自处；或热衷功名，或无意实务；或珍视风骨，或不重清誉；或慎独自守，或纵情享乐；或明知不可而为之，或与世俯仰以自全，这些都可以看作是在有限生命中的狂欢，只不过每个人对狂欢的定义不同，其外在表现也就千人千面。许多看似水火不容的属性统一在同一个人身上，也是这个时代的常态。

相应地，这个时代的玄学思想虽然最终达到了完满的巅峰，但终究还是缺少影响现实的内在力量。从这一点上看，无论在情感上义不容辞如裴颜，还是平和从容如郭象，无论在思想上多么巧妙，论证上多么透辟，其思想之于现实的力量都是纤弱的，是不堪一击的。这一时期的文风整体而言缺少刚健之气，难道不正是与思想密切相关吗？站在理解之同情的角度，与其说对文章形式之美的追求是不重内容的务虚，倒不如说是为文者在思想上难以力透纸背的情况下对美的全力追求。那么在这方面，西晋文人已经十分令人感动了。

无论是好是坏，任何一个时代都会变为历史。风雨飘摇的西晋王朝终于在战火里走向终结，南渡过江成了西晋文人求生的唯一选择，此中文人的心态变化，是下一章要讨论的内容。现实的黑暗终究掩藏不住生命的顽强与思想的光芒，这是西晋文人用现存的文献穿越时空向我们后世学人诉说的。而其中最主要的媒介，就是他们的生花妙笔写就的锦绣文章。

第三章

南渡前后的文章与文人
心态变化

永嘉之乱继八王乱后终于爆发，为内外交困的西晋王朝敲响了丧钟。自此而后衣冠南渡，王朝南迁，文人们从西晋到东晋，心态和思想都发生了很大的变化。这些变化始于两晋之交，虽因乱世而资料有限，然历史虽大浪淘沙，却也为后世留下了当时的篇章。这些文章无论是为公家言的笔语还是自出心声的文语，抑或是经后人整理出的语录，都是照亮彼时社会现实与文人心态的微光。细读两晋之交文人的各种文章，辅之以史传记载，可梳理出他们大致的心路历程，从而把握两晋之交文人的心态变化。本章即是通过两晋之交的文章对其时文人心态的变化展开论述。

第一节　从不问国事到匡世救亡

西晋王朝虽在成立伊始便根基不稳，然而到底还是统一了南北，在晋武帝执政时期也有表面的繁荣。相对的和平局面和败絮其中无法逆转的朝政给西晋多数文人的轻狂放浪提供了外在动因。而自八王乱后，社会开始动荡，永嘉之时愈益甚之。在这一过程中，目睹了山河飘摇破碎、俊彦纷纷殒身的一部分文人终于激发了心底的慷慨与血性，恍若一夜之间，从衣食无忧、轻狂放浪的少年长成文能匡世、武能救亡的英雄。拥有此种心态的文人，文有王导、温峤、庾亮等国士，武有刘琨、祖逖、卢谌等英雄。

一　临危受命匡扶国邦的国士心态

两晋之交正当乱世危亡之时，一批有理想、有担当、有勇气的文人肩负起了匡扶晋室的责任。温峤、王导、庾亮等人就是这批国士的杰出代表。从史传记载里，我们可清晰地梳理这类文人的心态变化。

战乱之前，他们都是出身士族的少年，都善于清谈。出身上，温峤之父温憺是河东太守，王导之父王裁是镇军司马，庾亮之父庾琛是明穆皇后的父亲。性情气质上，温峤"性聪敏，有识量，博学能属文，少以孝悌称于邦族。风仪秀整，美于谈论"①，王导"少有风鉴，识量清远"②，庾亮"美姿容，善谈论，性好《庄》《老》，风格峻整，动由礼节"③。可见他们在出身上或出官宦之家，或为外戚之后，都有良好的家世背景；性情上都是有识量，善谈论；气质上也都是风度过人，相似的原生家庭与成长环境对他们相似性格气质的形成起到了重要作用。而作为士族子弟，这样的性情自然少不了旁人积极的评价。温峤是"见者皆爱悦之"，王导被人称作"将相之器"，庾亮则是被人目之以夏侯玄、陈群一类，并因其方正端俨而"莫敢造之"。可见他们在少年时或为人所喜爱，或为人所称重，或为人所敬畏，都有得人心的潜质，这也是他们后来位高任重、受人信任的原因之一。

温峤、王导、庾亮都善于谈论，可见他们少时皆不同程度地沾染了西晋玄风。他们后来历经战乱，从翩翩少年成长为国之柱石，从他们自己的文章中，可以显见他们逐渐成长为国家股肱的心态变化。

少时"美于谈论"的温峤在西都不守，元帝称制江左之时不仅身为长史，奉刘琨之命以劝进，"于是河朔征镇夷夏一百八十人连名上表"④，更在刘琨托付其"延誉于江南"之时发出了"峤虽无管张之才，而明公有桓文之志，欲建匡合之功，岂敢辞命"⑤的回应，后来他过江痛陈"主上幽越，社稷焚灭，山陵夷毁之酷"⑥，黍离之悲使他

---

① （唐）房玄龄等：《晋书》，中华书局 1974 年版，第 1785 页。
② （唐）房玄龄等：《晋书》，中华书局 1974 年版，第 1745 页。
③ （唐）房玄龄等：《晋书》，中华书局 1974 年版，第 1915 页。
④ （唐）房玄龄等：《晋书》，中华书局 1974 年版，第 1685 页。
⑤ （唐）房玄龄等：《晋书》，中华书局 1974 年版，第 1786 页。
⑥ （南朝宋）刘义庆撰，（南朝梁）刘孝标注，余嘉锡笺疏：《世说新语笺疏》，中华书局 2016 年版，第 106 页。

"忠慨深烈，言与泗俱"①，见王导有管仲之才，才欢喜放心。后来他规谏太子，智平反贼，一直到君王病重身为顾命之臣，凡此种种，皆是其忧国心态的外在表现。

"少有风鉴，识量清远"，被温峤、桓彝等人视作管仲之才的王导，于东晋之功名副其实，确是"将相之器"，此处不赘。我们还是从他的文章中来观其心态变化：当晋国初立，军旅不息，学校未修之时，王导于其上书中充分强调了学校教育的重要——"风化之本在于正人伦，人伦之正存乎设庠序"②，且为晋室计虑深远，"虽王之世子，犹与国子齿，使知道而后贵。其取才用士，咸先本之于学"③。王导虽在过江之后也参加清谈，然于国事，他是十分关切的。比之于他的公家笔语，他的报国之心于其言语中更加昭如日月。新亭饮宴处，人言"风景不殊，举目有江河之异"而相对哭泣之时，只有王导发出了"当共勠力王室，克复神州，何至作楚囚相对泣"④的最强音。这是他匡扶国邦心态的最直接体现。

同样地，庾亮也没有止步于"善谈论，性好《庄》《老》"，其为官之才能，谢鲲答明帝问时有如是说："端委庙堂，使百僚准则，臣不如亮。一丘一壑，自谓过之。"⑤类似回答，周顗也有。可见庾亮经世之才也是有目共睹。现存庾亮文章，公家笔语远远多于私家文语，然我们仍可从他为数不多的私家文语中来一窥其为国之心。他在给郗鉴的书信结尾说"愿公深惟安国家、固社稷之远算，次计公之与下官负荷轻

<hr>

① （南朝宋）刘义庆撰，（南朝梁）刘孝标注，余嘉锡笺疏：《世说新语笺疏》，中华书局 2016 年版，第 106 页。
② （唐）房玄龄等：《晋书》，中华书局 1974 年版，第 1747 页。
③ （唐）房玄龄等：《晋书》，中华书局 1974 年版，第 1748 页。
④ （唐）房玄龄等：《晋书》，中华书局 1974 年版，第 1747 页。
⑤ （南朝宋）刘义庆撰，（南朝梁）刘孝标注，余嘉锡笺疏：《世说新语笺疏》，中华书局 2016 年版，第 568 页。

重，量其所宜"①，信之目的虽为罢黜王导，但他也确是为国家计。庾亮另有《追报孔坦书》，其中"吾以寡乏，忝当大任，国耻未雪，夙夜忧愤"② 一句，既为对死者言，亦足见其忧国心态实实在在。

以上文人虽在少时受西晋玄风裹挟，也各有性格缺陷，但他们的心态在两晋之交发生了重要变化，终成安邦之柱石。自此而后，无论政见如何，他们匡扶晋室的心态的大方向是没有差别的。

二 戎马倥偬乱世救亡的英雄心态

国家危亡之时，不仅需要匡扶国邦的国士，更需要乱世救亡的英雄。国难当头，刘琨、祖逖、卢谌等文人的心态发生了巨变，从轻狂少年迅速成长为戎马英雄。下文即从他们的文章与史传记载里，梳理他们的心态变化。

《晋书》对刘琨之生平记载得较为详细。其出身与早年经历如下：

> 刘琨，字越石，中山魏昌人，汉中山靖王胜之后也。祖迈，有经国之才，为相国参军、散骑常侍。父蕃，清高冲俭，位至光禄大夫。琨少得俊朗之目，与范阳祖纳俱以雄豪著名。年二十六，为司隶从事。时征虏将军石崇河南金谷涧中有别庐，冠绝时辈，引致宾客，日以赋诗。琨预其间，文咏颇为当时所许。秘书监贾谧参管朝政，京师人士无不倾心。石崇、欧阳建、陆机、陆云之徒，并以文才降节事谧，琨兄弟亦在其间，号曰"二十四友"。③

以上可留意处有三：其一，无论"中山靖王之后"是真是伪，刘

---

① （唐）房玄龄等：《晋书》，中华书局1974年版，第1922—1923页。
② （唐）房玄龄等：《晋书》，中华书局1974年版，第2059页。
③ （唐）房玄龄等：《晋书》，中华书局1974年版，第1679页。

琨都出身不凡，有很好的家世背景。刘琨拥有怀抱"经国之才"且于晋之立国有功的祖父（关于刘迈之官职与功绩，徐公持先生已有论述①，故不赘言），拥有"清高冲俭"且身为重臣的父亲，如此家世背景与成长环境给少年刘琨的影响当是积极且深远的。

其二，少年刘琨本人则是"得俊朗之目，与范阳祖纳俱以雄豪著名"，且二十六岁即为司隶从事，官职虽不高，然亦已入世。这里有两点不能不加以注意：一是"俊朗""雄豪"，魏晋人物品藻之风盛行，西晋之时，大众主流对男子的阴柔之美颇为欣赏，刘琨以"俊朗""雄豪"之风姿闻名，与当时的主流审美是大异其趣的；二是祖纳。祖纳是祖逖之兄，可见刘琨与祖逖交好之顺理成章。

其三，石崇之金谷别庐中，"日以赋诗"的宾客自非常人，刘琨不仅能"预其间"，其文咏还"颇为当时所许"，名在"二十四友"之列，且在"二十四友"中，刘琨是非常年轻的，这足以说明刘琨在少年时即文采出众，为人所称，与石崇关系也很好。

与刘琨少年时相似，少年祖逖、卢谌也都出身不凡，有良好的家世背景。祖逖之父祖武是晋王掾，上谷太守，他虽少年丧父，却有"开爽有才干"的哥哥祖该、祖纳；卢谌为卢志之子，曾拜驸马都尉。良好的家世背景与成长环境同样给他们少时以积极且深远的影响，祖逖、卢谌少时同样显示出一系列不凡品质：祖逖少时即"轻财好侠，慷慨有节尚"，② 且十五岁后志于学，"博览书记，该涉古今"③，见者言其有"赞世才具"；卢谌则是"轻敏有理思，好老庄，善属文"④。可见刘琨、祖逖、卢谌等文人皆在少年时便有过人之处，这也是他们后来心

---

① 徐公持：《浮华人生——徐公持讲西晋二十四友》，天津古籍出版社 2010 年版，第 222 页。

② （唐）房玄龄等：《晋书》，中华书局 1974 年版，第 1693 页。

③ （唐）房玄龄等：《晋书》，中华书局 1974 年版，第 1694 页。

④ （唐）房玄龄等：《晋书》，中华书局 1974 年版，第 1259 页。

态转变的原因之一。

"雄豪、慷慨、轻敏"是他们少时心理状态的关键词，这些词语虽给人少侠之感，但同时也透露出翩翩少年的轻狂特点：首先，良好的家世背景极易使人缺乏忧患意识。这一点刘琨与其兄皆是如此，甚至险些因此而遭人暗算。《世说新语·仇隙》有如下记载：

> 刘玙兄弟少时为王恺所憎，尝召二人宿，欲默除之。令作坑，坑毕，垂加害矣。石崇素与玙、琨善，闻就恺宿，知当有变，便夜往诣恺，问二刘所在。恺卒迫不得讳，答云："在后斋中眠。"石便径入，自牵出，同车而去。语曰："少年，何以轻就人宿？"①

前辈学人论及此时，已经注意到刘氏兄弟游于权贵之间的潜在凶险，也点明了石崇的老于世故和侠肝义胆②，有所未照处，则是刘氏兄弟全无防范意识的心理状态。王、石斗富人尽皆知，既与石崇交好，即使不知自己"为王恺所憎"，也不该轻易去王恺家中留宿，而刘氏兄弟却住下了，显然完全未能考虑到此。同样身怀雄豪气质，少年刘琨与石崇相较之下，其天真幼稚不言自明。这里当然有比重很大的年龄因素，然而我们不妨试想：倘若刘琨生在寒门，或是在明争暗斗的世家长大，还会如此缺乏忧患意识吗？

其次，刘琨风姿不凡，且有雄豪之气，这些极易致人年少轻狂。他在回首往事时，也意识到了这一点。在给友人卢谌的回信中，他这样描述自己年少时的心态：

---

① （南朝宋）刘义庆撰，（南朝梁）刘孝标注，余嘉锡笺疏：《世说新语笺疏》，中华书局2016年版，第1018页。

② 徐公持：《浮华人生——徐公持讲西晋二十四友》，天津古籍出版社2010年版，第104、223页。

　　　　昔在少壮，未尝检括，远慕老庄之齐物，近嘉阮生之放旷，怪
厚薄何从而生，哀乐何由而至。①

　　少年刘琨何曾注意阮籍"口不臧否人物"？又如何能懂阮籍"夜中
不能寐"的苦闷？阮籍的纵酒佯狂，在年少的刘琨眼中仅仅是令人追
慕和嘉许的名士放旷。这种追慕和嘉许的状态虽在今天"文献不足
征"，但既是追慕和嘉许，仿效是自然而然的事情。由是，少年刘琨之
轻狂可以完全想见。

　　最后，刘琨文才既为时人所许，其文章必与文坛主流风气相符。他
年纪轻轻跻身"二十四友"之列，虽缺他当时的文章佐证，然在《答
卢谌书》里，他明确提及自己少壮之时不仅"慕老庄之齐物"，而且
"怪厚薄何从而生，哀乐何由而至"，对玄学关心的问题有所思考。可
见，他早年的思想和诗文当是被"二十四友"引领的文坛大潮托举起
来的，应属当时之体。

　　与刘琨少时之狂放，具备当时文人的主流心态相类，祖逖少时喜欢
"称兄意散谷帛"周济贫乏，为乡党所重，且与刘琨意气相投，比肩交
好，是"闻鸡起舞"佳话的倡导者，虽有蓬勃的英雄气，却也在刚过
江时有劫财之行。卢谌少时则跟从当时主流举秀才，辟太尉掾，天资虽
"敏"，心态却有随众的"轻"。由上可知，他们最初的心态中或轻率任
侠，或追慕老庄，有着内在的共性。轻狂，是他们少时心态的主导。而
他们真正成长起来，是经历了血与火的洗礼。他们披坚执锐，舍身救亡
时发生的心态变化皆在其文章中熠熠生辉。我们先来看祖逖中流击楫的
壮烈誓言：

————————

　　①　（南朝梁）萧统编，（唐）李善注：《文选》，中华书局 1977 年版，第 355 页。

　　祖逖不能清中原而复济者,有如大江!①

　　祖逖留下的文字不多,然此渡江一誓,不仅在当时"众皆慨叹",亦足可照耀来者。他不仅对消灭敌人有这样的决心,还对心存不轨的奸臣毫不客气。在王敦意图实施野心之时,祖逖瞋目厉声对其发出了警告:

　　卿语阿黑:何敢不逊!催摄面去,须臾不尔,我将三千兵槊脚令上!②

　　从中我们能清楚地感觉到祖逖由任侠少年向救国英雄的心态转变。不仅如此,他的精神也在时时激励着刘琨:

　　吾枕戈待旦,志枭逆虏,常恐祖生先吾著鞭。③

　　这是刘琨听闻祖逖被用时给亲朋故交的信笺,作为私家文语,感情自然不会虚假。真英雄之情谊,当相互砥砺如此。刘琨本人也是心怀天下,志在复国。他真正成长起来,是经历了战争的淬炼之后:

　　赵王伦执政,以琨为记室督,转从事中郎。伦子荂,即琨姊婿也,故琨父子兄弟并为伦所委任。及篡,荂为皇太子,琨为荂詹事。三王之讨伦也,以琨为冠军、假节,与孙秀子会率宿卫兵三万距成都王颖,战于黄桥,琨大败而还,焚河桥以自固。及齐王冏辅

_____

　　① (唐)房玄龄等:《晋书》,中华书局1974年版,第1695页。
　　② (南朝宋)刘义庆撰,(南朝梁)刘孝标注,余嘉锡笺疏:《世说新语笺疏》,中华书局2016年版,第660页。
　　③ (唐)房玄龄等:《晋书》,中华书局1974年版,第1690页。

政，以其父兄皆有当世之望，故特宥之，拜兄舆为中书郎，琨为尚书左丞，转司徒左长史。冏败，范阳王虓镇许昌，引为司马。

及惠帝幸长安，东海王越谋迎大驾，以琨父蕃为淮北护军、豫州刺史。刘乔攻范阳王虓于许昌也，琨舆汝南太守杜育等率兵救之，未至而虓败，琨舆虓俱奔河北，琨之父母遂为刘乔所执。琨乃说冀州刺史温羡，使让位于虓。及虓领冀州，遣琨诣幽州，乞师于王浚，得突骑八百人，与虓济河，共破东平王懋于廪丘，南走刘乔，始得其父母。又斩石超，降吕朗，因统诸军奉迎大驾于长安。以动封广武侯，邑二千户。①

从以上史料中，我们不难发现，永康之变后，刘琨家因有姻亲关系而未遭丧乱，可是在这个时期，刘琨毕竟真刀真枪上了战场。连连败仗虽未给刘琨带来军法惩处，但消磨了他的少年锐气，刘琨因此而迅速成长起来。永嘉之后，他做了并州刺史，加振威将军，领匈奴中郎将。刘琨目睹了无数丧乱，开始向朝廷上表，以求救人：

（臣）九月末得发，道险山峻，胡寇塞路，辄以少击众，冒险而进，顿伏艰危，辛苦备尝，即日达壶口关。臣自涉州疆，目睹困乏，流移四散，十不存二，携老扶弱，不绝于路。及其在者，鬻卖妻子，生相捐弃，死亡委危，白骨横野，哀呼之声，感伤和气。群胡数万，周匝四山，动足遇掠，开目睹寇。唯有壶关，可得告籴。而此二道，九州之险，数人当路，则百夫不敢进，公私往反，没丧者多。婴守穷城，不得薪采，耕牛既尽，又乏田器。以臣愚短，当此至难，忧如循环，不遑寝食。……请此州谷五百万斛，绢五百万

① （唐）房玄龄等：《晋书》，中华书局1974年版，第1679—1680页。

159

四，绵五百万斤。愿陛下时出臣表，速见听处。①

成长一定是伴随阵痛的。若无战乱的洗礼，刘琨何以知晓人间疾苦？以上文字虽为公家笔语，然行文气脉贯通，情词恳切，语言质实而颇多慷慨之气、忧生之心，已是英雄文章。且战乱之时人口锐减，历史记事多以数字及寥寥数语一笔带过，刘琨上文堪作当时流民四起，白骨累累，寇贼横行，哀鸣遍野的生动见证，直可为史书之补充。念念不忘，必有回响，刘琨"忧如循环，不遑寝食"的忧国之情得到了回应，他的请求获得了朝廷批准，开始了平乱济民的日子：

> 时东嬴公腾自晋阳镇邺，并土饥荒，百姓随腾南下，余户不满二万，寇贼继横，道路断塞。琨募得千余人，转斗至晋阳。府寺焚毁，僵尸蔽地，其有存者，饥羸无复人色，荆棘成林，豺狼满道。琨翦除荆棘，收葬枯骸，造府朝，建市狱。寇盗互来掩袭，恒以城门为战场，百姓负楯以耕，属鞬而耨。琨抚循劳徕，甚得物情。刘元海时在离石，相去三百许里。琨密遣离间其部杂虏，降者万余落。元海甚惧，遂城蒲子而居之。在官未期，流人稍复，鸡犬之音复相接矣。琨父蕃自洛赴之。人士奔迸者多归于琨，琨善于怀抚，而短于控御。一日之中，虽归者数千，去者亦以相继。然素奢豪，嗜声色，虽暂自矫励，而辄复纵逸。②

以上史料秉笔直书，为我们还原了英雄刘琨初长成相对完整的形象。这个有血有肉的英雄与其挚友祖逖既有一样的英雄心态，又有其个人特色，具体而言，主要有如下侧面：

---

① （唐）房玄龄等：《晋书》，中华书局1974年版，第1680—1681页。
② （唐）房玄龄等：《晋书》，中华书局1974年版，第1681页。

首先是心怀苍生，奋发有为。刘琨言行一致，既怀忧生之心，遂行救民之事。一方面，他招兵募马，勉力平乱，有勇有谋，暂得和平。虽然这种和平是局部且相对的，但在乱世之中，亦如沙海绿洲。另一方面，他着力于乱后重建，"翦除荆棘，收葬枯骸，造府朝，建市狱"，处理得井然有序。经他一手平乱，一手建设后的土地上，鸡犬之声可至相接，刘琨也暂时实现了救民于水火之中，安民于初定之地的心愿。

其次，他虽善于怀抚，却短于控御。非唯《晋书》言其如此，《世说新语》的《尤悔》篇中亦云刘琨"善能招延，而拙于抚御。一日虽有数千人归投，其逃散而去亦复如此。所以卒无所建"。刘琨怀忧国忧民之心，禀文武双全之才，又有雄豪俊朗之气，以上三方面无论从哪一端说起，都只能作为他有人心、得物情的条件。他既有如此个人魅力，如何又拙于控御，落得无所建树之结果呢？内中原因当主要源于其心态中的另一个侧面——暂自矫励，辄复纵逸。

人的内心都是复杂的，即或以弗洛伊德"本我、自我、超我"的观点来划分，也还有三种成分。刘琨"素奢豪，嗜声色"当是他年少时显现的主流心态，及至成立，此方面心态虽非主流，却毕竟仍然存在。也正因如此，当他心态中这一侧面显现时，就会在正事上导致严重后果：

> 河南徐润者，以音律自通，游于贵势，琨甚爱之，署为晋阳令。润恃宠骄恣，干预琨政。奋威护军令狐盛性亢直，数以此为谏，并劝琨除润，琨不纳。……徐润又谮令狐盛于琨曰："盛将劝公称帝矣。"琨不之察，便杀之。琨母曰："汝不能弘经略，驾豪杰，专欲除胜己以自安，当何以得济！如是，祸必及我。"不从。盛子泥奔于刘聪，具言虚实。聪大喜，以泥为乡导。属上党太守袭醇降于聪，雁门乌丸复反，琨亲率精兵出御之。聪遣子粲及令狐泥乘虚袭晋阳，太原太守高乔以郡降聪，琨父母并遇害。琨引猗卢并

力攻粲，大败之，死者十五六。琨乘胜追之，更不能克。猗卢以为
聪未可灭，遗琨牛羊车马而去，留其将箕澹、段繁等戍晋阳。琨志
在复仇，而屈于力弱，泣血尸立，抚慰伤痍，移居阳邑城，以招集
亡散。①

通音律确实可以引为知音，刘琨因"嗜声色"而"甚爱之"本也
无可厚非，而因之委以晋阳令一职，就是感情用事，公私不分了。因无
益国事之偏才歪才而用人者，上到帝王，下至官吏，此种状况都最怕遇
到小人。反过来说，若是怀无关国事偏才之君子，则有自知之明，不会
干预政事，也就不会发生此类事情。

事情发生后，对刘琨来说有不止一次亡羊补牢的机会，可惜他都错
过了，他不但听信谗言，杀了亢直的令狐盛，而且连母亲的教诲与提醒
也听不进。于是，他不仅促使直言谏士之子令狐泥叛逃刘聪，还间接害
死了自己的父母。人死不能复生，刘琨虽志在复仇，泣血尸立，也终是
无法改变父母双双遇害的事实。如若他早知恶果，不知当初是否还会任
用徐润？然而凡是过去的，都已经成为历史。历史只是无情的过往，没
有如果的空间。

双亲遇害的痛苦刻骨铭心，自此之后，刘琨完成了第二次成长的飞
跃，不仅稳重谦虚了许多，而且越发心怀家国天下，比从前更加有担当
了。这从愍帝即位后，刘琨拜大将军、都督并州诸军事，加散骑常侍、
假节的谢表中可见一斑：

> 臣闻晋文以郤縠为元帅而定霸功，高祖以韩信为大将而成王
> 业，咸有敦诗阅礼之德，戎昭果毅之威，故能振丰功于荆南，拓洪
> 基于河北。况臣凡陋，拟踪前哲，俯惧折鼎，虑在覆悚。昔曹沫三

---

① （唐）房玄龄等：《晋书》，中华书局 1974 年版，第 1681—1682 页。

北，而收功于柯盟；冯异垂翅，而奋翼于渑池，皆能因败为成，以功补过。陛下宥过之恩已隆，而臣自新之善不立。臣虽不逮，预闻前训，恭让之节，臣犹庶几。所以冒承宠命者，实欲没身报国，辄死自效，要以致命寇场，尽其臣节。至于宠荣之施，非言辞所谢。又谒者史兰、殿中中郎王春等继至，奉诏，臣俯寻圣旨，伏纸饮泪。[1]

上文与之前《为并州刺史到壶关上表》同为笔语，然相比之下，此时的刘琨较初成之时更加谦虚稳重，字里行间昭然可见。两次上表，文学性都不弱，而此次上表在句式上更加大气厚重，也是刘琨心态变化的反映。更可注目的，则是以下两方面：一是奋不顾身的报国之志。"没身报国，辄死自效"一语，读来便壮怀激烈。其坚定处，也不输于"鞠躬尽瘁，死而后已"。足见刘琨此时的志向与担当之今非昔比。二是对朝廷的真诚感激。一个雄豪英雄，要有怎样深刻的感激之情才能"伏纸饮泪"？除却是为君王所信，身担重任，壮志方有得以一展之机了吧！须知英雄在盛年有用武之地，方是最大的幸福啊！

以上心态亦有旁证。麹允败时，刘曜斩赵冉后，刘琨另有上表：

逆胡刘聪，敢率犬羊，冯陵华毂，人神发愤，遐迩奋怒。……秋谷既登，胡马已肥，前锋诸军并有至者，臣当首启戎行，身先士卒。臣与二虏，势不并立，聪、勒不枭，臣无归志。庶凭陛下威灵，使微意获展，然后陨首谢国，没而无恨。[2]

首启戎行，身先士卒的勇气，必斩敌首，不破不还的斗志，殒身报

---

① （唐）房玄龄等：《晋书》，中华书局1974年版，第1682页。
② （唐）房玄龄等：《晋书》，中华书局1974年版，第1683—1684页。

国，了无遗憾的决心，这些心态都是一个有责任感和担当精神的英雄所具备的必要条件，刘琨于此是具足的。两晋之交的乱世给刘琨带来了国仇家恨，国仇给他责任与情怀，家恨给他斗志与力量，又或许，这两者也是刘琨在逆境中自强不息的动力。此后刘琨败于石勒之手，投奔鲜卑段匹磾，结为兄弟，后蒙冤被囚直至被害，其间忍辱失路，依然矢志不渝，却是直令人不禁慨叹——时来天地皆同力，运去英雄不自由！

上苍从来不会一直眷顾任何人，刘琨兵败石勒而最终英雄失路，最初未听箕澹建议，性情固执轻率只是因素之一，根本原因还是力量有限。须知战争一事，无论采取何种战术，皆是以己之长攻人之短，刘琨未有天时地利，士众新合人心又必然不齐，这样的力量速胜如何可能？然而在时日无多的余生，刘琨依然为国尽忠，丹心不改。西都不守，元帝称制江左之时，刘琨"乃令长史温峤劝进，于是河朔征镇夷夏一百八十人连名上表"①，自己亦作有《劝进表》，内中亦不乏感人之处：

> 琨敢缘天文人事征祥之应，昧死上事，以奉尊号，愿陛下无常心以群心为心，忘其身以万物为公，则宗庙蒸尝，不替于今，逆虏逋寇，一讨而灭，无负于天下，无愧于七后矣。②

"无常心以群心为心，忘其身以万物为公"，这是刘琨对君王的期许，又何尝不是他自己的心声？如若不然，又怎会出如此之语？而其慷慨豪情，依旧一以贯之，这才是英雄本色之心态！且看他再陈志向：

> 谨当躬自执佩，馘截二虏。③

---

① （唐）房玄龄等：《晋书》，中华书局1974年版，第1685页。
② （清）严可均辑：《全晋文》，商务印书馆1999年版，第1143页。
③ （唐）房玄龄等：《晋书》，中华书局1974年版，第1685页。

以上是刘琨为侍中、太尉并获赐名刀时对元帝的答笺。这时，他虽吃过败仗，仍是壮心不已。宝刀赠英雄，刘琨虽未在这场战争中取胜，然他即使不在朝堂，也是心系国运的，确也配得宝刀。

> 刘琨虽隔阂寇戎，志存本朝，谓温峤曰："班彪识刘氏之复兴，马援知汉光之可辅。今晋祚虽衰，天命未改。吾欲立功于河北，使卿延誉于江南，子其行乎？"温曰："峤虽不敏，才非昔人，明公以桓、文之姿，建匡立之功，岂敢辞命！"
>
> 温峤初为刘琨使来过江。于时江左营建始尔，纲纪未举。温新至，深有诸虑。既诣王丞相，陈主上幽越，社稷焚灭，山陵夷毁之酷，有黍离之痛。温忠慨深烈，言与泗俱，丞相亦与之对泣。叙情既毕，便深自陈结，丞相亦厚相酬纳。既出，欢然言曰："江左自有管夷吾，此复何忧？"①

这一次，刘琨没有看错人，温峤确如所言，不辱使命。温峤于国有功，此功刘琨应有一份。如果说刘琨征刘聪、石勒是有父母之仇的成分在，那么托付温峤过江则纯是为天下计。其为国之丹心昭昭，历久可感！作为一个真正的英雄，刘琨知晓必死时，也是笑对死神的：

> 初，琨之去晋阳也，虑及危亡而大耻不雪，亦知夷狄难以义伏，冀输写至诚，侥幸万一。每见将佐，发言慷慨，悲其道穷，欲率部曲列于贼垒。斯谋未果，竟为匹磾所拘。自知必死，神色怡如也。②

---

① （南朝宋）刘义庆撰，（南朝梁）刘孝标注，余嘉锡笺疏：《世说新语笺疏》，中华书局 2016 年版，第 105—106 页。

② （唐）房玄龄等：《晋书》，中华书局 1974 年版，第 1686 页。

以上多为笔语，那么就以刘琨为数不多的私家文语来为之作结吧：

> 夫才生于世，世实须才。和氏之璧，焉得独曜于郢握？夜光之珠，何得专玩于随掌？天下之宝，当与天下共之。但分析之日，不能不怅恨耳。然后知聃周之为虚诞，嗣宗之为妄作也。①（《答卢谌书》）

> 琨少负志气，有纵横之才，善交胜己，而颇浮夸。与范阳祖逖为友，闻逖被用，与亲故书曰："吾枕戈待旦，志枭逆虏，常恐祖生先吾著鞭。"②

敢于正视从前，身怀纵横之才的刘琨，在城中窘迫无计时，曾"乘月登楼清啸"③，连敌人听了，也都凄然长叹。半夜刘琨奏起胡笳，敌人又"流涕歔欷，有怀土之切"④。黎明再吹的时候，敌人已"并弃围而走"⑤了。珍爱生命，敬重英雄，人类的感情在这方面是相通的。

卢谌既是刘琨的主簿、从事中郎，又与刘琨有姻亲关系。他从军中的心态可从其《征艰赋》的只言片语中得见一斑：

> 步汜口之芳草，吊周襄之鄙馆。
> 访梁榆之虚郭，吊阏与之旧都。⑥

名虽怀古，实则思今。如非在乱世中戎马征战，以卢谌之慕老庄的

---

① （清）严可均辑：《全晋文》，商务印书馆 1999 年版，第 1149 页。
② （唐）房玄龄等：《晋书》，中华书局 1974 年版，第 1690 页。
③ （唐）房玄龄等：《晋书》，中华书局 1974 年版，第 1690 页。
④ （唐）房玄龄等：《晋书》，中华书局 1974 年版，第 1690 页。
⑤ （唐）房玄龄等：《晋书》，中华书局 1974 年版，第 1690 页。
⑥ （清）严可均辑：《全晋文》，商务印书馆 1999 年版，第 345—346 页。

心态，又怎会行迹过处便吊旧怀古？这是卢谌心态转向忧国的标志。不仅如此，他后来为刘琨上表仗义申冤，也是英雄所为。

如果两晋文人风采多谓之风流，刘琨、祖逖等人的热血丹心则可谓之风骨。上文通过文章与史料梳理了刘琨、祖逖、卢谌从西晋到两晋之交的心态变化，从中不难发现，刘琨、祖逖、卢谌等人并非完人，而是一个个经历过成长阵痛的、流光与暗影并存的英雄。他们成长成熟的心态转变，是在国难之时完成的。

第二节　从积极入世到隐遁山林

司马氏夺权虽较曹氏更加赤裸且残忍，然西晋作为一个统一的王朝，自然不会全无为之服务的有志之士。自傅玄、张华诸贤到张载、张协等人皆是如此。而切身经历了乱离之后，得以幸存的张载、张协、潘尼等文人即一改从前用世之心，皆隐遁山林以善其身。也正因此，他们都收获了善终余生的结果。这一类文人主要有张载、张协、潘尼、左思、挚虞、束晳等人。

一　战乱之前的入世心态

张载入世前有《榷论》一文，是其用世之志的代表性阐发。文中不仅反反复复强调"时"对君子建功立业的重要性，而且通过旁征博引的例证、深入浅出的比喻和恰到好处的论说来证明"遇其时"于君子之功业的必不可少。随后对"庸庸之徒"的丑态进行了传神的刻画，又表明了坚决不与之同流合污的节操，结尾处直称汲汲于名利者沐猴而冠不足言，其建功立业，怀抱天下之志向与骨子里的方正清高，不染世俗之心态于文中一目了然。

不同于乃兄的直言其志，张协的用世之心是通过兵器铭文来抒发的。张协文章于《全晋文》中存 15 篇，而兵器铭文就占了 7 篇，其数量之多，比重之大实属罕见。因其短小，不妨尽数录之：

> 泰阿之剑，世载其美。淬以清波，砺以越砥。如玉斯曜，若影在水。不运自肃，率土从轨。（《泰阿剑铭》）
>
> 宝刀既成，穷理尽妙。敛文波回，流光电照。（《文身刀铭》）
>
> 奕奕名金，昆吾遗璞。裁为把刀，利亚切玉。时文斯偃，含精内烛。威助虽化，武不可黩。（《把刀铭》）
>
> 露拍在服，威灵远振。遵养时晦，曜德崇信。（《露拍刀铭》）
>
> 五才并建，金作明威。长铗陆离，弭凶防违。素刃霜厉，溢景横飞。（《长铗铭》）
>
> 器用多品，诡制殊观。亦有短铗，清晖载烂。昔在先朝，戢兵静乱。惟皇宝之，优而弗玩。（《短铗铭》）
>
> 锬锬雄戟，清金练钢。名配越棘，用过干将。严锋劲校，摛锷摧芒。（《手戟铭》）[①]

文人作兵器铭文，多为明其用世之志。《全晋文》凡 5 处刀铭，张作占其三；凡 6 处剑铭（含铗铭），张作占其三；唯一一处戟铭，又是张协所作。张协所作兵器铭文之多，种类之广，有晋一代首屈一指，不可不为其用世之志的注脚。其铭文中"率土从轨""穷理尽妙""时文斯偃，含精内烛。威助虽化，武不可黩""曜德崇信"等语，既是张协清正人格的反映，也是他用世心态的写照。

潘尼的《安身论》既申明了自己的操守，又表明了他"忠肃以奉上，爱敬以事亲，可以御一体，可以牧万民，可以处富贵，可以居贱

---

① （清）严可均辑：《全晋文》，商务印书馆 1999 年版，第 913 页。

贫，经盛衰而不改"①的处世态度。由是，他在为官期间写下了《乘舆箴》，其"人主所患，莫甚于不知其过；而所美，莫美于好闻其过"足可为所有人君所重。此外的应制之作，同样是他入世心态的旁证。

挚虞身居"二十四友"之一，于泰始时举贤良，其对策虽为公家笔语，然挚虞用世之志亦可从中一观。其中的许多观点诸如"原始以要终，体本以正末""若推之于物则无忤，求之于身则无尤，万物理顺，内外咸宜，祝史正辞，言不负诚，而日月错行，夭疠不戒，此则阴阳之事，非吉凶所在也。期运度数，自然之分，固非人事所能供御，其亦振廪散滞，贬食省用而已矣"②在当时确是切中肯綮之言。挚虞为官期间有许多政论文及明礼法的奏表，皆是他积极用世心态的表现。

束皙不仅曾作有《劝农赋》及《饼赋》等，还曾在太康中为邑人祈雨，众人曾因其恩义而作歌谣纪念。他在为官之时，不仅有礼法上的政论，更有关心百姓的《广田农议》，对"北土""吴泽""荆、扬、兖、豫，污泥之土"提出了因地制宜、可操作性强的意见。其对农事之关切与了解实属难能可贵。不但如此，束皙广博的学识也在入世期间得以发挥，他为官时不但撰写了《晋书·帝纪》、十《志》等，还对太康二年发掘的墓中竹书"随疑分释，皆有义证"③。可见他不仅有令人佩服的广博学识，更有积极入世的心态。

由上不难发现，这类文人的文才偏向于博学经世一类，而其积极入世的心态与他们的家世出身密不可分：张载、张协兄弟的父亲张收是蜀郡太守；潘尼的父亲潘满是平原内史，潘尼本人又是著名文学家潘岳的从子；挚虞的父亲挚模是魏太仆卿；束皙的父亲束龛是冯翊太守。可

---

① （唐）房玄龄等：《晋书》，中华书局1974年版，第1510页。
② （唐）房玄龄等：《晋书》，中华书局1974年版，第1423页。
③ （唐）房玄龄等：《晋书》，中华书局1974年版，第1433页。

见，他们的父亲都有官职，生活都比较安定，这种安定的官宦家庭也给他们带来了良好的文化教育。张载"博学有文章"①，张协"少有俊才"②，与乃兄齐名；潘尼"少有清才"③，以文章见知于人；挚虞"才学通博"④；束皙"博学多闻"⑤。性情上，张载"闲雅"⑥，张协"清简寡欲"⑦，潘尼"静退不竞"⑧，挚虞笃信"死生有命，富贵在天"⑨，束皙"性沈退，不慕荣利"⑩，他们不好争竞的性情或多或少都有赖于安定环境的滋养与深厚的学养，这些既可以助人用世，又会引导君子素位而行，这是他们前后心态变化的重要原因。当两晋之交战乱乍起，乱世之象愈演愈烈之时，他们的心态就随之改变了。

二 战乱之时的避世心态

时运对文才出众又律己端正的以上众文人还是眷顾的，他们的才能并未被埋没。而在战乱频仍的两晋之交，他们无一例外地选择了隐遁避世，其文章和史传记载极易说明他们的心态变化。

张载"见世方乱"后不想做官，就辞去著作郎，称病回家了。此时张载的心态，可从其《匕首铭》察其大略：

先民造制，戒豫惟谨。匕首之设，应速用近。既不忽备，亦无

---

① （唐）房玄龄等：《晋书》，中华书局 1974 年版，第 1516 页。
② （唐）房玄龄等：《晋书》，中华书局 1974 年版，第 1518 页。
③ （唐）房玄龄等：《晋书》，中华书局 1974 年版，第 1507 页。
④ （唐）房玄龄等：《晋书》，中华书局 1974 年版，第 1419 页。
⑤ （唐）房玄龄等：《晋书》，中华书局 1974 年版，第 1427 页。
⑥ （唐）房玄龄等：《晋书》，中华书局 1974 年版，第 1516 页。
⑦ （唐）房玄龄等：《晋书》，中华书局 1974 年版，第 1518 页。
⑧ （唐）房玄龄等：《晋书》，中华书局 1974 年版，第 1507 页。
⑨ （唐）房玄龄等：《晋书》，中华书局 1974 年版，第 1419 页。
⑩ （唐）房玄龄等：《晋书》，中华书局 1974 年版，第 1428 页。

轻忿。利以形彰，功以道隐。①

　　魏晋以来，为兵器作铭文者不少，兵器为武者所用，铭文极易千篇一律，张载此铭作为《全晋文》中唯一一篇匕首铭文，却是自有机杼。匕首本是近身取人性命之利器，而张载则先言"戒"与"谨"，简短言明功用与技巧，继"利以形彰"后，马上又回归到"功以道隐"，颇有止戈之意。君子身处乱世，力不能挽狂澜则隐遁以自全，这是张载心态上的转变，也是他"闲雅"中"闲"的一面。

　　张协稍异于乃兄，为官之时个人功利之心本就淡薄，故世乱之时，其隐遁也是顺理成章的。他在避乱时"何天地之难穷，悼人生之危浅。叹白日之西颓兮，哀世路之多塞"②（《登北芒赋》）的忧生之嗟和"苦辞既接，欢言乃周"③（《归旧赋》）的短暂欢愉，也不弱于建安之风。张协这种行为和心态的转变，饱含了深深的无奈。所以他洋洋洒洒一篇《七命》作成，虽为世人称赏，永嘉初时也"复征为黄门侍郎"④，然而他最终还是做出了和乃兄同样的选择——称病不就。

　　潘尼是在目睹了忠良之士在赵王伦篡位后纷纷罹难的人间惨剧以后称病回家的，后来虽然又出来做官，但在洛阳将没之时，潘尼还是携家东奔，欲还乡里。其私家文语，无论是"思天飞以远迹"⑤的《怀退赋》，还是"美明哲之保身"⑥的《东武馆赋》等，流露出的隐遁之意俯拾皆是，故从整体上看，他的心态还是以隐遁为主的。

　　挚虞和潘尼类似，也在战乱中经历了两次隐遁。在惠帝"幸长

①　（清）严可均辑：《全晋文》，商务印书馆 1999 年版，第 907 页。
②　（清）严可均辑：《全晋文》，商务印书馆 1999 年版，第 908 页。
③　（清）严可均辑：《全晋文》，商务印书馆 1999 年版，第 908 页。
④　（唐）房玄龄等：《晋书》，中华书局 1974 年版，第 1524 页。
⑤　（清）严可均辑：《全晋文》，商务印书馆 1999 年版，第 999 页。
⑥　（清）严可均辑：《全晋文》，商务印书馆 1999 年版，第 999 页。

安"，东军来迎之时，挚虞和四散避祸的百官一样选择了隐遁，在山中饱受饥荒之苦。后来回到洛阳，历任光禄勋、太常卿，在礼仪弛废之时，挚虞"考正旧典，法物粲然"①，又经历了一段奋发有为的时光。洛阳再次荒乱之时，挚虞再次隐遁避乱，最终免遭屠戮。史载挚虞善观玄象，曾对友人言"今天下方乱，避难之国，其唯凉土"②，其《新婚箴》中之"色不可耽，命不可轻"③ 既是对新婚夫妇的箴戒，亦可为其无意俗欲，乐生惜命的心态佐证。

束皙与张氏兄弟相类，赵王伦为相国之时，请束皙为记室，他称病罢归，教授门徒，死后有很多人纪念。其《玄居释》中"进无险惧，而惟寂之务者，率其性也""将研六籍以训世，守寂泊以镇俗，偶郑老于海隅，匹严叟于僻蜀……全素履于丘园，背缨绥而长逸"是他遇治则仕、遇乱则隐心态的外化。

无论心态变化的具体形式如何，以上文人心态的共同之处，都是遇治则仕、遇乱则隐，这也是他们未遭横死的主要原因。

第三节　从北上文人的不得遂志到
南渡文人的委屈慷慨

"伐吴之役，利获二俊"，西晋统一南北后，以陆机、陆云兄弟为代表的江东才士怀抱重振门楣，兴国安邦之志北上洛阳。这虽在后世成为"似二陆初来俱少年"的美谈，然地有南北之别，人有风俗之异，或轻或重，南麟北上终免不了遭受一番欺辱，即使身为"太康之英"的陆机也没能例外。时移世易，历史总是惊人的相似，衣冠南渡后，即

---

① （唐）房玄龄等：《晋书》，中华书局 1974 年版，第 1426 页。
② （唐）房玄龄等：《晋书》，中华书局 1974 年版，第 1427 页。
③ （清）严可均辑：《全晋文》，商务印书馆 1999 年版，第 817 页。

便东晋已然立国江东，南渡的北方文人仍久为江南世族所轻。本节选取语体形式的文章为例证，力求还原当时文人的心理状态，为排除因才能不济而被轻视的因素，此处第一部分以二陆兄弟入洛后的遭遇为例，第二部分主要以王导南渡之后的遭遇为例。

一 南渡之前：北上南人的备极辛酸

江东二陆不仅在有晋一代，而且在整个中国文学史上，也是广为人知的文学家。无论是"身长七尺，其声如钟。少有异才，文章冠世，伏膺儒术，非礼不动"，有"人之为文恨才少，而子更患其多"之称的陆机，还是"六岁能属文，性清正，有才理"，十六岁举贤良，有"当世颜子"之称的陆云，都是天资秀逸、不可多得的人才。且二陆出身江东四大家族之一，有"忠"之美誉的陆氏，在"上品无寒门，下品无士族"的两晋，无论从自身才能还是家世背景来说，入世之时都本应受到重用。然而事与愿违，二陆入洛后非但未有一展抱负之机，反而得受南麟北走之辱。如此种种，不胜枚举：

> 陆机诣王武子，武子前置数斛羊酪，指以示陆曰："卿江东何以敌此？"陆云："有千里莼羹，但未下盐豉耳！"①

王济以席上羊酪为傲，问陆机江东有什么能比得上的，虽然有不了解的原因，但也确有出言轻慢的口气。陆机极重尊严，立时以千里莼羹相对。虽为时人称为名对，也确是受到轻视的回应。如果说此事尚不算折辱，那么下一例就十分明显了：

---

① （南朝宋）刘义庆撰，（南朝梁）刘孝标注，余嘉锡笺疏：《世说新语笺疏》，中华书局2016年版，第96页。

卢志于众坐，问陆士衡："陆逊、陆抗，是君何物?"答曰："如卿于卢毓、卢珽。"士龙失色。既出户，谓兄曰："何至如此，彼容不相知也?"士衡正色曰："我父祖名播海内，宁有不知，鬼子敢尔!"①

卢志是范阳人，在公众场合直呼陆机父祖之名讳，并有"是何物"之问，这在当时是十分无礼且严重的侮慢之语。这里陆云以"殊邦遐远"而"容不相悉"来劝慰哥哥宽容他人，确有颜子被冤而不愠之遗风。而陆机则针锋相对，即刻以卢志的父祖名讳还击。卢志哑口无言，必然自取其辱，这也为后来害死陆机埋下了祸根。二陆虽于此事态度不同，然无端受辱确为事实。

以上仅是中原文人对二陆为代表的南方文人的轻慢之缩影，若观张华之语，便知当时中原文人对南方文人的轻视心态是普遍存在的：

张华见褚陶，语陆平原曰："君兄弟龙跃云津，顾彦先凤鸣朝阳。谓东南之宝已尽，不意复见诸生。"陆曰："公未睹不鸣不跃者耳!"②

张华是十分欣赏二陆兄弟的，然而对其他南方文人并不了解，所以才对陆机说出了以上这番话。他对陆机自是没有丝毫恶意，可是话里对江东文人的轻视却是实实在在的。陆机的回应也自然带了三分火气。足见北方文人轻视南方文人的心态在西晋是普遍现象。事实上，在陆机刚刚入洛之时，就已经察觉到这种苗头了——

<hr>

① （南朝宋）刘义庆撰，（南朝梁）刘孝标注，余嘉锡笺疏：《世说新语笺疏》，中华书局2016年版，第329页。
② （南朝宋）刘义庆撰，（南朝梁）刘孝标注，余嘉锡笺疏：《世说新语笺疏》，中华书局2016年版，第475页。

　　陆士衡初入洛，咨张公所宜诣，刘道真是其一。陆既往，刘尚在哀制中。性嗜酒，礼毕，初无他言，唯问："东吴有长柄壶卢，卿得种来不？"陆兄弟殊失望，乃悔往。①

　　刘道真是张华推荐陆机拜访的。陆机兄弟去后不仅见他在哀制中饮酒，而且只听他问能否弄来长柄葫芦，并未有何有益的谈话。服膺儒家思想的二陆当然十分失望，后悔去拜见他。事实上，如果二陆再看得通透些，不去明知有志难酬而勉强为之，又何至于华亭鹤唳，悔之不及？

　　二陆兄弟在二十四友中官职非常小，与他们的才气全不相称，然而南来文人在西晋为官的大抵皆是如此，这也可以作为当时南北文人心态与北上文人经历的旁证。陆机、陆云兄弟禀超世之俊才北上，却历尽磨难与折辱，陆机更是被骂"貉奴"直至与其弟蒙冤而横遭屠戮，即使"士卒痛之，莫不流涕"，"昏雾昼合，大风折木，平地尺雪"又有何用？南麟北走不知抽身，"穴碎双龙，巢倾两凤"也就成了大势所趋，正如唐太宗李世民之赞语所言——其天意也，岂人事乎！

二　南渡以后：北方文人的委曲求全

　　历史常予人"天道好轮回"之感。两晋之交北地乱起，文人南渡江左后，虽因其代表晋室王统，而在经历上较陆机兄弟幸运不少，然同样犹如良禽受困一般。二陆兄弟南麟北走而横遭屠戮，而永嘉南渡后，文人即使功高权重如王导，也免不了委曲求全。有趣的是，王导在江左陆氏碰到的钉子，正似上苍为二陆讨回的一般：

----

　　①　（南朝宋）刘义庆撰，（南朝梁）刘孝标注，余嘉锡笺疏：《世说新语笺疏》，中华书局2016年版，第849页。

陆太尉诣王丞相咨事，过后辄翻异。王公怪其如此，后以问陆。陆曰："公长民短，临时不知所言，既后觉其不可耳。"①

陆玩向王导咨询事情，后来却没有按照王导的意见去做。王导自然很奇怪，就问了陆玩，岂知陆玩居然不仅回说"当时不知道怎么说，后来觉得您的意见不行"，且先声明了"您是大官，我是小民"。陆玩官至太尉，只因王导领扬州刺史，他便以民自称。显然，他不但未将王导视作同类，而且"公长民短"这样的口气也不无讥刺之意。而到了私事上，陆玩的口气就更加不客气了：

王丞相初在江左，欲结援吴人，请婚陆太尉。对曰："培塿无松柏，薰莸不同器。玩虽不才，义不为乱伦之始。"②

王导为东晋大局计，想通过联姻的方式结交江左世族，就向陆玩求婚姻。陆玩竟然连婉拒都没有，直言"培塿无松柏，薰莸不同器"，不仅称对方与自家有云泥之别，而且还将南北士人联姻称作"乱伦"，此等言语声气直骂了对方全家人，还摒弃了整个北方人。即或与平民百姓说出，也令人愤慨不已，何况是被轻诋后直称对方父名还击的王导？然而人在矮檐下，不得不低头，王导并未和对蔡谟一样与陆玩针锋相对。再看王导以奶酪招待陆玩之后的结果：

陆太尉诣王丞相。王公食以酪。陆还遂病。明日与王笺云：

① （南朝宋）刘义庆撰，（南朝梁）刘孝标注，余嘉锡笺疏：《世说新语笺疏》，中华书局2016年版，第194页。
② （南朝宋）刘义庆撰，（南朝梁）刘孝标注，余嘉锡笺疏：《世说新语笺疏》，中华书局2016年版，第336页。

"昨食酪小过，通夜委顿。民虽吴人，几为伧鬼。"①

奶酪在当时是北方的食品，南方人不习惯也十分正常。然而陆玩的回信却仍以"民"自称，且以"伧鬼"之称来嘲讽北方人，倘或东吴陆氏不是四大世家之一，试看王导又将如何？

以上种种是王导在以陆玩为代表的江左世族交往中受到的轻慢，这里我们有必要明确一下陆玩本人的性情，以说明个人性格并非主因，而北人南渡后所受之辱应属常态：

> 陆玩拜司空，有人诣之，索美酒，得，便自起，泻着梁柱间地，祝曰："当今乏才，以尔为柱石之用，莫倾人栋梁。"玩笑曰："戩卿良箴。"②

这是陆玩官至司空时面对别人箴戒的回应，至少可以证明陆玩并非刚愎自用之人。另有史传描述，亦可作为旁证：

> 玩字士瑶。器量淹雅，弱冠有美名，贺循每称其清允平当。③

可见陆玩不仅有雅量，而且是为人"清允平当"的。这只能说明人有南北之别，南北方世族文人彼此相轻的心态是普遍现象。至于哪一方占上风，就是大环境所决定的了。

王导毕竟是股肱之臣，又身居高位，故其受轻视处不及二陆兄弟严

---

① （南朝宋）刘义庆撰，（南朝梁）刘孝标注，余嘉锡笺疏：《世说新语笺疏》，中华书局 2016 年版，第 871—872 页。

② （南朝宋）刘义庆撰，（南朝梁）刘孝标注，余嘉锡笺疏：《世说新语笺疏》，中华书局 2016 年版，第 627 页。

③ （唐）房玄龄等：《晋书》，中华书局 1974 年版，第 2024 页。

重。然而他亦有过之处，就是两头受气：

> 刘真长始见王丞相，时盛暑之月，丞相以腹熨弹棋局，曰："何乃渹？"刘既出，人问王公云何，刘曰："未见他异，唯闻作吴语耳。"①

刘惔是沛国（今安徽宿州）人，见王导说吴语颇不以为然。可见两晋相交，北方文人初到江南之时是不被尊重的，顾全大局的王导更处于两头受气的窘境。在他人叹惋"风景不殊，正自有山河之异"而怆然泪流的时候，王导却发出了"当共勠力王室，克复神州，何至作楚囚相对"的磊落慷慨之音。可见他在心态上于南渡士人共有的委屈之余，另存一份壮志豪情，不愧为能屈能伸之大丈夫，然其种种遭遇也确能代表北雁南飞之艰辛。

北方文人渡江后遭到这种歧视不仅是普遍现象，在时间上也一直在延续。就连北地的方言口音也未能幸免。后世支道林称北方口音为"哑哑声"的鸟语，顾恺之则直称其为"老婢声"。而当年不知南方物产的轻慢问题，也落到了北来之人的头上：

> 张天锡为凉州刺史，称制四隅。既为苻坚所禽，用为侍中。后于寿阳俱败，至都，为孝武所器。每入言论，无不竟日。颇有嫉己者，于坐问张："北方何物可贵？"张曰："桑葚甘香，鸱鸮革响。淳酪养性，人无嫉心。"②

---

① （南朝宋）刘义庆撰，（南朝梁）刘孝标注，余嘉锡笺疏：《世说新语笺疏》，中华书局2016年版，第873页。
② （南朝宋）刘义庆撰，（南朝梁）刘孝标注，余嘉锡笺疏：《世说新语笺疏》，中华书局2016年版，第161页。

张天锡归东晋后，也有人轻慢地问他"北方何物可贵"的问题，因并未局限于物产，张的回答也如当年陆机一样令人不仅称快叫绝——"桑葚甘香，鸱鸮革响。淳酪养性，人无嫉心"，特别是最末一句，既言明了北地之人的淳朴善良，又给了轻慢北方士人之辈有力回击。

衣冠南渡导致的时过境迁，让南北文人间相处的心态产生了翻天覆地的变化。以上种种反转皆说明了南北文人在两晋之交前后的心态变化，北人南下之后所受歧视之普遍，时间之长久，比之西晋南人北上之遭遇，实是不相上下。

第四节　君权与父权在文人心中的淡化

西晋虽玄风炽盛，士人也多轻狂放浪，然晋代自立国之始到底是以孝治天下，故西晋士人于君臣父子相处之上还是留心不轻的。即使拒不合作如嵇康、醉酒佯狂如阮籍、病酒待亡如刘伶、默然打铁如向秀，也没有与君上恣意相讥，更没有与父祖间相互玩笑的记载。而至东晋之时，君臣父子间的相处方式却是大异其趣。不必多言尽人皆知的"王与马，共天下"之街谈巷议，仅就《世说新语》中《轻诋》一篇皆出自两晋之交以后这一事实，便可窥知大略。这种心态变化自两晋之交已然发生。以下皆是例证：

> 王太尉问眉子："汝叔名士，何以不相推重？"眉子曰："何有名士终日妄语？"①

这里是王衍与其子王玄的对话。王玄的反诘与其说是对父亲问题的

①　（南朝宋）刘义庆撰，（南朝梁）刘孝标注，余嘉锡笺疏：《世说新语笺疏》，中华书局 2016 年版，第 910 页。

回应，不如说是对父亲问题的不满，且口气竟是答复同辈之间的状态。史载王玄"少慕简旷，有豪气"①，短短一句反诘之语，既反映出王玄对其叔父王澄的非议态度，又反映出他与乃父相处的随意状态。

此处颇有意思的是，王衍是著名孝子王祥的从孙，其家风在当时众文人中应不算无礼，王衍之子在当时尚且如此，又何况是他人？此情此景若被以"扬名显亲，孝之至也；兄弟怡怡，宗族欣欣，悌之至也"②来训示子孙的王祥所知，未知他会作何感想？

以上一则反映的是父子间的相处方式，我们再来看上下级之间如何相处：

> 庾元规语周伯仁："诸人皆以君方乐。"周曰："何乐？谓乐毅邪？"庾曰："不尔，乐令耳！"周曰："何乃刻画无盐，以唐突西子也？"③

庾亮位高权重，连丞相王导都有"元规尘污人"④之语，而有"国士门风"⑤的周顗听庾亮说人将他比乐广而非乐毅时，居然直接用无盐与西施作比回敬过去，不仅表明了对乐广的否定态度，而且一语双关，用诘问的方式申明庾亮对自己的冒犯。须知庾亮并非简旷之人，虽披着名士的外衣，却心胸狭隘到有"胸中柴棘三斗许"⑥之称，陆机受辱还

① （唐）房玄龄等：《晋书》，中华书局1974年版，第1238—1239页。
② （唐）房玄龄等：《晋书》，中华书局1974年版，第989页。
③ （南朝宋）刘义庆撰，（南朝梁）刘孝标注，余嘉锡笺疏：《世说新语笺疏》，中华书局2016年版，第910页。
④ （唐）房玄龄等：《晋书》，中华书局1974年版，第1753页。
⑤ （南朝宋）刘义庆撰，（南朝梁）刘孝标注，余嘉锡笺疏：《世说新语笺疏》，中华书局2016年版，第566页。
⑥ （南朝宋）刘义庆撰，（南朝梁）刘孝标注，余嘉锡笺疏：《世说新语笺疏》，中华书局2016年版，第911页。

击卢氏尚受其落井下石之害，周颢面对庾亮却毫不在意。据此，我们对
两晋之交文人的相处模式亦可窥见一斑。

再看一例长辈对晚辈随意说话的：

> 王右军少时涩讷。在大将军许，王、庾二公后来，右军便起欲
> 去，大将军留之，曰："尔家司空、元规，复可所难？"①

王羲之少时不善言辞，在王敦处时，见王导、庾亮来就想躲开。而
王敦要留他时没正面安慰或鼓励，竟说是"你家的王司空和庾元规"，
其时王羲之年纪还小，古人是对同辈友人才互称表字，王敦此言之随意
显而易见。王羲之年少时正值两晋之交，王敦是元帝时为大将军，王导
是元帝时为司空，其时王敦五十余岁，王导四十余岁，庾亮三十余岁，
而王羲之只有十几岁，足见当时长辈对晚辈说话也是十分随意的。

另有两例互相轻诋的：

> 王、刘每不重蔡公。二人尝诣蔡，语良久，乃问蔡曰："公自
> 言何如夷甫？"答曰："身不如夷甫。"王、刘相目而笑曰："公何
> 处不如？"答曰："夷甫无君辈客！"②

王濛、刘恢二人去蔡谟处时问他与王衍相比怎么样，蔡谟说不如，
话题本可就此截住，然而因为王刘二人常不尊重蔡谟，所以又问他哪里
不如王衍。此时蔡谟就予以还击，说王衍没有他们这类客人，双方之间
的彼此轻慢显而易见。

---

　　① （南朝宋）刘义庆撰，（南朝梁）刘孝标注，余嘉锡笺疏：《世说新语笺疏》，中华书
局 2016 年版，第 913—914 页。
　　② （南朝宋）刘义庆撰，（南朝梁）刘孝标注，余嘉锡笺疏：《世说新语笺疏》，中华书
局 2016 年版，第 885 页。

蔡谟不仅与王濛、刘惔二人相互轻诋，与王导也是如此：

> 王丞相轻蔡公，曰："我与安期、千里共游洛水边，何处闻有蔡充儿？"①

王导说他与王承、阮瞻在洛阳时便已是名士，而用反诘口吻说他没听说过蔡谟，且是直呼其父亲的名讳。两晋时称他人家中尊长名讳是很严重的事情，所以世家大族的名讳文人们都会烂熟于心，而这里王导却毫不理会，直呼蔡谟父讳并且语带轻蔑。从上文我们看到的是王导对蔡谟的蔑视和不满情绪，事实上，蔡谟的轻诋言行，更在王导之先：

> 曹氏性妒，导甚惮之，乃密营别馆，以处众妾。曹氏知，将往焉。导恐妾被辱，遽令命驾，犹恐迟之，以所执麈尾柄驱牛而进。司徒蔡谟闻之，戏导曰："朝廷欲加公九锡。"导弗之觉，但谦退而已。谟曰："不闻余物，惟有短辕犊车，长柄麈尾。"导大怒，谓人曰："吾往与群贤共游洛中，何曾闻有蔡克儿也？"②

由上可见，蔡谟的嘲弄确实令人十分难堪，更何况是身居高位的王导？故王导对蔡谟的不满与蔑视实乃事出有因。《全晋文》中对蔡充的介绍明确提及"充一作克"③，显然《晋书》中也有王导直呼蔡父之名的记录。二人的相处模式应为当时文人间相处模式的缩影，故两晋过渡之时，文人间相互轻视已非个案。其间虽也有东吴豪门宴集

---

① （南朝宋）刘义庆撰，（南朝梁）刘孝标注，余嘉锡笺疏：《世说新语笺疏》，中华书局 2016 年版，第 914 页。
② （唐）房玄龄等：《晋书》，中华书局 1974 年版，第 1752—1753 页。
③ （清）严可均辑：《全晋文》，商务印书馆 1999 年版，第 1199 页。

于金昌亭时知其不识褚季野的狼狈，然在文人相互轻视的心态作用下，文人相处随意轻诋的风气愈演愈烈，不乏君臣长幼间的例子，且录之如下：

> 简文与许玄度共语，许云："举君、亲以为难。"简文便不复答，许去后而言曰："玄度故可不至于此！"①
>
> 殷觊、庾恒并是谢镇西外孙。殷少而率悟，庾每不推。尝俱诣谢公，谢公熟视殷曰："阿巢故似镇西。"于是庾下声语曰："定何似？"谢公续复云："巢颇似镇西。"庾复云："颇似，足作健不？"②

可见两晋之交文人相处心态变化以后，轻诋之风已成文人间相处的常态。事实上，以上种种皆是君权与父权在文人心中淡化的具体体现。永嘉之乱不仅让晋代文人切身感受到生命的无常，更让他们深刻地意识到与君权和父权对抗的种种恶果：不仅对社会环境的稳定没有一丝正面作用，而且战乱一起，连他们自身的生命都是朝不保夕。以往的种种放纵与不合作，其实也从反面证明了君权与礼教在他们心中的重要性，而衣冠南渡之后，特别是在东晋立国之初，君王与文人士大夫（特别是以王导等人为代表的国家栋梁）实质上构成了一种紧密的合作关系。国仇家恨促成的这种合作关系淡化了礼教与权威在当时文人心中的烙印，随之而来的是他们思想上与礼教和权威的和解。思想上的和解与行动上的合作使君臣父子间上下俨然的局面得到一定的消解，轻诋之风也自然随之流行开来。

---

① （南朝宋）刘义庆撰，（南朝梁）刘孝标注，余嘉锡笺疏：《世说新语笺疏》，中华书局2016年版，第927页。

② （南朝宋）刘义庆撰，（南朝梁）刘孝标注，余嘉锡笺疏：《世说新语笺疏》，中华书局2016年版，第934页。

小结　衣冠南渡对晋人思想的影响

左东岭先生在《文人心态研究的文献使用与意义阐发》中如是说："从群体心态研究上说，文如其人的原则依然是成立的……作为整体，他们又会在时代的共同境遇里，具有许多共同的感受，共同的看法，共同的观念，共同的情绪，从而构成了他们共同的心态。"① 上文通过对两晋之交文人文章的分析，从文人对天下，文人对文人两个角度，分四个部分论述梳理了两晋之交的文人心态变化。所选之文除私人文语与公家笔语外，又以《世说新语》之语体文与前两者一并作为主要论据，辅之以史传记载加以佐证。文章、思想、学术、行为都是文人心态的体现，经历了衣冠南渡的晋代文人，彻底摆脱了"越名教而任自然"的思想余绪，"内圣外王"的思想内核则转而成为当时的主流。

---

① 左东岭：《文人心态研究的文献使用与意义阐发》，《南开学报》2006 年第 5 期，第 46 页。

第四章

东晋玄风与东晋文风的
由绮至清

义熙二年的初春，彭泽令陶潜终于解印辞官，离开彭泽县回到家乡。煦暖的春风与愉悦的心境让他在回家的舟车上丝毫不觉疲惫，这段并不漫长的旅程里充满了轻松与自由。快到家的时候，他满心欢喜，不由加快了脚步。迎接他回来的，是可爱的家童和孩子们，桌上是温热的菜和他最爱的酒，眼前熟悉的景致令人舒适自在。一起种过田的农人带来了春耕的消息，陶潜便开始了耕种。虽然种田的本领并不如何，但陶潜半耕半读，且歌且吟的生活都被他和内心中恬适的情感一道写入了文字里。陶潜大概根本不会在意他云淡风轻的诗文在后世如何被人称道，但是由他集大成的东晋文人气象与他代表的有晋一代文学之精神格局却长久不灭，他身上的人性之光也照亮和温暖着世世代代的文人。他有另一个被大众熟知的名字——陶渊明。本章涉及的时代，便是孕育了陶渊明的东晋；将要论述的内容，就是东晋文人的清雅文章与超脱精神。

第一节　东晋偏安与再度奏响的玄远之音

晋室能够得以在江南重新立国，其根源在于中原过江世族和江东世族两方势力的合作，这种合作是建立在共同利益需求这一基础上的。我们要梳理清楚以上双方特别是江东世族的利益需求，就要首先回溯至西晋：西晋虽然通过灭吴统一了南北，但即使是在相对和平的司马炎统治时期，原来的东吴之地在实质上也并未彻底丧失独立性，其中最显著的标志，便是江东世族拥有相对独立的经济力量和军事力量。这从当时江东世族"三定江南"的军事行动便可见一斑。

所谓"三定江南"，是指以周玘为首的江东世族调动他们自家的军事力量平定江南地区三次叛乱的军事行动：第一次是太安年间张昌、石冰领导的流民之乱，发自江南民间；第二次是永兴年间西晋右将军陈敏企图割据的叛乱，发自中原晋军；第三次是永嘉年间吴人钱璯因不敢北上进攻刘聪而回撤向南发起的叛乱，发自江东世族自身。这三次叛乱虽然皆被周玘等人平定，从而维持了南方相对和平的社会环境，但是与此同时，江东世族也意识到南方这片土地存在来自以上多方面的潜在危机，那么就需要一个合法政权的统治来稳定人心，这就是江东世族最核心的利益需求。

中原过江世族的核心利益需求则显而易见：晋愍帝的投降与被杀标志着中原正统政权的灭亡，他们的唯一选择就是扶植过江的司马氏再续正统。毕竟晋室统一南北已过去三十余年，作为华夏民族政权的唯一正统性已然深入人心，扶植司马氏在江南承续晋祚无疑是最名正言顺的处理方式。因此，镇守建邺的司马睿自然成了被拥立的对象。

然而，司马睿得以成为人心所向却并非易事。永嘉之初，中原晋室尚在苟延残喘，初镇建邺的琅邪王司马睿并未引起江东世族的重视，当时的情况正如《晋书·王导传》所载："及徙镇建康，吴人不附，居月余，士庶莫有至者"[1]，于是司马睿在王导、王敦为代表的过江世族的谋划与支持下，于上巳节"乘肩舆，具威仪"[2]，进行了盛大的出游活动。江东望族纪瞻、顾荣等人见到这样的阵势才感到惊惧，才"相率拜于道左"[3]。有了江东望族的礼敬，司马睿方能依照王导的建议礼遇江东世族，从而逐渐收获了江东士庶之心。正因得到了过江世族与江东世族的合力支持，司马睿才得以在中原晋室灭亡后于江东顺利称帝，东晋时期也就从此拉开了序幕。

一 东晋的官场对峙与偏安之风

晋室虽得以在江东承续国祚，但其一百余年的国运也仅止于此。在这期间也有祖逖、庾亮、庾翼、桓温等志在收复中原之士，且他们皆曾

---

① （唐）房玄龄等：《晋书》，中华书局 1974 年版，第 1745 页。
② （唐）房玄龄等：《晋书》，中华书局 1974 年版，第 1745 页。
③ （唐）房玄龄等：《晋书》，中华书局 1974 年版，第 1746 页。

为收复中原而不懈努力，然而他们的努力都在东晋官场的内耗中化作了泡影。伴随东晋始终的官场内耗不仅彻底破灭了晋室恢复中原的理想，而且也和东晋文士偏安之风相互促生，最终导致了这个王朝的彻底覆灭。东晋官场的内耗集中体现为南北之争和荆扬之争两大对峙形势，其中又以荆扬之争波及范围最广，恶劣影响最大。

所谓南北之争，即江东世族与中原过江世族之间的对峙。二者虽因共同的核心利益需求而承认和支持东晋立国，但他们之间却存在经济与政治上的两大根源性矛盾。

在经济上，土地不仅是农业社会最重要的生产资料，对两晋世家大族而言，更是一切力量的来源和基础。中原世族南渡江左，摆在他们面前的首要问题便是土地问题。南渡的世家大族要在江南安下家来，自然会选择适宜耕种的平原，这就严重触犯了当地原住之人的经济利益。东晋国都建康原本便是当年孙吴的经济和政治中心，位于长江下游中部，不但有适宜耕作的沃土，而且有盛产鱼虾的淡水，然而这些资源自孙吴以来悉归江东世族所有，过江世族虽在政治上拥有"王与马，共天下"的巨大权力和优厚待遇，但在经济上却不可能在这一带侵占江东世族的土地，否则东晋政权的根基必然不稳。有鉴于此，南渡后的中原世族便没有在东吴四大世家的势力范围内安家，而是以立法的形式设下侨州、侨郡、侨县，进而向浙江、福建一带移居，权力较大的如王谢两家就定居浙江会稽一带，权力较小的便去了福建。自此之后，南北世族经济上的矛盾才有所缓和。

在政治上，南北世族双方的矛盾更加难以调和。且不言司马睿在身为琅邪王期间便与王导亲善，仅就王导"倾心推奉"①的一系列谋划与行动及其成效来说，已然足见司马睿对王氏的依赖，史载二人"契同

① （唐）房玄龄等：《晋书》，中华书局1974年版，第1745页。

友执"① 当非虚妄之语。相应地，以王导、王敦为代表的中原过江世族便在朝中多居高位要职，而江东世族如陆晔、纪瞻、贺循等虽有名位，但实权却根本无法与王导等人相提并论。我们须知连司马睿本人也在过江之初面对顾荣有"寄人国土，心常怀惭"② 之语，何况是南渡的中原世族？然而当司马睿称帝后，朝局却几乎都被南渡侨居的君臣控制，江东世族又岂能毫无怨念？

除此之外，迥异的方言、习俗等也是南北世族无法和睦亲善的重要原因，这一点我们在上一章中以王导与江东世族交往为例曾有论及。事实上，以王导一人之下的威权仍要在江东世族面前委曲求全，这一方面反映出王导以大局为重的胸襟，另一方面也反映了江东世族对中原过江世族的轻视与不满。正因上述种种矛盾的存在，曾经"三定江南"的义兴周氏便有了叛乱行为。虽然他们这次行动彻底失败，但司马睿及中原过江世族却由此产生了深重的危机感，于是他们采取了分化的方式，命吴兴沈氏灭了义兴周氏，这才稳定了东晋立国的局面。此后南北之争虽非东晋朝廷内部最主要矛盾，但南北世族间无论是经济还是政治上的深层矛盾都未能彻底解决。因此，南北世族之间的防范与抵触之心依旧存在。

所谓荆扬之争，是指东晋的荆州、扬州两大军事与经济重心之间的对峙，其实质是地方与中央军事和经济势力的对峙。自王敦之叛起直到桓温病逝，荆扬之争一直以叛乱的形式上演。前有王敦、苏峻两次叛乱，后有桓温北伐不成而行废立之事，东晋的国力在荆扬之争中积贫积弱，终于爆发了以摧毁门阀世族为目标的孙卢之乱，晋室也就在桓玄的趁火打劫下最终覆灭。

---

① （唐）房玄龄等：《晋书》，中华书局1974年版，第1745页。
② （南朝宋）刘义庆撰，（南朝梁）刘孝标注，余嘉锡笺疏：《世说新语笺疏》，中华书局2016年版，第100页。

梳理了东晋官场的南北之争和荆扬之争两大对峙形势的成因与过程，我们不难发现，与其说东晋亡于桓氏，不如说是亡于内讧。东晋自君王起，充斥上下的偏安之风也是其无法恢复中原且最终走向灭亡的重要原因。这种偏安思想主要有如下来源：思想上，郭象的独化论成为其理论支撑；习性上，耽于清谈，疏于政事的士风虽在西晋时代形成，但短期内难以更改；环境上，无论是疫病天灾肆虐的自然环境还是内忧外患横行的社会环境，都易于令人产生劫后余生得过且过的偷安心理；经济上，江南的千里沃野足以令世家大族衣食无忧；政治上，东晋官场对峙下的宽和政策极易滋生人的怠惰心态。自上而下的偏安之风加上南北之争与荆扬之争这两大官场对峙让长期处于内耗中的东晋王朝不仅未能恢复中原，而且一百余年后便走向了灭亡。然而正是在这短短百余年间，东晋的文人却在江南的明山秀水之中将我国文人的心灵世界与审美追求推向了新的高度。

二　玄佛合流：超逸绝尘的文章审美

晋代文人在经历了衣冠南渡后，普遍接受了郭象的独化论思想，"内圣外王"的思想内核成了文人思想的主流。然而我们也已明确玄学被郭象发展到了巅峰，同时也就意味着它的终结这一事实，思想总是要发展的，在当下的主流思想体系无法继续完善和发展之时，接触并吸纳其他思想体系中与主流思想体系一致的部分就会成为主流思想继续发展的源头活水。东晋文人思想上的玄佛合流正是玄学思想发展的内在需要和最终结果。那么，佛教思想与玄学思想的一致性体现在何处？玄学思想可以借鉴并吸纳的是佛教思想中的哪些部分？吸纳了佛教这部分思想的玄学思想有哪些新变？这些新变对东晋文人的心态、文章和审美又有哪些影响？这些都是我们在这一部分要解决的问题。

要解决佛教思想与玄学思想的一致性在何处这一问题，把握佛教思想和玄学思想的本质就是不容忽视的第一步。佛教思想首先是作为宗教思想而存在的，这就决定了它与现实相离的本质。佛教追求的无上智慧是用般若（梵文 Prajna）一词命名的，在禅学（梵文 Dhyana）兴起之前，般若学几乎可作为佛学的代名词而存在。关于般若学，余敦康先生说："是一种以论证现实世界虚幻不实为目的出世间的宗教哲学"①，它将现实世界视作虚空，以追求涅槃寂灭为目标。而玄学思想则产生于文士之中，是服务于现实的，追求的目标是解决名教与自然间的矛盾。从中我们不难发现：无论是要论证现实世界的虚空，还是要解决名教与自然的矛盾，都绕不开探讨世界的本体这一问题。既然都需要论本体，那么佛教思想与玄学思想在形式上存在一致之处便是自然而然的了。也正因如此，以竺法雅为代表的高僧才运用了"格义"的方式来解释佛学，以达到用玄学之杯盛佛学之水的目标。东晋文人思想上玄佛合流的事实证明，高僧们这种弘法方式不仅可行。且收效也不错。

然而思想的融会并非仅凭单方的努力就能达成，玄佛合流得以最终形成，根本原因仍在玄学思想本身的发展需要。那么，玄学思想可以借鉴并吸纳佛教思想中的哪些部分？我们已经明确了佛教思想在思维方式上与玄学思想存在一致之处，当高僧们用"格义"的方式迎合玄学来解释佛学时，这种新的声音自然会被在玄学思想上意欲突破而不得的文人所注目，对此，余敦康先生有如下概括："他们发现佛教的般若思想不仅能提供一种与玄学相类似的精神境界，而且在义理的讨论方面也相当投机，甚至能提出超过玄学的新解"②，这种类似的精神境界和义理上超过玄学的新解让东晋文人发现了可以攻玉的他山之石，于是他们便常与高僧坐而论道，逐渐借鉴并吸纳了佛教思想超过玄学的新解和其与玄学相通的精神境界。

---

① 余敦康：《魏晋玄学史（第二版）》，北京大学出版社 2016 年版，第 451 页。
② 余敦康：《魏晋玄学史（第二版）》，北京大学出版社 2016 年版，第 449 页。

　　不过，需要注意的是，东晋文人在借鉴并吸纳佛教思想中这两种成分的同时并没有被高僧们带进佛学之中，同时高僧们也并未真正转变为玄学家，这两个群体始终是求同存异的，而思想上的玄佛合流，事实上是玄佛两种思想同床异梦又各取所需，从而达到的一种既相互独立又在交会中发展的状态。那么，吸纳了佛教思想部分新解和精神境界的玄学思想又有哪些新变？余敦康先生谓："名僧与名士相互契合，佛学与玄学相映生辉。从这个角度来看，东晋时期的佛玄合流思潮实际上就是玄学发展的继续"①，既然是发展的继续，就意味着不是简单重复，更不是原地止步，玄学思想既然吸纳了佛教思想的成分，就不可避免地带有佛教思想的色彩，这也就是东晋玄风在西晋玄风基础上最重要的新变。下文将通过对东晋文章和文人思想的分析来观照这些新变的主要表现以及其对东晋文人的文章、心态和审美之影响。

　　东晋文坛除陶渊明外，整体上的文学成就是远远不及西晋的。刘勰在《文心雕龙·时序》中对东晋文学的总体评价便可作为力证：

　　　　自中朝贵玄，江左称盛，因谈余气，流成文体。是以世极迍邅，而辞意夷泰，诗必柱下之旨归，赋乃漆园之义疏。故知文变染乎世情，兴废系乎时序，原始以要终，虽百世可知也。②

　　在论述西晋文人之文学成就时，刘勰连用比喻，极言当时文人之斐然文采；而论及东晋文学，刘勰只是以时间为序举出当时在文学上差强人意之士：东晋立国之初是"刘刁礼吏而宠荣，景纯文敏而优擢"③，明帝时期是"庾以笔才逾亲，温以文思益厚"④，东晋后期则是"袁殷

　　① 余敦康：《魏晋玄学史（第二版）》，北京大学出版社2016年版，第481页。
　　② （南朝梁）刘勰著，范文澜注：《文心雕龙注》，人民文学出版社1958年版，第675页。
　　③ （南朝梁）刘勰著，范文澜注：《文心雕龙注》，人民文学出版社1958年版，第674页。
　　④ （南朝梁）刘勰著，范文澜注：《文心雕龙注》，人民文学出版社1958年版，第674页。

之曹，孙干之辈，虽才或浅深，珪璋足用"①，这些评价或多或少都带了一些勉强的色彩。此外，刘勰在《文心雕龙·才略》中对东晋文人文学成就的评价亦可作为旁证：

> 景纯艳逸，足冠中兴，郊赋既穆穆以大观，仙诗亦飘飘而凌云矣。庚元规之表奏，靡密以闲畅；温太真之笔记，循理而清通：亦笔端之良工也。孙盛干宝，文胜为史，准的所拟，志乎典训，户牖虽异，而笔彩略同。袁宏发轸以高骧，故卓出而多偏；孙绰规旋以矩步，故伦序而寡状；殷仲文之孤兴，谢叔源之闲情，并解散辞体，缥渺浮音，虽滔滔风流，而大浇文意。②

除了对郭璞诗文予以高度评价，刘勰对庚亮等人文学上的评价都不高，即使是他评价较高的袁宏，也给出了"偏"这个略带贬义的词。且《晋书·文苑传》中一共收入了17位文人的传记，其中有8位是东晋文人，分别是庚阐、曹毗、李充、袁宏、伏滔、罗含、顾恺之、郭澄之，数量上虽可与所录西晋文人比肩，然刘勰对此中文人文学上的评价不但无法与对左思这类大家相提并论，而且也不及对应贞、成公绥、张翰等的评价。有鉴于此，我们便以时间为轴，选取郭璞与袁宏这两位最能代表东晋前中期文学成就的文人代表作进行文章创作上的分析，而在理论上，则主要论述干宝、葛洪、李充等人的观点。

郭璞虽为东晋初期文学成就最高的文人，有类似左思等典型文人"好经术，博学有高才，而讷于言论，词赋为中兴之冠"③ 的一面，但他同时又有"好古文奇字，妙于阴阳算历"④ 的另一面，这是当时一般

---

① （南朝梁）刘勰著，范文澜注：《文心雕龙注》，人民文学出版社1958年版，第675页。
② （南朝梁）刘勰著，范文澜注：《文心雕龙注》，人民文学出版社1958年版，第701页。
③ （唐）房玄龄等：《晋书》，中华书局1974年版，第1899页。
④ （唐）房玄龄等：《晋书》，中华书局1974年版，第1899页。

文人身上并不具备的。正因如此，郭璞的文学成就多半被他深厚的小学功夫与精妙的卜筮之术深深掩盖，无论是史传记载还是他留给后世之人的印象，皆是以道家方士和文字学家的形象存在的。而郭璞文章上成就最高的并不止于刘勰提到的《南郊赋》，尽管《南郊赋》是令晋元帝"见而嘉之"①并委郭璞以著作佐郎的直接原因，但郭璞的《江赋》已在此前便为世人所称，《晋书》也有"其辞甚伟"②之谓。下面我们便以《江赋》为例来观照郭璞在文章创作上的特色与成就：

> 咨五才之并用，实水德之灵长。惟岷山之导江，初发源乎滥觞。聿经始于洛沫，拢万川乎巴梁。冲巫峡以迅激，跻江津而起涨。极泓量而海运，状滔天以渺茫。总括汉泗，兼包淮湘。并吞沅沣，汲引沮漳。源二分于崌崃，流九派乎浔阳。鼓洪涛于赤岸，沦余波乎柴桑。网络群流，商搉涓浍。表神委于江都，混流宗而东会。注五湖以漫漭，灌三江而漰沛。滈汗六州之域，经营炎景之外。所以作限于华裔，壮天地之崄介。呼吸万里，吐纳灵潮。自然往复，或夕或朝。激逸势以前驱，乃鼓怒而作涛。峨嵋为泉阳之揭，玉垒作东别之标。衡霍磊落以连镇，巫庐嵬崛而比峤。协灵通气，渍薄相陶。流风蒸雷，腾虹扬霄。出信阳而长迈，淙大壑与沃焦。③

文章刚一落笔，郭璞就感叹金木水火土"五才"都在发挥作用，水的美德实在是灵慧绵长，充分展现了一位精通阴阳五行之学的文人视角。然后才是从水势轻浅的源流写起，正如从此处开始展开一幅长江的

---

① （唐）房玄龄等：《晋书》，中华书局 1974 年版，第 1901 页。
② （唐）房玄龄等：《晋书》，中华书局 1974 年版，第 1901 页。
③ （清）严可均辑：《全晋文》，商务印书馆 1999 年版，第 1278 页。

画卷一样，从上游水流的积聚到狭长的巫峡，化作了迅猛的激流，水势浩大如海，又总括了沿途的一系列河流；而到了崛山、峡山处，长江之水便一分为二，到浔阳又分作九大支流，仍是巨浪滔滔，直到柴桑一带，水势方减作余波。行文至此，郭璞为我们徐徐展开了长江的画卷，给乍见长江的我们展示了江水由源头到下游的过程，同时也印证了他在开篇对水之"灵长"品质的感叹——长江之水不正是灵动而绵长的吗？

紧接着郭璞就对长江"网络群流，商搉涓浍"形成的深广浩漫之态作出进一步强调，并明言壮阔的长江天险是天然的华夷之界，进而道出了长江之水的吞吐规律，又强调了峨眉、玉垒二山的界标意义，此后方才描绘了长江流域的山水之壮丽，气韵之通畅。整个文章开篇正如长江之水一般气势磅礴，非情感充沛者不能为之。赋本以体物为特色，然若情感丰沛，则可避板滞之病，郭璞在下文中的"体物"正是如此。从"绝岸万丈，壁立赪驳"① 的巴东之峡，到"察之无象，寻之无边"② 的"曾潭之府，灵湖之渊"③，郭璞描绘的五行是土（山）与水，在写尽了水中的奇异生物后，郭璞描绘了"金矿丹砾，云精爥银"④ 和"云梦雷池，彭蠡青草"⑤，前者五行属金，后者雷中含火，青草为木，到此便将长江周边的种种风物依照五行属性分类写出了。此中一方面情感未淡，另一方面也紧扣开篇的万物五行，同时也显示出郭璞的小学功夫。优秀的汉大赋作者都是文字学家，汉代谶纬之风盛行，但无论是文字学家还是谶纬学家都未必有如郭璞文中的丰盈情感，可见作者的心路历程实为文章的命脉：情感丰沛则生机勃勃，反之则死气沉沉。

在依五行属性而分类状物过后，郭璞写到了长江流域的人。无论是

---

① （清）严可均辑：《全晋文》，商务印书馆 1999 年版，第 1278 页。
② （清）严可均辑：《全晋文》，商务印书馆 1999 年版，第 1278 页。
③ （清）严可均辑：《全晋文》，商务印书馆 1999 年版，第 1278 页。
④ （清）严可均辑：《全晋文》，商务印书馆 1999 年版，第 1279 页。
⑤ （清）严可均辑：《全晋文》，商务印书馆 1999 年版，第 1279 页。

商旅之人还是樵子渔夫，都因在不同方面接受了长江的滋养与馈赠而欢乐无限。在这一部分的结尾，郭璞抒发了天地之间奥妙无限的难以言说之感。阴阳五行之学本就是我国古人观照天地的经验总结，探索其中的规律是这一学说的重要目的。作为一个精通阴阳五行之学的人，郭璞尚有如此情感，何况是早已知晓阴阳五行学说之局限的我们？天地之间能让我们了解的规律始终是极其有限的，未知永远是无限的。不过，也正因探索未知是一条没有终点的路，人类才能不断进步。尽管这种进步相对于无限的未知而言微不足道，但我们仍然无法忽视探索者的光芒。

在文章的最后，郭璞的情感变得慷慨悲凉：

> 若乃岷精垂曜于东井，阳侯遁形乎大波。奇相得道而宅神，乃协灵爽于湘娥。骇黄龙之负舟，识伯禹之仰嗟。壮荆飞之擒蛟，终成气乎大阿。悍要离之图庆，在中流而推戈。悲灵均之任石，叹渔父之棹歌。想周穆之济师，驱八骏于虭鼌。感交甫之丧佩，悯神使之婴罗。焕大块之流形，混万尽于一科。保不亏而永固，禀元气于灵和。考川渎而妙观，实莫著于江河。①

在怀想了大禹、次飞、要离、屈原、周穆王、郑交甫、宋元君等历史人物的故事之后，郭璞对他们身上的悲剧色彩发出了由衷慨叹。如果仅以感叹"浪花淘尽英雄"收束全文，文章的感情走向便成了一条下降趋势的线，然而郭璞并未就此作结，到了全文的结尾，他仍然真诚地赞美长江的雄伟、鲜活、灵气，这样的结尾就与开篇洋溢的自豪感完美相接，全文的感情线索也就形成了一个圆。综观《江赋》全文，我们不难发现，此文不但具有汉大赋的体物之长，而且更具抒情小赋的情感之妙，同时语言也十分优美，无论是"伟"还是"艳逸"，皆可作为评

---

① （清）严可均辑：《全晋文》，商务印书馆 1999 年版，第 1280 页。

价该文的词语。事实上，郭璞的"甚伟"辞章背后，是有强烈的情感作为支撑的。在他所处的环境下，善于卜筮之人是不被尊重的，而且郭璞自己也有才高位卑之感，这一点在其《客傲》中体现得最为突出。文章以主客问答的形式论述了俗客们与他之间的云泥之别，从中也可看出，郭璞的文章能够冠绝中兴，与他心中的慷慨不平之气应有很大关联。这种慷慨不平之气或许只有在他预知横祸与大限后从容赴死之时才真正归于平淡。

倚马千言的袁宏有"当今文章之美，故当共推此生"① 的美誉，在东晋中期自是首屈一指的文人。事实上，袁宏最主要的文学成就当在其《后汉纪》上，然而袁宏却并未能以史学家的形象留存于文学史中。袁宏文章之代表作《东征赋》《北征赋》皆仅存残篇，二者相较而言，现存篇幅稍多些是《东征赋》。下面且将《东征赋》残篇辅之以《晋书·袁宏传》的记载进行分析：

> 惟吾生于末运，托一叶于邓林，顾微躯之眇眇，若绝响之遗音。壮公瑾之明达，吐不世之奇策，挫百胜于崇朝，靡云旗于赤壁。三光一举而参分，四海指麾而中隔。过武昌以消摇，登樊山以流眄。访遗老以证往，乃西鄂之旧县。曩有吴之初基，升员丘而豹变。尔乃出桑洛，会通川，背彭泽，面长泉。洲渚迢遰，（左山右幾）岫虚悬，即云似岭，望水若天。日月出乎波中，云霓生于浪间，嗟我行之弥留，跨晦朔之倏忽。风褰林而萧瑟，云出山而逢勃。惊澜嶙嶙而岳转，颓波崀崀以岭没。若鱼舟之小狭，冲奔湍以梼杌。擢弱楫之弗施，投洪流以纤骨。向孙氏之南面，钻灵龟以相土。横鄞镐之制度，穷河洛之规矩。经始郭郢，筑室葺宇，金城万雉，崇墉百堵。君臣有章，上下获叙。所以能三分天下，而有其文

---

① （唐）房玄龄等：《晋书》，中华书局1974年版，第2398页。

武。到吴都以停舟，览阖闾之余尘。建修城以菅郭，引通流而发津。远矣吴德，旧邦维新，泰伯被发，仲雍文身。言偃以文学遗风，季札以让国称仁。高节显于华夏，端委行乎海滨。①

仅就此段而言，袁宏在文中与前人运用了同样的写作手法——在描绘行程中的景致同时抒发怀古的感情。不过，上文在风格上确实与潘岳《西征赋》同类的西晋文章存在不小的差异：从情感上看，袁宏在怀古之中并没有如潘岳一般积极有为的心声；从语言上看，同样是写景之语，不同于潘岳笔下景致的极致华美，袁宏所写之景更为清新自然。这当然与中原和江东景色的风格密切相关，但也同样反映出东晋文章风格上的转变——如果说郭璞的语言在"丽"之中尚有几分"绮"，那么到了袁宏这里则已不见绮语，作为"一时文宗"袁宏的清丽文风显然足以代表东晋文风由绮转清的完成。此外，《晋书·袁宏传》谓袁宏"性强正亮直，虽被温礼遇，至于辩论，每不阿屈，故荣任不至"②，从中既可了解袁宏作为玄学之士善辩的一面，更可知晓其刚正的个性。袁宏在《三国名臣序赞》（《晋书》称《三国名臣颂》）中毫无掩饰的鲜明态度，也是其个性的生动写照。

东晋文人在创作上别具一格的另有"才绝，画绝，痴绝"③的顾恺之。其《冰赋》《筝赋》等文章皆体现了他对事物形状与色彩的独到把握，这充分反映出顾恺之作为画家的文章特色。与之相类的是书圣王羲之，不必说《书论》《笔经》这些理论著述，仅就其《三月三日兰亭诗序》而言，全文的感情脉络也正如书家运笔的提按与收放一般。在对王羲之《三月三日兰亭诗序》和兰亭雅集进行专门论说之前，我们先

---

① （清）严可均辑：《全晋文》，商务印书馆 1999 年版，第 591 页。

② （唐）房玄龄等：《晋书》，中华书局 1974 年版，第 2398 页。

③ （唐）房玄龄等：《晋书》，中华书局 1974 年版，第 2406 页。

以例证的方式简要论述东晋文人在文学理论方面的贡献。

东晋虽未出现如陆机《文赋》一般具有里程碑意义的理论著作，但东晋除陶渊明外，干宝、葛洪、郭璞、李充、王嘉、范宁等文人在理论方面却皆有发声，这些理论的声音主要散见于他们的序文之中，罕有专门的理论文章。其中成就最高的是葛洪。那么我们便主要以他的文章理论为例来观照东晋文人的理论成就。

葛洪的文学思想主要见于其《抱朴子·外篇》，散见于《钧世》《尚博》《广譬》《辞义》《应嘲》等篇中，其文学思想十分驳杂，此中关于文章的理论概言之如下。

首先，在今古文章的优劣上，葛洪认为"古书者虽多，未必尽美"①，且在《钧世》篇中将《尚书》和"近代"之文章比较以为例证，得出《尚书》"未若近代之优文、诏、策、军书、奏、议之清富赡丽"② 的结论，充分肯定了晋文之优长。类似的观点在《尚博》《广譬》篇中同样有所体现。

其次，在文章与德行何者居首的问题上，葛洪认为"文章之与德行，犹十尺之与一丈"③，在《尚博》篇中着重论述了文章的重要性，指出文章和德行二者同样重要，反对以德为本，以文为末的观点。

再次，在文章的创作上，葛洪在《钧世》篇中指出应当以古书为"学者之山渊，使属笔者得采伐渔猎其中"④，主张学习古书之长，在《辞义》篇中也重申了这一点；另外，葛洪认为文人"才有清浊，思有

---

① （晋）葛洪著，杨明照校笺：《抱朴子外篇校笺（下）》，中华书局1997年版，第73页。

② （晋）葛洪著，杨明照校笺：《抱朴子外篇校笺（下）》，中华书局1997年版，第69页。

③ （晋）葛洪著，杨明照校笺：《抱朴子外篇校笺（下）》，中华书局1997年版，第113页。

④ （晋）葛洪著，杨明照校笺：《抱朴子外篇校笺（下）》，中华书局1997年版，第73页。

修短"①，很难出现通才。

复次，在文章的审美与批评上，葛洪于《辞义》篇中破而后立，一方面驳斥了当时文人"爱同憎异，贵乎合己，贱于殊途"②的错误标准，另一方面提出了"文贵丰赡"的审美标准。同时，葛洪在《广譬》篇中清醒地指出了文学审美"观听殊好，爱憎难同"③的现实，承认各人的审美标准差异的客观存在性。

最后，在文章的功用上，葛洪十分重视文章的教化功能。综观葛洪的文章理论不难发现，葛洪的文学思想与两晋主流文学思想存在不少差异，罗宗强先生认为葛洪的文学思想"属于这样一条发展脉络中的一个环节，即王充→葛洪→刘知几"④，这也表现了葛洪作为通才的一面。作为通才型文人，葛洪在文学思想上的成就以全面取胜也是顺理成章的。

葛洪之外，干宝和李充的文章理论也有值得留意之处。干宝在文学史上以其《搜神记》而闻名，人们对其印象多为"鬼之董狐"般的志怪小说家形象。然而干宝首先是一位史学家，《晋书·干宝传》谓其"著《晋纪》，自宣帝迄于愍帝五十三年，凡二十卷，奏之。其书简略，直而能婉，咸称良史"⑤，这足以说明干宝的史学成就。而其《搜神记》也并非信笔杜撰之书，这一点从其《搜神记序》的创作理念中便可确知：

---

① （晋）葛洪著，杨明照校笺：《抱朴子外篇校笺（下）》，中华书局1997年版，第394页。

② （晋）葛洪著，杨明照校笺：《抱朴子外篇校笺（下）》，中华书局1997年版，第395页。

③ （晋）葛洪著，杨明照校笺：《抱朴子外篇校笺（下）》，中华书局1997年版，第388页。

④ 罗宗强：《魏晋南北朝文学思想史》，中华书局2016年版，第193页。

⑤ （唐）房玄龄等：《晋书》，中华书局1974年版，第2150页。

今之所集，设有承于前载者，则非余之罪也。若使采访近世之事，苟有虚错，愿与先贤前儒分其讥谤。及其著述，亦足以明神道之不诬也。①

《晋书》载干宝"博览书记，性好阴阳术数"，说明至少于他而言，《搜神记》的内容是真实可信的。虽然我们与《晋书》一样认为其《搜神记》"博采异同，遂混虚实"②，但是干宝有"苟有虚错，愿与先贤前儒分其讥谤"的自信，也就更加说明他创作《搜神记》主观上的实录精神，这种创作观是值得注目的。

李充在文学理论上值得关注的是他的文学批评，代表其文学思想的《翰林论》全文虽已亡佚，但我们仍可从其残篇中窥知其对文章的审美准则，而且他对当时文人创作的评价更加值得留意：

或问曰：何如斯可谓之文？答曰：孔文举之书，陆士衡之议，斯可谓成文矣。

潘安仁之为文也，犹翔禽之羽毛，衣被之绡縠。

表宜以远大为本，不以华藻为先。若曹子建之表，可谓成文矣；诸葛亮之表刘主，裴公之辞侍中，羊公之让开府，可谓德音矣。

驳不以华藻为先，世以傅长虞每奏驳事，为邦之司直矣。

研核名理，而论难生焉，论贵于允理，不求支离。若嵇康之论，成文美矣。

在朝辨政而议奏出，宜以远大为本。陆机议晋断，亦名其

---

① （唐）房玄龄等：《晋书》，中华书局1974年版，第2150—2151页。
② （唐）房玄龄等：《晋书》，中华书局1974年版，第2150页。

美矣。①

　　以上节选的皆是李充对晋人文章的批评之语，从中不仅可见他对陆机、潘岳、裴颁、羊祜、傅咸、嵇康等人文章的高度评价，也可了解其"不以华藻为先""宜以远大为本"的审美准则。不过，李充虽然"不以华藻为先"，但从其推重的这些文人文风来看，他并非不重文章的形式之美，只是不将之作为首要审美取向而已。李充的文学审美准则既源于其"幼好刑名之学，深抑虚浮之士"②的个人好恶，同时也是东晋文人在文章审美准则上相对于西晋发生变化的体现。

　　通过论述以郭璞、袁宏等为代表的东晋前中期文人之文章创作及以葛洪、干宝、李充为代表的东晋前中期文人之文章理论和文学思想，我们不难发现：与西晋文人相比，在文风上，东晋文人逐渐转向清雅；在心态上，东晋有更多的文人表现出对阴阳方术、鬼神之事的兴趣甚至信仰；在审美上，东晋文人真诚地醉心于江南的山山水水，开始以清淡为美学追求。以上种种新变皆与佛教思想的出世性和宗教性达成了形式上的相似，皆是东晋文人思想上的玄佛合流及心态上的偏安江东之具体体现。可见在东晋文人与高僧坐而谈玄的风气里，佛学思想的出世色彩和高僧身上的出世气质潜移默化地影响了东晋文人，再加上江南秀丽山水的催化作用，东晋文人心态、文风与审美的新变也就渐趋稳定。兰亭之会便是东晋文人风雅在历史长卷里留存下的至美瞬间。

三　兰亭之会：辉映千古的风雅情怀

　　晋穆帝永和九年的三月三，这既是个"天朗气清，惠风和畅"的好日子，又是个最宜踏春祓禊的上巳节。这一天，王羲之召集了相熟的

---

① （清）严可均辑：《全晋文》，商务印书馆 1999 年版，第 559—560 页。
② （唐）房玄龄等：《晋书》，中华书局 1974 年版，第 2389 页。

世族文士和他的家族子弟 42 人，在春日的明山秀水中，举办了一场兰亭诗会。正如《晋书·王羲之传》所载："会稽有佳山水，名士多居之，谢安未仕时亦居焉。孙绰、李充、许询、支遁等皆以文义冠世，并筑室东土，与羲之同好。尝与同志宴集于会稽山阴之兰亭，羲之自为之序以申其志。"① "羲之自为之序"者，即著名的《三月三日兰亭诗序》。有人曾以此序比之潘岳《金谷诗序》，王羲之"闻而甚喜"②。他和那天诗会中的众文人大概不会想到，这一场兰亭雅集竟在后世传承不绝，不仅成了此后历代中国文人的标志性雅好，在我国古典文学史、书法史乃至思想史、文化史上都留下了浓墨重彩的篇章，甚至还远渡东瀛，影响到我们一衣带水的邻邦。

千百年来，学人在论及兰亭诗会时，除了"文人雅集""玄学家聚会"和近年来"政治军事会议"的新奇视角，也就是"天下第一行书"的艺术成就与诗序的幽情玄思了。然而兰亭之前有金谷，之后也有西园、玉山等著名雅集，这些诗会雅集中的成员，无论是从文学成就还是思想成就上，都有远超兰亭文人的卓然大家。兰亭诗会又何以最具魅力，最为著名，影响最为深远呢？唐太宗对王羲之书法的推崇自是原因之一，然兰亭诗会在唐代以前也同样产生了重要影响。因此，我们不能不远溯永和年间甚至更早，从史料中探索兰亭诗会无穷魅力的深层原因。

首先，永和年间虽如田余庆先生所说"是东晋南渡以来少有的安定时期"③，但也仅仅指"疆场时闻北伐，江汉久息风涛"④，而此时期自然灾害极为密集，我们却不能不加以注意。自晋立国以来，虽然天灾人祸不断，但永和年间灾害的频繁程度在有晋一代仍是相当严重的：元

---

① （唐）房玄龄等：《晋书》，中华书局 1974 年版，第 2098—2099 页。
② （唐）房玄龄等：《晋书》，中华书局 1974 年版，第 2099 页。
③ 田余庆：《东晋门阀政治》，北京大学出版社 2012 年版，第 159 页。
④ 田余庆：《东晋门阀政治》，北京大学出版社 2012 年版，第 159 页。

年地震，二年地震，三年四月和九月地震两次，四年五月大水，十月地震，五年地震，六年大水、大疫，七年大水、雷雨、震电，永和九年三月也有旱灾，之后还有大疫和地震。这期间只有永和八年相对安定，但也有"峻平、崇阳二陵崩"① 这样的事件。就盛衰看，永和年间仍属衰世。而且，为兰亭诗会作序的王羲之时年51岁，孙绰40岁，他们都经历过两晋之交南渡的漂泊；当时社会地位和影响力较高的谢安、谢万、郗昙都是34岁，王羲之的长子王玄之也已27岁，均已超过或接近而立之年，他们对永和年间的灾害疾疫频仍也不可能浑然未觉（谢安当时称病未入朝做官，恐怕也不全是托词）。可见兰亭文人的主体在此前是饱经过乱离与病痛的，乱离与病痛给人带来的悲凉之感很能引人共鸣，特别是由病痛而生出的感慨，无论是病人还是病人的至亲，都会有相似的感受。不必多言《晋书》对王羲之等人"雅好服食养性"② 的记载，仅就以下两篇兰亭序和两首兰亭诗的内容看，已能明显察觉他们内心的悲凉与苦楚：

> 及其所之既倦，情随事迁，感慨系之矣……况修短随化，终期于尽。古人云，死生亦大矣，岂不痛哉!③（王羲之《三月三日兰亭诗序》）
>
> 为复于暧昧之中，思萦拂之道，屡借山水，以化其郁结。④（孙绰《三月三日兰亭诗序》）
>
> 消散肆情志，酣畅豁滞忧。⑤（王玄之《兰亭诗》）

---

① （唐）房玄龄等：《晋书》，中华书局1974年版，第198页。
② （唐）房玄龄等：《晋书》，中华书局1974年版，第2098页。
③ （唐）房玄龄等：《晋书》，中华书局1974年版，第2099页。
④ （清）严可均辑：《全晋文》，商务印书馆1999年版，第638页。
⑤ 逯钦立辑校：《先秦汉魏晋南北朝诗》，中华书局1983年版，第911页。

时来谁不怀，寄散山林间。尚想方外宾，迢迢有余闲。① （曹茂之《兰亭诗》）

以上无论是文还是诗，"感慨""痛""郁结""滞忧""怀"等主题词皆是痛苦与悲凉的标志。王羲之"年五十九卒"②，王玄之"早卒"③，距离兰亭诗会并没多久。可见，他们的痛苦与悲凉不是轻飘飘的"为赋新词强说愁"，而是或来自身体状况，或来自年龄，或来自曾带给他们痛苦的种种过往，或是兼而有之。

其次，兰亭诗会是以江南的明山秀水为背景的画中诗会。江浙一带景色之美历来便被公认，兰亭地处会稽山阴（今浙江绍兴），那里"有崇山峻岭，茂林修竹，又有清流激湍，映带左右"④，这样的好景致不仅是兰亭文人祓禊娱乐的所在，更是他们排遣悲凉的窗口：

虽无丝竹管弦之盛，一觞一咏，亦足以畅叙幽情。⑤ （王羲之《三月三日兰亭诗序》）

高岭千寻，长湖万顷，隆屈澄汪之势，可为壮矣。⑥ （孙绰《三月三日兰亭诗序》）

山水徜徉，曲水流觞，杯至赋诗，即便未得领了罚酒，也是令人愉悦的。这一角度学界已有很多详细论述，此处不赘。美景虽好，然若不在其时，魅力必然减半。美景正当时，才最能打动人心。以下的论述，

---

① 逯钦立辑校：《先秦汉魏晋南北朝诗》，中华书局1983年版，第909页。
② （唐）房玄龄等：《晋书》，中华书局1974年版，第2102页。
③ （唐）房玄龄等：《晋书》，中华书局1974年版，第2102页。
④ （唐）房玄龄等：《晋书》，中华书局1974年版，第2099页。
⑤ （唐）房玄龄等：《晋书》，中华书局1974年版，第2099页。
⑥ （清）严可均辑：《全晋文》，商务印书馆1999年版，第638页。

也与美景正当之"时"有极大关系。

如果仅仅是悲凉与苦楚，兰亭文人面对美景怕是也要"怜春忽至恼忽去"，他们即便深受玄学思潮影响，也根本无法医治心底的沉疴。让他们真正拥有打动千古人心之风雅情怀的，是春天带给他们的希望，或者说，是他们自己心底本来就存在的，对生命的热爱与渴望：

> 是日也，天朗气清，惠风和畅。仰观宇宙之大，俯察品类之盛，所以游目骋怀，足以极视听之娱，信可乐也。① （王羲之《三月三日兰亭诗序》）

相对平安的永和八年刚刚过去，新的一年暂时也太平无事。又是一个三月三，兰亭周围山环水绕，草木繁茂，绿竹猗猗，清溪泠泠，令人"游目骋怀"，一个"骋"，生发之气似乎扑面而来。"极"人视听之娱的不是丝竹管弦、轻歌曼舞，也不是画栋雕梁、小园香径，而是会稽山阴这个春日的一切，这里焕发着春的气息，处处都那么美好，令人心中相信，永和八年该是个否极泰来的转折点，以后的日子也会灾害不起，顺遂平安。

> 乃席芳草，镜清流，览卉木，观鱼鸟，具物同荣，资生咸畅。② （孙绰《三月三日兰亭诗序》）

三字的句式将人与自然山水紧密相连，洋溢着欢欣和跳跃之感，此时的人与周遭的一切也浑然一体，与万物一同生生不息，令人无处不觉舒畅。

---

① （唐）房玄龄等：《晋书》，中华书局1974年版，第2099页。
② （清）严可均辑：《全晋文》，商务印书馆1999年版，第638页。

《吕氏春秋·不苟论》谓："民以四时寒暑日月星辰之行知天。"①华夏民族以农耕为本，上古先民对四时变化的特殊敏感代代相传，形成了我们华夏民族的思维模式和情感密码，以兰亭文人为代表的两晋文人概莫能外。但是如前所述，如果兰亭文人心中没有一丝对生命的热爱与渴望，任凭兰亭春景再生机勃勃，恐怕也很难让他们心存希望，恐怕他们也许懒与人共，根本不愿出门，兰亭诗会又怎会发生呢？春天之所以能给兰亭文人以希望，从根本上说，是他们自己的生命意识仍然存在，纵使经历了种种灾难与病痛，他们心中依旧是未来可期：

> 数子各言志，曾生发清唱。今我欣斯游，愠情亦暂畅。②（桓伟《兰亭诗》）
>
> 四眺华林茂，俯仰晴川涣。激水流芳醪，豁尔累心散。遐想逸民轨，遗音良可玩。古人咏舞雩，今也同斯叹。③（袁峤之《兰亭诗》）

永和九年，王凝之 20 岁，王涣之 18 岁，王献之 10 岁，兰亭文人中既有知天命的长辈，又有冠者和童子。年年岁岁花相似，岁岁年年情可同。桓伟、袁峤之两位兰亭文人面对"群贤毕至，少长咸集"的同行者，都抒发了"东鲁春风吾与点"的情怀：这里的"畅"是孩子们各言其志，清歌咏怀带来的，也是桓伟心中对生生不息的期待得到回应后的情感反馈。袁峤之的"叹"则殊异于叹惋之叹，这是"夫子喟然叹曰"之叹，是带着欣慰与舒展的一叹。而年轻的王涣之则与王彬之的情怀相类：

---

① （战国）吕不韦编，许维遹集释，梁运华整理：《吕氏春秋集释》，中华书局 2009 年版，第 649 页。

② 逯钦立辑校：《先秦汉魏晋南北朝诗》，中华书局 1983 年版，第 910 页。

③ 逯钦立辑校：《先秦汉魏晋南北朝诗》，中华书局 1983 年版，第 911 页。

　　　　去来悠悠子，披褐良足钦。超迹修独往，真契齐古今。① （王
涣之《兰亭诗》）
　　　　鲜葩映林薄，游鳞戏清渠。临川欣投钓，得意岂在鱼。② （王
彬之《兰亭诗》）

　　王涣之与王彬之是超然的，或者说是向往超越形迹的。他们对寄情
山水、垂钓忘鱼的逍遥自在心驰神往，事实上，这是心怀希望与生机的
另一种形式。
　　歌德在《浮士德》中借魔鬼靡非斯托之口道出了一句真理："理论
全是灰色的，只有生命的金树常青不老。"③ 希望，是生命如何轮回都
无有断绝的动力源泉。兰亭文人不要说在中国文学史上，就是在两晋文
学史上也并没有多高的成就，但他们心中有向上生发的生命力与希望之
光，这样的风雅情怀才能最终穿越时空，一直辉映至今，漂洋过海到邻
邦的内在力量。正如王羲之的总结一样：

　　　　虽世殊事异，所以兴怀，其致一也。后之览者，亦将有感于
斯文。④

　　永和时期的文人被田余庆先生称为"人物风流，清言隽永"⑤，其
风雅精神涵盖了两晋文人风采的重要方面。永和兰亭之会以后，自南北
朝始，历唐宋元明清直至近现代，每隔一段时间，就会有文人发起比照

---

① 逯钦立辑校：《先秦汉魏晋南北朝诗》，中华书局 1983 年版，第 914 页。
② 逯钦立辑校：《先秦汉魏晋南北朝诗》，中华书局 1983 年版，第 914 页。
③ ［德］歌德：《浮士德》，杨武能译，广西师范大学出版社 2003 年版，第 85 页。
④ （唐）房玄龄等：《晋书》，中华书局 1974 年版，第 2099 页。
⑤ 田余庆：《东晋门阀政治》，北京大学出版社 2012 年版，第 159 页。

兰亭诗会的雅集活动。且此类雅集活动已自南北朝起辐射到山东、陕西、河南、广西、北京、贵州与日本东京、福冈等地。兰亭文人作为两晋文人的缩影，其风雅情怀既可远接春秋君子，又深刻影响了后世一代代乃至邻邦的文人。

第二节　陶渊明与两晋文学的精神格局

在被问及所熟知的晋朝文人时，恐怕无论男女老幼，绝大多数人不假思索脱口而出的必然是陶渊明。陶渊明同先秦的屈原、汉代的司马迁、唐代的李白杜甫、宋代的苏东坡一样，不仅在我国文学史上作为时代的高峰屹立千古，而且在普罗大众眼中作为不同朝代最令人耳熟能详的文人长久存在。他们的璀璨华章与鲜明个性既是时代的标志，更是后世中国文人精神格局的重要构成。在以上几位文人之中，陶渊明是最特别的一个：既没有大起大落的人生经历，又没有在当时以文才而闻名，在历朝历代的标志性文人里，他是唯一一个以隐士的身份留名正史的。也正因如此，后世中国文人每当"人生在世不称意"之时，陶渊明诗意的归隐生活及隐者之文字便成了他们心灵安居的家园。

更加难能可贵的是，陶渊明无论是在文学成就上还是思想精神上的贡献，都是有晋一代的文章、思想与精神在总结基础上的升华。陶渊明在学界的热度从来不曾消减，不必说我们本国研究论著的汗牛充栋，就连海外的陶渊明研究也没有只集中在韩国、日本，欧美同样不乏陶渊明的研究者。因此，笔者无意过多重复已有的研究，但求用尽量简短的篇幅说透陶渊明在文章成就和思想精神上的重大贡献和深远意义。

一　陶渊明的生平及其所处时代背景

陶渊明，一名潜，长久以来他虽以安贫乐道的形象存在于人们心中，但其出身世家却是不争的事实。正如《晋书》所载：

　　　陶潜字元亮，大司马侃之曾孙也。祖茂，武昌太守。潜少怀高
尚，博学善属文，颖脱不羁，任真自得，为乡邻之所贵。①

　　陶渊明的曾祖父陶侃是平定苏峻之乱的主帅，曾为东晋立下赫赫战
功，有长沙郡公的爵位，死后被晋成帝追封为大司马。其祖父陶茂为武
昌太守，然而其传记中并未如其他世家子弟一样在其祖父之后交代其父
的名讳和官职，陶渊明自其父辈起家道中落便可从中推知，陶渊明的贫
寒家境从这一点上看也就合乎情理了。关于陶渊明的家世背景从古至今
已有不少考证文字，这里只是根据史传简要论述陶渊明的出身。明确了
陶渊明的世族出身，我们能确定的是：即使家道中落，但世族毕竟仍是
世族，因此陶渊明少时应当受到过世族阶层的良好教育方能"少怀高
尚，博学善属文"，且上段文字中另有旁证，少年陶渊明在东晋这样的
门阀社会能够"为乡邻之所贵"，其世族出身当是首要因素。
　　陶渊明虽然受过世族阶层的教育，但其"颖脱不羁，任真自得"
的个性令他注定无法拥有平顺的仕途。《晋书》用简洁的文字记录了陶
渊明短暂的仕途经历：

　　　以亲老家贫，起为州祭酒，不堪吏职，少日自解归。州召主
簿，不就，躬耕自资，遂抱羸疾。复为镇军、建威参军，谓亲朋
曰："聊欲弦歌，以为三径之资可乎？"执事者闻之，以为彭泽令。
在县公田悉令种秫谷，曰："令吾常醉于酒足矣。"妻子固请种粳。
乃使一顷五十亩种秫，五十亩种粳。素简贵，不私事上官。郡遣督
邮至县，吏白应束带见之，潜叹曰："吾不能为五斗米折腰，拳拳

―――――――――――――――

① （唐）房玄龄等：《晋书》，中华书局 1974 年版，第 2460 页。

事乡里小人邪！"义熙二年，解印去县，乃赋《归去来》。①

殊异于多数意欲通过做官来改变处士身份、实现政治抱负或满足权力欲望的文人，陶渊明出仕更多是经济原因所致。然而他并没有在为官期间压榨百姓或中饱私囊，也许正因如此，他为钱而仕的理由才没有令人厌恶。而且陶渊明在仕途之中并未改变自己的个性，所以才会"不堪吏职"，回乡躬耕。农活对于世族出身的陶渊明而言并非易事，也许是"羸疾"所致，陶渊明再度为官，辗转而任彭泽令，尽管存在经济与身体的双重压力，陶渊明仍用县里的公田来种酿酒的高粱。后来还是在妻子的坚决请求下，他才腾出一半公田来种粳米。因为生活需求非常简单，陶渊明不需要更不愿意去"私事上官"，于是便有了"不为五斗米折腰"这一辞官的直接原因。自义熙二年"解印去县"后，陶渊明果真"息交以绝游"，再也没有出仕，其隐居生活正如他著之以自况的《五柳先生传》所述：

先生不知何许人也。亦不详其姓字。宅边有五柳树，因以为号焉。闲静少言，不慕荣利。好读书，不求甚解。每有会意，欣然忘食。性嗜酒，家贫不能恒得，亲旧知其如此，或置酒而招之。造饮辄尽，期在必醉；既醉而退，曾不吝情去留。环堵萧然，不蔽风日。短褐穿结，箪瓢屡空，晏如也。常著文章自娱，颇示己志。忘怀得失，以此自终。②

正如《晋书》谓陶渊明此文"自序如此，时人谓之实录"③，史传

① （唐）房玄龄等：《晋书》，中华书局1974年版，第2461页。
② （清）严可均辑：《全晋文》，商务印书馆1999年版，第1188页。
③ （唐）房玄龄等：《晋书》，中华书局1974年版，第2461页。

对陶渊明辞官后生活的记载也大致未出上文所述。陶渊明的后半生就这样在耕读自娱中悠然度过。陶渊明这种叙述比之于史书实录的可贵在于其行文中鲜明的感情色彩，这种感情色彩集中体现于随处可见的"不"字上。这些"不"字既申明了陶渊明心中的原则，又有讥刺时人之效。钱锺书先生谓"'不'之言，若无得而称，而其意，则有为而发"① 正在于此。有趣的是，陶渊明本人虽"绝州郡觐谒"②，也不愿结交官吏，然而却有为官者因钦佩他而挖空心思与其相交：

> 刺史王弘以元熙中临州，甚钦迟之，后自造焉。潜称疾不见，既而语人云："我性不狎世，因疾守闲，幸非洁志慕声，岂敢以王公纡轸为荣邪！夫谬以不贤，此刘公干所以招谤君子，其罪不细也。"弘每令人候之，密知当往庐山，乃遣其故人庞通之等赍酒，先于半道要之。潜既遇酒，便引酌野亭，欣然忘进。弘乃出与相见，遂欢宴穷日。潜无履，弘顾左右为之造履。左右请履度，潜便于坐申脚令度焉。弘要之还州，问其所乘，答云："素有脚疾，向乘篮舆，亦足自反。"乃令一门生二儿共舆之至州，而言笑赏适，不觉其有羞于华轩也。弘后欲见，辄于林泽间候之。至于酒米乏绝，亦时相赠。③

别人交友多因身居官位而增添便利，王弘却恰恰相反，只因他想结交的人是"不戚戚于贫贱，不汲汲于富贵"④ 的陶渊明。在被陶渊明托病拒之门外后，王弘在锲而不舍的同时改变了策略：他打听到陶渊明将会去庐山，便让陶渊明的旧友庞通之等人拿着酒在半路上请他喝，这才

---

① 钱锺书：《管锥编》，生活·读书·新知三联书店2007年版，第1934页。

② （唐）房玄龄等：《晋书》，中华书局1974年版，第2462页。

③ （唐）房玄龄等：《晋书》，中华书局1974年版，第2462页。

④ （清）严可均辑：《全晋文》，商务印书馆1999年版，第1188页。

使陶渊明"引酌野亭，欣然忘进"，王弘才有机会与之相见。在得知王弘对自己无所求之后，陶渊明就没有拒绝对方的美意，不但与之欢宴，而且接受了王弘的馈赠。王弘在陶渊明面前抛却了刺史的身份，也就收获了陶渊明的回应，可见陶渊明为人并不死板，他不愿接触官吏是要远离名利场，而不是针对某个具体的人。当一个人仅为与他交友而向他示好的时候，陶渊明就不会拒绝，因为这种示好与交往只是人与人之间的，无关乎身份。

陶渊明曾言其"误落尘网中，一去三十年"①，那么将他辞去彭泽令的义熙二年上溯三十年，可知其出仕的岁月当在太元之初到义熙二年。这段时间已经是东晋的末期，连相对和平的偏安局面也无法维持，桓温专权，桓玄篡位都处于这一时期。尽管此后不久晋安帝成功复辟，但东晋的气数早已被无休止的内耗折损将尽，事实上就是苟延残喘的状态。晋祚衰微，即使是管乐之才也阻挡不了历史的车轮，又何况是从未接近国家权力中心的陶渊明？因此，陶渊明在归隐不久写就《感士不遇赋》应当是心中清楚晋朝气数不久，三十年身处宦海的现实也告诉他有所作为已无可能，且深知自己是患有"羸疾"之身，所以才"拥孤襟以毕岁，谢良价于朝市"②。据此，日本学者冈村繁先生认为陶渊明隐居在"有利仕宦"的要地，其隐逸原因值得怀疑的论断还是无法令人信服的。

二　集大成者：轻绮至极的返璞归真

陶渊明素以"古今隐逸诗人之宗"③而闻名，然而其文章的成就和代表性意义丝毫不逊于他的诗歌。陶渊明的文学成就虽然极具开创性，

---

① 逯钦立校注：《陶渊明集》，中华书局 2018 年版，第 35 页。
② （清）严可均辑：《全晋文》，商务印书馆 1999 年版，第 1176 页。
③ （南朝梁）钟嵘著，曹旭集注：《诗品集注》，上海古籍出版社 2011 年版，第 337 页。

但是这种开创绝非空中楼阁，而是在熔两晋文学创作成就于一炉的基础上集其大成，而又充斥时代精神的结果。正如鲁迅先生所说："到东晋，风气变了。社会思想平静得多，各处都夹入了佛教的思想。再至晋末，乱也看惯了，篡也看惯了，文章便更和平。代表平和的文章的人有陶潜"①，陶渊明所处的晋末是战乱频仍的时代尾声，两晋文人经历了数不尽的天灾人祸，思想和审美也经历了西晋的由破到立，再到东晋沾染佛教色彩达成新变的过程，文章自然也是如此。陶渊明的文字"文体省静，殆无长语"②，看似平淡至极，实则潭深无波，内中却包含两晋文章发展到极致的优长。《文选》于陶渊明文仅收《归去来》一篇，苏轼《跋退之送李愿序》谓："欧阳文忠公尝谓晋无文章，惟陶渊明《归去来》一篇而已"③，故以下我们对陶渊明的文章进行分析，也就从此篇开始：

> 归去来兮，田园将芜，胡不归？既自以心为形役，奚惆怅而独悲！悟已往之不谏，知来者之可追。实迷途其未远，觉今是而昨非。舟遥遥以轻飏，风飘飘而吹衣。问征夫以前路，恨晨光之希微。乃瞻衡宇，载欣载奔，僮仆来迎，稚子候门。三径就荒，松菊犹存。携幼入室，有酒盈樽。引壶觞以自酌，眄庭柯以怡颜，倚南窗以寄傲，审容膝之易安。园日涉以成趣，门虽设而常关。策扶老以流憩，时矫首而遐观。云无心而出岫，鸟倦飞而知还。景翳翳其将入，抚孤松而盘桓。④

①　鲁迅：《魏晋风度及文章与药及酒之关系》，《汉文学史纲要》，江苏凤凰文艺出版社2017 年版，第 156 页。

②　（南朝梁）钟嵘著，曹旭集注：《诗品集注》，上海古籍出版社 2011 年版，第 336 页。

③　（宋）苏轼：《东坡题跋》，中华书局 1985 年版，第 8 页。

④　（唐）房玄龄等：《晋书》，中华书局 1974 年版，第 2461 页。

此处引文之所以采用《晋书》的版本，是因为无论《陶渊明集》还是《全晋文》的各种版本在段落划分和语词细节上都不似《晋书》版本更加符合文章本身的气脉。在段落划分上，多数版本都会将上文拆成两段，或从"舟遥遥以轻飏"另起，或从"乃瞻衡宇，载欣载奔"另起，或如《陶渊明集》《昭明文选》等完全不分段落，殊不知《晋书》对此文的段落划分才更符合行文的节奏——两个"归去来兮"和一个"已矣乎"皆是来自心底的感叹，只有用这样的感叹来引领一段文字，才会更有打动人心、引人共情的力量。在语词细节上，上文中的"僮仆来迎，稚子候门"，《文选》《全晋文》《陶渊明集》和一般通行版本均作"僮仆欢迎，稚子候门"，然而"来迎"与"候门"正是动静相对，在结构上显然更加合理。

《归去来兮辞》（或称《归去来辞》）开篇便先声夺人，以简净的笔墨申明了自己辞官归隐的原因和决心。陶渊明通过问句与对比的连用，将自己的今与昔划分开来，颇有"过去种种譬如昨日死，当下种种譬如今日生"的意味，这种新生的信念让他与过去"心为形役"的自己进行诀别，而这诀别并未在一瞬间完成，相反，它经历了不短的过程，或许根本没有最终完成。陶渊明在序言中谓此文作于"乙巳岁十一月"，文章显然不是实录，而是他辞官归隐的心路历程与美好想象。暂时扫清了悲慨与怅然，陶渊明将心境收拾一新，正因如此，想象中返乡的路上与回家后的种种细节在他笔下都显得无限美好，一切都那么令人心旷神怡。"一切景语皆情语"不仅适用于诗词，于文章而言同样如此——即便不是切身经历，也是情感的象征。同时陶渊明也清楚，回乡归隐于"箪瓢屡空"的陶家而言，生活问题是绕不开的话题。然而陶渊明想象的耕读生活却是诗情画意的：

> 归去来兮，请息交以绝游，世与我而相遗，复驾言兮焉求！悦亲戚之情话，乐琴书以消忧。农人告余以暮春，将有事乎西畴。或

命巾车，或棹孤舟。既窈窕以寻壑，亦崎岖而经丘。木欣欣以向荣，泉涓涓而始流，善万物之得时，感吾生之行休。①

这里的"遗"字与《昭明文选》版本一致，其余版本多作"违"，"相遗"是于官场的无用和自身遗世独立的相互作用，而"相违"则是相反，对照之下，"相遗"的意蕴更加丰富，更具风骨；"暮春"其余版本多作"春及"，"暮春"是天气转暖，适宜耕作的时节，而"春及"是春天到了，初春仲春暮春皆可言春，寒气料峭的初春和乍暖还寒的仲春自然不宜耕种，可见上文仍以《晋书》为代表的版本最为精当。物质生活的捉襟见肘并没有令陶渊明心生烦忧，他认为断绝了和官场的来往，与家人和琴书相伴，当农人告知他春种的消息时，他是忙碌并快乐的。躬耕自适的生活会让陶渊明充分亲近自然，并可以催生他对万物与生命的感悟。想象再细致再美好也终究会结束，于是当这些想象结束后，陶渊明又一次发出了慨叹，且这一次的慨叹，才是全文的最强音：

> 已矣乎！寓形宇内复几时，曷不委心任去留，胡为乎遑遑欲何之？富贵非吾愿，帝乡不可期。怀良晨以孤往，或植杖而芸耔，登东皋以舒啸，临清流而赋诗；聊乘化而归尽，乐夫天命复奚疑！②

一个"已矣乎"与开篇"胡不归"完美呼应，作为文中仅存的两处三字句式，这种短促的节奏是果决情感外化的体现。钱锺书先生谓此节文字"即《乱》也"③，然而这种果决同样是一瞬间的果决，"已矣

---

① （唐）房玄龄等：《晋书》，中华书局 1974 年版，第 2461 页。
② （唐）房玄龄等：《晋书》，中华书局 1974 年版，第 2462 页。
③ 钱锺书：《管锥编》，生活·读书·新知三联书店 2007 年版，第 1931 页。

乎"之后又是接连发问的形式，紧接着便是以陈说志向与好恶和描绘心中归隐的日常作为回答。正是这一番自问自答直到结尾，才让陶渊明暴露了他并未彻底与过去"心为形役"的自己一刀两断的事实，唯其如此，方有反反复复的自我追问和自我确认。这一点鲁迅先生看得极其透彻，他以《述酒》为例说陶渊明"于世事也并没有遗忘和冷淡，不过他的态度比嵇康阮籍自然得多，不至于招人注意罢了"①，当我们细致分析了《归去来兮辞》不难发现，能说明这一点的并非仅《述酒》一篇，《归去来兮辞》同样可以作为例证。其正文之前的序言，恰恰可为正文提供旁证：

> 余家贫，耕植不足以自给。幼稚盈室，瓶无储粟，生生所资，未见其术。亲故多劝余为长吏，脱然有怀，求之靡途。会有四方之事，诸侯以惠爱为德，家叔以余贫苦，遂见用于小邑。于时风波未静，心惮远役，彭泽去家百里，公田之利，足以为酒，故便求之。及少日，眷然有归与之情，何则？质性自然，非矫厉所得。饥冻虽切，违己交病，尝从人事，皆口腹自役。于是怅然慷慨，深愧平生之志。犹望一稔，当敛裳宵逝。寻程氏妹丧于武昌，情在骏奔，自免去职。仲秋至冬，在官八十余日。因事顺心，命篇曰《归去来兮》，乙巳岁十一月也。②

无论是因生活所迫而步入仕途，还是对"诸侯以惠爱为德"的记述，都是陶渊明并未遗忘和冷淡世事的写照。如果他真的遗忘和冷淡了，也就不会"怅然慷慨，深愧平生之志"，事实上，《归去来兮辞》

---

① 鲁迅：《魏晋风度及文章与药及酒之关系》，《汉文学史纲要》，江苏凤凰文艺出版社2017年版，第157页。

② （清）严可均辑：《全晋文》，商务印书馆1999年版，第1177—1178页。

一文的开篇和结尾处处皆是这种怅然与慷慨。正因其文无隐言，后人读来感慨系之，故为之谱有《归去来辞》琴曲。陶渊明虽"性不解音"[1]，却"畜素琴一张，弦徽不具，每朋酒之会，则抚而和之"[2]，他抚无弦琴所求在"趣"，这种"趣"其实也是节奏鲜明的。琴曲《归去来辞》序言谓："后人景仰其高，奏之虞弦，宁独以文乎？取节而已"[3]，然而真的只因其"节"便能弦歌吗？《归去来兮辞》如不具备文学上的美感，如非与一首完整的歌有共通之处，即使勉强弦而歌之，也绝不会如此和谐。

此曲开端用按音与散音，节奏舒缓；而"舟遥遥以轻飏，风飘飘而吹衣"就是由舒缓向轻快的过渡，从"问征夫以前路"起直到"已矣乎"之前，不仅在节奏上轻灵明快，而且此中多用泛音，更增添了内心的轻松愉悦感；自"已矣乎"起，节奏转向自由，正合了文章结尾"《乱》曰"的意味，且在"乐夫天命复奚疑"句运用空灵的泛音，以撮的指法作结，又让超然自在具有内在的力量，不致流于轻飘飘的状态。琴之泛音有天音之称，散音有地音之称，按音有人音之称，聆听此曲我们不难发现，全曲中按音、散音与泛音交错使用，在表现陶渊明"于世事并没有遗忘和冷淡"的慷慨心境时多用按音与散音，在描绘陶渊明对归隐生活的美好想象时多用泛音，从这些方面来看，后世还是不乏真正读懂陶渊明的文人，至少琴曲《归去来辞》的作者是其中一位。

如果说《五柳先生传》集中体现了陶渊明的隐逸高风，《归去来兮辞》描绘了陶渊明选择隐逸的心境，那么《桃花源记》则比较完整地展现了陶渊明理想中隐居世外的生活图景：

---

① （唐）房玄龄等：《晋书》，中华书局1974年版，第2463页。
② （唐）房玄龄等：《晋书》，中华书局1974年版，第2463页。
③ 中国艺术研究院音乐研究所、北京古琴研究会编：《琴曲集成·真传正宗琴谱》，中华书局2010年版，第78页。

　　晋太元中，武陵人捕鱼为业。缘溪行，忘路之远近。忽逢桃花林夹岸，数百步中无杂树，芳草鲜美，落英缤纷。渔人甚异之。复前行，欲穷其林。林尽水源，便得一山。山有小口，仿佛若有光。便舍船从口入。初极狭，才通人。复行数十步，豁然开朗：土地平旷，屋舍俨然。有良田、美池、桑竹之属。阡陌交通，鸡犬相闻。①

　　陶渊明开篇借助了一个普通渔人的视角，没有交代具体时间，说明渔人发现桃花源纯属偶然。这个隐居之地藏于深山，却乍看上去与山外太平年代的好年景也无甚差别。这里与外界的差异，还是要与桃源中人交流才能真正发现：

　　其中往来种作，男女衣着悉如外人。黄发垂髫，并怡然自乐。见渔人，乃大惊，问所从来，具答之。便要还家，设酒杀鸡作食。村中闻有此人，咸来问讯。自云先世避秦时乱，率妻子邑人，来此绝境，不复出焉，遂与外人间隔。问今是何世，乃不知有汉，无论魏晋。此人一一为具言所闻，皆叹惋。余人各复延至其家，皆出酒食，停数日，辞去。此中人语云："不足为外人道也。"②

　　渔人发现桃源中人无论是劳作还是衣着都和山外之人没有区别，这就从侧面反映出桃源中人多是自食其力的体力劳动者。因为在四民之中，中国士人阶层的传统服饰是随着时代的更迭而变化的，相对稳定的只有便于从事农业劳作的裋褐（或作短褐）。当然，这也是陶渊明站在他所处的时代视角上的想象，这种想象必然是以他的所见所知为参照

---

① （清）严可均辑：《全晋文》，商务印书馆 1999 年版，第 1180—1181 页。
② （清）严可均辑：《全晋文》，商务印书馆 1999 年版，第 1181 页。

的，也正因此，渔人与秦末即世代隐居于此的桃源中人交流起来并未存在语言障碍。除了"不知有汉，无论魏晋"外，桃源中人与外界中人最根本的区别便是没有赋税和徭役这些剥削压迫，劳动所得皆能为己所用，有了充足的经济基础，人们才安居乐业，即使是没有什么劳动能力的老人小孩，也不会缺衣少食，都能"怡然自乐"。不仅如此，百姓有了恒产，也就更容易有恒心，见到渔人这个不速之客，在得知其偶然到此后，大家都热情招待了他。然而来自山外的渔人却以毫不犹豫的背叛来回应桃源之人的善待：

> 既出，得其船，便扶向路，处处志之。及郡下，诣太守说如此。太守即遣人随之往，寻向所志，遂迷不复得路。
>
> 南阳刘子骥，高尚士也。闻之，欣然亲往未果，寻病终。后遂无问津者。①

渔人在回去的路上处处留下标记，到了郡中便将桃源之事报与太守。太守既然听说，自然便去寻访，然而他们按照标记寻找却找不到了。这就充分说明桃源中人虽然民风淳厚，但是防范意识还是不弱的：不仅从"寻向所志，遂迷不复得路"可以明确看出，而且前文中无论"见渔人，乃大惊，问所从来"还是在渔人离开时嘱咐其"不足为外人道"也都能说明这一点。不怀好意的人找不到，没有恶意的人就能找到桃源吗？陶渊明以高士刘子骥为例给出了否定的答案。如此既说明桃源是无法有意寻找到的，也间接点出了桃源之人的安宁生活何以世世代代未被外人破坏的首要原因。

分析过《桃花源记》不难发现，陶渊明在文中不但描绘了他理想中的世外桃源，而且以渔人为代表辛辣讽刺了当时世人的虚伪和功利。

---

① （清）严可均辑：《全晋文》，商务印书馆 1999 年版，第 1181 页。

桃源的生活状态颇类老子所谓"小国寡民"描述的"甘其食，美其服，安其居，乐其俗"，但这种状态至少在陶渊明的时代是无法实现的。渔人、太守与刘子骥皆找不到桃源的这一结局，便是桃源在现实中并不存在这一事实的隐喻和象征。换言之，即使是陶渊明自己，也不可能在现实中找到这样的乐园。《桃花源记》虽然通篇皆是虚构，用平和的文字讲述了一个世外桃源的故事，但陶渊明于文中隐含的讽刺、影射与象征却是实实在在的。这不仅是陶渊明"于世事并没有遗忘和冷淡"的又一写照，同时也寄寓了他的社会理想。尽管它没有实现的可能，但理想之光始终是令人感动的。

前文已经指出陶渊明并未彻底与过去"心为形役"的自己一刀两断，事实上，即使对于后世以"靖节"称谥的陶渊明而言，彻底摆脱外物侵扰也非易事。如若不然，陶渊明在归隐田园后不久也就不会写就《感士不遇赋》这样的文字了。其序言曰：

> 昔董仲舒作《士不遇赋》，司马子长又为之。余尝以三馀之日，讲习之暇，读其文，慨然惆怅。夫履信思顺，生人之善行；抱朴守静，君子之笃素。自真风告逝，大伪斯兴，闾阎懈廉退之节，市朝驱易进之心。怀正志道之士，或潜玉于当年；洁己清操之人，或没世以徒勤。故夷皓有安归之叹，三闾发已矣之哀。悲夫！寓形百年，而瞬息已尽；立行之难，而一城莫赏。此古人所以染翰慷慨，屡伸而不能已者也。夫导达意气，其惟文乎？抚卷踌躇，遂感而赋之。①

陶渊明叙说自己因见史上正道直行的君子或被埋没或被陷害的种种，方作此篇一吐心中慷慨不平之气，如果他真正无视了现实之中类似

---

① （清）严可均辑：《全晋文》，商务印书馆 1999 年版，第 1175 页。

的局面，彻底在归隐中独善其身，心如方外之士一般无所挂碍，又何来慷慨不平之气？可见陶渊明不仅"于世事并没有遗忘和冷淡"，还怀有种种矛盾与不平，从其《感士不遇赋》正文之中可以清楚地感知到这一点：

> 咨大块之受气，何斯人之独灵？禀神智以藏照，兼三五而垂名。或击壤以自欢，或大济于苍生。靡潜跃之非分，常傲然以称情。世流浪而遂徂，物群分以相形。密网裁而鱼骇，宏罗制而鸟惊，彼达人之善觉，乃逃禄而归耕。山嶷嶷而怀影。川汪汪而藏声。望轩唐而永叹，甘贫贱以辞荣。淳源汩以长分，美恶作以异途。原百行之攸贵，莫为善之可娱。奉上天之成命，师圣人之遗书。发忠孝于君亲，生信义于乡闾。推诚心而获显，不矫然而祈誉。①

与《归去来兮辞》开篇相同的是，陶渊明在上文中也以慷慨嗟叹开篇；不同的是，陶渊明在此处慷慨嗟叹不是问自己，而是天问式的追问——为何独独人类为万物之灵？这样的开篇不仅具有思想的力量，还为后文的挥洒提供了深广的空间。紧接着陶渊明便描绘出自己心目中"达人"的形象：他们拥有智慧，名垂青史，归隐则击壤自乐，出仕则兼济苍生，无论是隐是仕都随分从时，各适其情。对如今流俗泛滥，危机重重的局面，他们善于察觉，于是选择了逃避禄位，归隐躬耕，他们活跃在山水之间，遥想远古治世而深深叹惋，甘居贫贱辞却荣华仕途。随后陶渊明论述了"达人"的处世原则：他们善恶分明，乐于为善，遵奉既定的天命，师法传世的经典，忠君孝亲，取信于人，以诚心获得美名，不虚伪地祈求称誉。由陶渊明对"达人"的论述可知他对金钱

---

① （清）严可均辑：《全晋文》，商务印书馆1999年版，第1175页。

与地位的淡泊,然而与此同时,陶渊明也十分肯定真正的美名。所谓隐而求名,陶渊明也并未免俗,只不过他是不求之求,几乎没有刻意掩饰的矫伪之气。此外,由上文亦可见陶渊明绝非耽于隐逸无心济世者,只不过他所处的环境让他无法有所作为罢了。也正因如此,他才对世间乱象发出了深重的慨叹:

> 嗟乎!雷同毁异,物恶其上。妙算者谓迷,直道者云妄。坦至公而无猜,卒蒙耻以受谤。虽怀琼而握兰,徒芳洁而谁亮。哀哉!士之不遇,已不在炎帝帝魁之世。独祗修以自勤,岂三省之或废;庶进德以及时,时既至而不惠。无爰生之晤言,念张季之终蔽;悯冯叟于郎署,赖魏守以纳计。虽仅然于必知,亦苦心而旷岁。审夫市之无虎,眩三夫之献说。悼贾傅之秀朗,纡远辔于促界。悲董相之渊致,屡乘危而幸济。感哲人之无偶,泪淋浪以洒袂。承前王之清诲,曰天道之无亲;澄得一以作鉴,恒辅善而佑仁。夷投老以长饥,回早夭而又贫;伤请车以备椁,悲茹薇而殒身;虽好学与行义,何死生之苦辛!疑报德之若兹,惧斯言之虚陈。①

陶渊明慨叹的是人云亦云党同伐异,嫉恨别人在己之上,混淆贤愚诬陷直士的世间乱象。在这样的乱象之中,坦诚之士受辱遭谤,怀才之人不被赏识,为此他感到十分悲哀。他认为当下才士不被重用是由于现实状况不及炎帝、帝魁之世,也就只好独善其身,修德待机,并以张季、冯唐为例,叙说良机就算来了也有不遂人愿之处;进而又以贾谊、董仲舒为例痛陈三人成虎之蔽。行文至此,陶渊明感慨于哲人的孤独,悲从中来泪流沾衣:先代圣王的教诲是天道无亲,清明可鉴,常与善人,然而现实却是伯夷叔齐长久挨饿,颜回早逝家境甚贫,抚今追昔,

---

① (清)严可均辑:《全晋文》,商务印书馆1999年版,第1175—1176页。

陶渊明面对历史与现实，不得不对天道无私之说产生怀疑。虽已不信这一官方说法，陶渊明仍受这种思想节制。理想和现实之间的裂痕，使得一股慷慨悲凉之气从其笔下喷薄而出：

> 何旷世之无才，罕无路之不涩。伊古人之慷慨，病奇名之不立。广结发以从政，不愧赏于万邑；屈雄志于戚竖，竟尺土之莫及。留诚信于身后，恸众人之悲泣。商尽规以拯弊，言始顺而患入。奚良辰之易倾，胡害胜其乃急。苍旻遐缅，人事无已。有感有昧，畴测其理。宁固穷以济意，不委曲而累己。既轩冕之非荣，岂缊袍之为耻。诚谬会以取拙，且欣然而归止。拥孤襟以毕岁，谢良价于朝市。①

在文章结尾，陶渊明一吐块垒：哪里是世世代代没有贤才？不过是英雄们无路可走！这也是古人慷慨悲叹，忧患不能建功立业的原因——李广难封，令人唏嘘；王商尽忠，却遭毁谤。这些古人的例子引人深思，为何施展才能的良机易尽，周遭陷害贤能的小人如此心急？天道邈远，人事不息，虽然有明白，有迷惑，陶渊明仍在探究其中道理，宁愿守穷满足心意，也不想委曲出仕牵累自己。仕途既然如此难行，归隐固穷难道就可耻吗？既然知道现实的荒谬，那就不如安分守拙，欣然归隐。怀抱孤介之情安度此生，绝不待价而沽再度出仕。

以上充分表现了陶渊明对现实的愤慨、不平、疑惑与无奈。残酷的现实与他自幼受的世族教育背道而驰，由于不想与世俗同流合污，陶渊明选择了归隐。这种选择并没有《归去来兮辞》中想象的那般潇洒与美好，想象终归是想象，《感士不遇赋》才是陶渊明内心的痛苦挣扎。陶渊明的疑惑其实是世世代代读书人共有的疑惑，因为不仅乱世与末世

---

① （清）严可均辑：《全晋文》，商务印书馆 1999 年版，第 1176 页。

如此，即便是太平盛世，也依然不乏怀才不遇之士。我国古代读书人的社会价值只能通过做官来实现，官位有限只是其一，君王作为人，即使他再英明，也摆脱不了人本身的局限性。这种局限性是能臣谏臣无法弥补的——因为他们同样无法摆脱人固有的局限。古往今来的才士们皆有遇和不遇之别，与其感时之治乱，不如为不遇者的悲剧命运报以同情之叹。

作为有晋文学的集大成者，陶渊明的文风是多样的。他的文风不仅有代表东晋且为人熟知的自然平和，有如晋初嵇阮一般的慷慨悲歌，同样也有如西晋一般的繁缛绮丽。陶渊明繁缛绮丽的文章，自然首推《闲情赋》了。因钱锺书先生在《管锥编》中已对此文进行详细论说，且在下一章中我们会将《闲情赋》中部分内容与后世作品进行对照分析，故此处仅选取一段最具代表性也最为人熟知的文字进行论述：

> 愿在衣而为领，承华首之余芳；悲罗襟之宵离，怨秋夜之未央。愿在裳而为带，束窈窕之纤身；嗟温凉之异气，或脱故而服新。愿在发而为泽，刷玄鬓于颓肩；悲佳人之屡沐，从白水以枯煎。愿在眉而为黛，随瞻视以闲扬。悲脂粉之尚鲜，或取毁于华妆。愿在莞而为席，安弱体于三秋；悲文茵之代御，方经年而见求。愿在丝而为履，附素足以周旋；悲行止之有节，空委弃于床前。愿在昼而为影，常依形而西东；悲高树之多荫，慨有时而不同。愿在夜而为烛，照玉容于两楹；悲扶桑之舒光，奄灭景而藏明。愿在竹而为扇，含凄飙于柔握。悲白露之晨零，顾襟袖以绵邈。愿在木而为桐，作膝上之鸣琴；悲乐极以哀来，终推我而辍音。[1]

---

[1] （清）严可均辑：《全晋文》，商务印书馆 1999 年版，第 1176—1177 页。

　　《闲情赋》虽是陶渊明的拟作，但也可从中窥知陶渊明人格恬淡之外的另一侧面。这段内心独白情感之热烈纯粹与患得患失已让抒情主人公低入尘埃并失去自我，整个生命都围着佳人本身。这种笔法前有古人，后有来者，并非渊明独创，钱锺书先生对此已有详细论证①，此处不赘。关于昭明太子对《闲情赋》"白璧微瑕"的批评，力之先生《〈闲情赋〉之评价种种——兼说萧统在〈陶集序〉与〈文选〉中之不同价值取向》一文详尽论说了昭明太子之得失与《闲情赋》之文学价值，力之先生指出，陶渊明虽未突破这类文章的写作格局，然其"既硕果仅存，以这种抒情方式能将抒情主人公之痴情与无奈毕现无遗，从而产生出感染读者的艺术魅力，这就足够了，这便无愧名作"②。可为此文的评。我们在这里关注的，是《闲情赋》繁缛和绮丽文风的意义。这不仅体现了陶渊明文风的多样性，也是其集两晋文学大成的文学成就中的一个重要侧面。

　　通过以上分析，我们不难发现：陶渊明的文风总体上是平和而生动的，但又存在一个集大成的创作者多样化的特色。其文风平和处确是比东晋中期的文风更为和平，但绝非东晋中期文风的简单扩大化，而是囊括了晋初的慷慨锋芒，西晋的繁缛绮丽，东晋的清微淡远，进而取尽此前精髓之后完成的升华。陶渊明的文风及其创作成就标志着两晋文章创作上的反思与总结，更加可贵的是，他的思想与精神也将两晋文人的精神高度推向了新的巅峰。

三　有晋高风：仁民爱物的思想精神

　　陶渊明的文学成就虽然在唐代之前未被充分发现和肯定，但是其人格魅力与思想精神却在其生前身后持续吸引和感动了无数文人，无论是

---

① 参见钱锺书《管锥编》，生活·读书·新知三联书店 2007 年版，第 1926—1928 页。
② 力之：《〈楚辞〉与中古文献考说》，巴蜀书社 2005 年版，第 360 页。

刺史王弘，还是后世的文学大家钟嵘、萧统、李白、杜甫、王维、苏轼、陆游、辛弃疾、曹雪芹等皆在此列。陶渊明的思想高度和精神境界大致可从其文学思想与人格精神两方面来观照。

对于陶渊明在中国文学思想史上的贡献，罗宗强先生如是说："冲淡自然的美，成了以后中国文学批评中的一个审美类型，成为一种批评尺度。陶渊明在中国文学思想史上的价值就在这里"①，这一观点虽然切中肯綮，但仍如罗先生本人所说，只是陶渊明在创作中的追求，在当时并未有理论表述。将这种创作追求上升为理论表达的是钟嵘的"自然英旨"说和"直寻"说②。事实上，陶渊明也有陈说其文学思想的文字，那就是《闲情赋序》。

> 初张衡作《定情赋》，蔡邕作《静情赋》，检逸辞而宗澹泊，始则荡以思虑，而终归闲正。将以抑流宕之邪心，谅有助于讽谏。缀文之士，奕代继作，并因触类，广其辞义。余园闾多暇，复染翰为之。虽文妙不足，庶不谬作者之意乎？③

在这篇短短的序文中，陶渊明不仅明确了其文的拟作属性，更申明了其文学思想和审美追求：在思想上，他重视此类文章的讽谏意义；在审美上，他推崇"澹泊"与"闲正"的艺术风格。虽然最终的创作结果仍是"劝百讽一"，文中也有大量情感浓烈、语言绮丽的篇幅，但是陶渊明的出发点与目标仍然不容忽视，因为这恰恰是其文学思想与审美追求的直接表述。而且，陶渊明多数文章的风格是十分符合"澹泊"与"闲正"这两大特点的，在其文中也可清晰感知到其有所不为的原

---

① 罗宗强：《魏晋南北朝文学思想史》，中华书局 2016 年版，第 206 页。
② 参见罗宗强《魏晋南北朝文学思想史》，中华书局 2016 年版，第 206 页。
③ （清）严可均辑：《全晋文》，商务印书馆 1999 年版，第 1176 页。

则与风骨。从这个意义上讲，陶渊明是能够践行自己文学思想，达到自己审美追求的文人，哪怕仅仅就此而言，已然十分了不起。

陶渊明的人格精神是凭借其文学创作得以彰显并感动无数文人的。关于这一点，蒋寅先生在其《陶渊明隐逸的精神史意义》一文中有十分周详的论述。蒋先生认为，陶渊明的文学作品之所以被尊为一种风格典范，是有赖于其精神史内涵：他在精神上最接近屈子，却因生活在晋代这样个人与集体一体化关系解除的时代而得以逍遥归去，骨子里与《离骚》相通的精神也由逃避世俗而变其面目，最终达成诗意的超越①。除了《桃花源记》中描绘的乌托邦，陶渊明得以最终完成对前人诗意的超越，是通过塑造自身安贫乐道的形象达成的。这种形象的塑造要归功于他一系列自白与实录性的文学作品，此中最为真实的，莫过于《与子俨等书》：

　　告俨、俟、份、佚、佟：夫天地赋命，有生必有终，自古圣贤，谁能独免？子夏言曰："死生有命，富贵在天。"四友之人，亲受音旨，发斯谈者，岂非穷达不可妄求，寿夭永无外请故邪？②

年过五十而贫病交加的陶渊明料想自己时日无多，便给他的五个儿子写下了这封具有遗嘱意味的信。开篇自然是要安慰年龄尚小的孩子们，陶渊明本就淡然自适，所以他的安慰之语并不令人心生沉重，反而越发得见其内心之洒脱与通透。随后陶渊明非但没有忙于叮嘱甚至命令孩子们什么，反而以身为人父的角度对孩子们叙说了自己的种种过往：

　　吾年过五十，少而穷苦荼毒，每以家弊，东西游走，性刚才

---

① 参见蒋寅《陶渊明隐逸的精神史意义》，《求是学刊》2009年第5期，第89—97页。
② （清）严可均辑：《全晋文》，商务印书馆1999年版，第1178页。

拙，与物多忤，自量为已，必贻俗患；僶俛辞世，使汝等幼而饥寒耳。余尝感孺仲贤妻之言，败絮自拥，何惭儿子，此既一事矣。但恨邻靡二仲，室无莱妇，抱兹苦心，良独罔罔。少年来好书，偶爱闲静，开卷有得，更欣然忘食；见树木交荫，时鸟变声，亦复欢然有喜。常言五六月中，北窗下卧，遇凉风暂至，自谓是羲皇上人。意浅识陋，谓斯言可保。日月遂往，机巧好疏，缅求在昔，眇然如何？①

陶渊明对过往的叙说平实中蕴含深情，不仅毫无父亲的架子，而且在自省中对孩子们表现出了自责。虽然南渡之后君权与父权在文人心中已然淡化，但是面对一团稚气的孩子们，陶渊明仍能将自己的诚恳反思与逍遥自适展露无遗，这份坦诚已然不同凡俗，更不用说他对生活的热爱与待晚辈几近平等的态度了。不过既然存了遗嘱的心态，对孩子们的叮咛仍然是最重要的。这也是难得让陶渊明不放心的事情：

疾患以来，渐就衰损，亲旧不遗，每以药石见救，自恐大分将有限也。恨汝辈稚小，家贫无役，柴水之劳，何时可免！念之在心，若何可言！然汝等虽不同生，当思四海皆兄弟之义。鲍叔、管仲，分财无猜；归生、伍举，班荆道旧：遂能以败为成，因丧立功。他人尚尔，况同父之人哉！颍川韩元长，汉末名士，身处卿佐，八十而终，兄弟同居，至于没齿。济北泛稚春，晋时操行人也，七世同财，家人无怨色。《诗》云："高山仰止，景行行止，虽不能尔，至心尚之。"汝其慎哉！吾复何言！②

---

① （清）严可均辑：《全晋文》，商务印书馆 1999 年版，第 1178 页。
② （清）严可均辑：《全晋文》，商务印书馆 1999 年版，第 1178—1179 页。

陶渊明不怕死，他真正怕的是自己死后五个不同母的孩子不能好好相处。于是在书信的结尾，他不厌其烦地列举古今贤人的例子来强调兄弟和睦的重要，同时表达了对孩子们小小年纪就要承担繁重农活的心疼与担忧。虽然陶渊明在文章结尾不止一次说了"若何可言""吾复何言"这类的话，但是这恰恰说明了他其实想表达的希望与慈爱是说不完的，是表达不尽的。

《与子俨等书》不仅真实，而且比较全面地向我们展现了陶渊明的人物形象、思想倾向与精神境界。林云铭《古文析义》谓："与子一疏，乃陶公毕生实录、全副学问也。穷达寿夭，既一眼觑破，则触处任真，无非天机流行。末以善处兄弟劝勉，亦其至情不容已处。读之惟见真气盘旋纸上，不可作文字观"①，就此文而言，分析得已经相当透彻了。然而事实上，陶渊明的精神境界远不止于此。他更加令人感佩之处虽也来自对孩子的叮嘱，但却仅有两句话：

> 汝旦夕之费自给为难，今遣此力助汝薪水之劳。此亦人子也，可善遇之。②

这封短札见于昭明太子的《陶渊明传》，是陶渊明在做彭泽令期间"送一力给其子"时附带的书信。要了解一个人的真实思想，观其如何教子当是可信度最高的方式之一。一句"此亦人子也，可善遇之"的叮嘱，陶渊明仁民爱物的思想与深刻的同理心昭然可见。陶渊明嘱咐儿子，仆人也是父母生养的，也是人家父母心疼的珍宝，要好好对待人家，这样的话出自一个接受过世族教育的文人口中是十分不易的。更可贵的是，陶渊明生在人命脆弱朝不保夕的晋代末世，晋人虽然乐生恶

---

① （清）林云铭：《足本古文析义合编》卷4，上海锦章图书局民国十一年版，第72页。
② 袁行霈笺注：《陶渊明集笺注》，中华书局2003年版，第611页。

死，但却多半不珍惜别人的生命，更不要说如何对待仆役之人了。陶渊明的"此亦人子也，可善遇之"即使与孔子的"伤人乎？"不问马的言行相较，亦是毫不逊色，有晋一代文人的精神格局也就因陶渊明的存在而大大提高了。

人必自爱而后方能真正爱人。陶渊明在人生行将就木之时写就的《自祭文》充分体现了他对时间的珍惜与对生命的热爱：

> 岁惟丁未，律中无射。天寒夜长，风气萧索。鸿雁于征，草木黄落。陶子将辞逆旅之馆，永归于本宅。故人凄其相悲，同祖行于今夕。羞以嘉蔬，荐以清酌。候颜已冥，聆音愈漠。呜呼哀哉！茫茫大块，悠悠高旻。是生万物，余得为人。自余为人，逢运之贫。箪瓢屡罄，绨绤冬陈。含欢谷汲，行歌负薪。翳翳柴门，事我宵晨。春秋代谢，有务中园。载耘载耔，乃育乃繁。欣以素牍，和以七弦。冬曝其日，夏濯其泉。勤靡余劳，心有常闲。乐天委分，以至百年。惟此百年，夫人爱之。惧彼无成，愒日惜时。存为世珍，没亦见思。嗟我独迈，曾是异兹。宠非己荣，涅岂吾缁。捽兀穷庐，酣饮赋诗。识运知命，畴能罔眷。余今斯化，可以无恨。寿涉百龄，身慕肥遁。从老得终，奚所复恋。寒暑逾迈，亡既异存。外姻晨来，良友宵奔。葬之中野，以安其魂。窅窅我行，萧萧墓门。奢耻宋臣，俭笑王孙。廓兮已灭，慨焉已遐。不封不树，日月遂过。匪贵前誉，孰重后歌。人生实难，死如之何。呜呼哀哉！①

《自祭文》不仅是陶渊明为自己作的祭文，更是他在风烛残年自感大限将至之时写下的人生总结。文章写于萧索肃杀的秋季，陶渊明认为这正是他如尘土一般永反其宅的时候，然而此时悲痛的并不是他，而是

---

① （清）严可均辑：《全晋文》，商务印书馆1999年版，第1189—1190页。

为他送行的众位亲友。面对死亡，陶渊明何以如此从容淡定？他在下文给出了答案：自己与天地万物一样来到人世，虽然家境贫困，缺衣少食，但繁重的农活非但没有磨折他的意志，反而令他更近距离地看着万物滋生繁衍，从而更加厚生爱物。而且半耕半读、素琴相伴的生活让陶渊明心情分外悠闲愉悦，他也就这样度过了自己乐天知命的一生。

不过，以上这些只是他内心思想和精神的外在体现，陶渊明之所以能够如此，根本原因还是他对富贵荣宠无甚兴趣。陶渊明对时光的珍惜不体现在追求功业上，而体现在他怡然自适地度过生命中的每一天。陶渊明的逍遥自在因其傲然风骨和精神格局而不致流于纵逸，正因陶渊明每一天都珍惜时光，热爱生命，所以他对死亡没有恐惧和遗恨，对人世间也没有不舍和眷恋。陶渊明热爱人迹罕至的荒原，想象亲友将他葬在荒野之中，他一生清贫，也不看重生前身后名，自然会偏爱宁静的荒原。

其实行文至此本可作结，但陶渊明并没有这么做。他在全文的最后发出了"人生实难，死如之何"的慨叹，这句慨叹恰恰是他总结一生之后的思想精华与情感喷发。短短八个字让我们瞬间了悟陶渊明看似安逸的归隐生活中不为人知的种种艰辛，体会到如他一般的寒士躬耕的不易，寒士尚且如此，又何况是普天之下不计其数的劳力者？也许正因陶渊明深知人生艰难，才会对劳力者拥有深切的同理心吧！

此外，陶渊明的思想倾向同样体现于他读史的札记里。从其《读史述九章》之中，我们同样可以清晰地了解陶渊明的价值取向与个人好恶——他对管鲍之交、程杵之义、屈贾之德、长公之达皆有盛赞。这也可以反向推知陶渊明是一个明辨是非、好恶分明的直士。

文者气之所形，陶渊明之所以能够得到萧统"文章不群，词彩精拔，跌宕昭彰，独超众类，抑扬爽朗，莫之与京"[1] 的盛誉，是因为他

---

① （梁）萧统：《陶渊明集序》，逯钦立校注：《陶渊明集》，中华书局 2018 年版，第 2 页。

的文章不但在创作上集有晋一代之大成，而且其文字背后有卓尔不群的正直风骨、委运任化的淡定从容、安贫乐道的逍遥自适、仁民爱物的思想情怀。由是，陶渊明以其文字中的千古高风与人性之光拔高了两晋文学的精神格局。

小结　山水田园滋养的思想之光

东晋，是一个在战乱之中偏安与内耗并存的时代。这种偏安与内耗也最终将这个王朝彻底推向终结。这一时期的文人们一方面与西晋一样承受频繁的天灾人祸，另一方面又在江南的山水秀色中与高僧坐而论道，完成了思想上的玄佛合流和审美上的清雅转向。从整体上看，东晋文人的兴致不在文章之上，因而他们之中的大多数醉心谈玄，用书法和绘画等方式表现了他们的才思与深情。这种趋于宁静的心态也只有在东晋的偏安背景下才能蔚然成风。

当这个时代以一种必然的趋势进入末世时，陶渊明以他既耕既耘、且歌且吟的全新姿态登上了文坛。生于末世在生活上是他的不幸，最初的济世之志注定无法完成；然而在文学上他又是幸运的，得以将有晋一代的文学成就悉数囊括，又自出机杼将之升华。通过文字，陶渊明为后世文人树起了一座精神丰碑，也提供了一处心灵家园。与其说这是陶渊明个人对中国文学与中国文人的贡献，不如说这是两晋文章与两晋文人对中国文学与中国文人的贡献。没有此前百余年的文章成就与思想积淀，陶渊明的厚积薄发、举重若轻又从何处来？

"一从陶令评章后，千古高风说到今"，东晋王朝虽然在江南陨落了，但来自东晋山水田园滋养的人性之美与思想之光却始终在感动和照耀后世的文人。

第五章

两晋文章与两晋文人的
后世影响

在前四章中，我们以时间为轴撷取了两晋不同时期最具代表性的文章，将之与两晋文人一并置于其所在时代中，对这些文章进行了文学分析与思想透视。从中我们深刻感受到来自"中国政治上最混乱、社会上最痛苦的时代，然而却是精神史上极自由、极解放、最富于智慧、最浓于热情的一个时代。因此也就是最富有艺术精神的一个时代"① 的两晋文人之文采风流与复杂人性，感受到两晋文章令人感动甚至震撼的文学之美与思想之光。我们之前已或多或少提及两晋文章与两晋文人对后世影响深远，那么，两晋文章与两晋文人究竟对后世文学与后世文人产生了怎样的深远影响，这就是本章要总结论述的问题。

第一节　一斑见全豹：两晋文章的历史地位

两晋虽无如前朝曹氏父子那样的文学家君主，但还是在文章上取得了中国文学史上最卓越的成就。两晋君主凡 18 位，《全晋文》收其文章 614 篇，其中仅晋明帝《蝉赋》一篇私家文语；《全晋文》录两晋后妃文章 51 篇，存文者 5 人，其中左九嫔一人存文 29 篇；《全晋文》存宗室诸王文章 82 篇，存文者 28 人，其中仅谯王无忌《圆竹扇赋》一篇私家文语，由是，有晋一代皇室文人，只九嫔左芬一人而已。两晋并不是天子重文章的时代，因此文章多是两晋文人的自发创作，这样的现实非但没有阻碍两晋文章的蓬勃发展，反而给两晋文章的十足个性提供了宽松的创作氛围。许是如此，两晋文章方成了有晋一代之文学，它一改汉赋的板滞之风，将曹植之辞采华茂发挥到极致后，转为清新自然，最终由集大成者陶渊明完成了两晋文章历史地位的定格。即使是如欧阳修、苏轼这样的古文大家，也皆对代表有晋一代文学巅峰的陶渊明文章推崇备至。《全晋文》凡 167 卷，作者 831 人，须知以上文章是经历了

---

① 宗白华：《美学散步》，上海人民出版社 1981 年版，第 208 页。

时代的淘洗方由清代学者严可均编纂而成的，在许多文章已然散佚的情况下，两晋文章依然拥有较为可观的数量；《世说新语》中绝大部分语体文章都来源于两晋，两晋文章彬彬之盛，比之前朝后世有过之而无不及。

一　两晋文章的特色

在前文中，我们已经通过分析两晋不同时期最具代表性的文人与文章，对两晋文章的基本风格与状貌有了一定的把握。但是，要真正了解两晋文章之特色，就必须将之置于文章发展的历史长河中，与此前和此后的文章进行比较，找出两晋文章不同于其他时期的个性特征。那么下面我们就将紧邻两晋的三国和南朝文章与两晋文章之评价进行对比，从而发现两晋文章的特色所在。

在《文心雕龙·时序》中，刘勰是这样评价三国文学的：

> 自献帝播迁，文学蓬转，建安之末，区宇方辑。魏武以相王之尊，雅爱诗章；文帝以副君之重，妙善辞赋；陈思以公子之豪，下笔琳琅；并体貌英逸，故俊才云蒸。仲宣委质于汉南，孔璋归命于河北，伟长从宦于青土，公干徇质于海隅，德琏综其斐然之思，元瑜展其翩翩之乐。文蔚休伯之俦，于叔德祖之侣，傲雅觞豆之前，雍容衽席之上，洒笔以成酣歌，和墨以藉谈笑。观其时文，雅好慷慨，良由世积乱离，风衰俗怨，并志深而笔长，故梗概而多气也。至明帝纂戎，制诗度曲，征篇章之士，置崇文之观，何刘群才，迭相照耀。少主相仍，唯高贵英雅，顾盼合章，动言成论。于时正始余风，篇体轻澹，而嵇阮应缪，并驰文路矣。①

---

① （南朝梁）刘勰著，范文澜注：《文心雕龙注》，人民文学出版社 1958 年版，第 673—674 页。

238

　　刘勰对以建安文学为最高峰的三国文学给予了"梗概而多气"的概括，他认为这种文风是由于"世积乱离，风衰俗怨"，文人才"志深而笔长"的。但对于曹氏父子的典范与导向性作用，刘勰并未给予足够重视。此外，对于魏晋之交的嵇康、阮籍，刘勰将之划分到曹魏这个时代，并说他们的文风与正始时期"篇体轻澹"的风格不同，虽然本书在嵇阮等人的时代划分上与之相异，但他们在文章创作上的承上启下作用却更易由此发现。

　　在三国以来的这段时期内，刘勰对两晋文章的评价着墨最多，虽然篇幅最长，却是词约义丰，十分精当。前文在论述西晋文学与东晋文学时，已对此部分内容进行过分析，然因比较之故，我们仍存之如下：

　　　　逮晋宣始基，景文克构，并迹沉儒雅，而务深方术。至武帝惟新，承平受命，而胶序篇章，弗简皇虑。降及怀愍，缀旒而已。然晋虽不文，人才实盛：茂先摇笔而散珠，太冲动墨而横锦，岳湛曜联璧之华，机云标二俊之采，应傅三张之徒，孙挚成公之属，并结藻清英，流韵绮靡。前史以为运涉季世，人未尽才，诚哉斯谈，可为叹息！

　　　　元皇中兴，披文建学，刘刁礼吏而宠荣，景纯文敏而优擢。逮明帝秉哲，雅好文会，升储御极，孳孳讲艺，练情于诰策，振采于辞赋，庾以笔才愈亲，温以文思益厚，揄扬风流，亦彼时之汉武也。及成康促龄，穆哀短祚，简文勃兴，渊乎清峻，微言精理，函满玄席，澹思浓采，时洒文囿。至孝武不嗣，安恭已矣。其文史则有袁殷之曹，孙干之辈，虽才或浅深，珪璋足用。自中朝贵玄，江左称盛，因谈余气，流成文体。是以世极迍邅，而辞意夷泰，诗必柱下之旨归，赋乃漆园之义疏。故知文变染乎世情，兴废系乎时序，原始以要终，虽百世可知也。①

---

　　① （南朝梁）刘勰著，范文澜注：《文心雕龙注》，人民文学出版社1958年版，第674—675页。

从上文中我们不难看出，正始文风和东晋文风皆有"澹"的属性，这也是东晋文人对正始时期怀念心态的一种体现。从"结藻清英，流韵绮靡"到"渊乎清峻，微言精理"，再到陶渊明集两晋之大成，两晋文章在创作风格上是空前丰富的。不仅如此，我们此前也论述过《文赋》之于《文心雕龙》的重要影响，因之，两晋文章的成就确乎超越了前代，这从刘勰论述的篇幅上亦可窥见一斑。尤其是对紧随两晋的刘宋一代文学，刘勰的评述极为简略：

> 自宋武爱文，文帝彬雅，秉文之德，孝武多才，英采云构。自明帝以下，文理替矣。尔其缙绅之林，霞蔚而飙起。王袁联宗以龙章，颜谢重叶以凤采，何范张沈之徒，亦不可胜也。盖闻之于世，故略举大较。①

在上文中，刘勰虽然赞美了宋武帝、宋文帝时期的文学成就，但也明确指出从宋明帝以下文学与思想皆衰退的事实。虽然刘勰对于刘宋时代的文人有"霞蔚而飙起"的概括，但所举之人也不过是王、袁、颜、谢诸世家的文人；此外的何逊、范云、张邵、沈约等，刘勰更是仅以"不可胜"而一笔带过。如果真如刘勰所说由于"闻之于世"才进行概说，那么在同一时代评价极高的两晋文学又如何用了数倍于此的篇幅？归根结底还是刘宋文章承两晋文章而来，未有十分突出之成就所致。

二 《芙蓉女儿诔》与曹雪芹对两晋文章气象的继承

作为《红楼梦》里诗词曲赋、韵散论赞中篇幅最长的文字，《芙蓉女儿诔》历来颇受学界关注。现代学界对《芙蓉女儿诔》的文学研究

---

① （南朝梁）刘勰著，范文澜注：《文心雕龙注》，人民文学出版社1958年版，第675页。

多集中于对该文的文本分析和主题探讨上①，这有助于广大读者加深对《芙蓉女儿诔》的理解，而任何一种文体中的优秀作品都不是空中楼阁，其产生都是渊源有自的，从这一角度关注《芙蓉女儿诔》的学人，则多将之与《离骚》对比②，从中透视《芙蓉女儿诔》对《离骚》的继承与发展。同时，我们也应当注意到，《离骚》毕竟是句式整齐的骚体赋，《芙蓉女儿诔》却是骈体为主的文章。在《离骚》与《芙蓉女儿诔》之间，将骈散文章做到极致，成为"一代之文学"的，便是两晋文章。言及两晋文章，最有代表性的就是晋初阮籍，西晋潘岳、陆机和东晋陶渊明的作品，而他们也都是两晋文人精神气象的代表。下文将以阮籍、潘岳、陆机和陶渊明及其文章为典型范例，从内容、文体、情感、心性四个角度论述《芙蓉女儿诔》对两晋文章与文人气象的承传。

（一）内容上：人间的追述，天上的想象

《芙蓉女儿诔》在内容上大致可分为四部分：自序言到"特不揣鄙俗之词，有污慧听"为第一部分，这部分写明了世俗看来简

① 如刘靖安：《论〈芙蓉女儿诔〉的艺术特色》，《求索》1982 年第 5 期；王小英：《从〈芙蓉女儿诔〉看晴雯形象的典型意义》，《佳木斯教育学院学报》1989 年第 3 期；林乃初：《论〈芙蓉女儿诔〉的稚嫩美》，《红楼梦学刊》1989 年第 4 辑；陈夏：《浅谈〈芙蓉女儿诔〉》，《西藏民族学院学报》（社会科学版）1993 年第 4 期；王人恩：《论〈芙蓉女儿诔〉在中国祭文史上的地位》，《甘肃社会科学》1995 年第 5 期；梁竟西：《论〈葬花吟〉〈姽婳词〉和〈芙蓉女儿诔〉的意蕴和作用》，《红楼梦学刊》2000 年第 3 辑；童琼、李晓钰：《〈芙蓉女儿诔〉中"人神相恋"的悲剧意蕴》，《南都学坛》2004 年第 1 期；王海燕：《悲金悼玉女儿诔——论〈红楼梦〉中贾宝玉之诗及其意义》，《东方论坛》2006 年第 6 期；张云：《〈芙蓉女儿诔〉的文章学解读》，《红楼梦学刊》2008 年第 1 辑；钟云霄：《〈芙蓉女儿诔〉到底是"谁"为"谁"写的?》《铜仁学院学报》2012 年第 4 期；魏丕植：《女儿知己，叛逆心声——简评〈芙蓉女儿诔〉》，《贵州师范学院学报》2012 年第 8 期；王光福：《非昭君也，乃苏武也——〈芙蓉女儿诔〉之"雁塞"浅释》，《红楼梦学刊》2016 年第 3 辑。

② 如马凤程：《〈芙蓉女儿诔〉和〈离骚〉》，《红楼梦学刊》1986 年第 1 辑；赵怀仁：《从〈芙蓉女儿诔〉看屈原〈离骚〉对曹雪芹的影响》，《大理师专学报》（哲学社会科学版）1993 年第 1 期；王人恩：《〈离骚〉未尽灵均恨，更有情痴抱恨长——试论〈红楼梦〉与屈原》，《红楼梦学刊》2000 年第 3 辑；吴昌林，于文静：《楚文化视域下屈原辞骚对〈芙蓉女儿诔〉的影响》，《南华大学学报》（社会科学版）2018 年第 4 期。

单，却极为洁净别致的祭品，追思了晴雯的身世、品格、遭遇和悲惨结局，又在熟悉的地方追忆了昔日与晴雯共处的种种，写的是人间；自"乃歌而招之曰"起，到"来兮止兮，君其来耶"为第二部分，这部分内容是为晴雯招魂，作者一面以连连询问的形式招魂，一面在问句里描绘出想象中的晴雯在天上的生活状态，写的是人间与天上的志诚沟通；自"若夫鸿蒙而居"起，到"志哀兮是祷，成礼兮期祥"为第三部分，这部分描绘了众女神对新来的晴雯热情迎接的情景，写的是天上；第四部分仅有一句"呜呼哀哉，尚飨"，虽然只是短短一句，却是全文的尾声，一下子将读者从天上拉回了人间。前三部分除第二部分主要继承《离骚》外，余皆对两晋文章有不同程度的继承。我们且按《芙蓉女儿诔》的顺序，从两晋文章中找出其师法的典型：

> 伊良嫔之初降，几二纪以迄兹。遭两门之不造，备荼毒而尝之。婴生艰之至极，又薄命而早终。含芬华之芳烈，翩零落而从风。神飘忽而不反，形焉得而久安？袭时服于遗质，表铅华于馀颜。[①]

正如李商隐所言"只有安仁能作诔"，潘岳文章，最具真情实感又最打动人心的，便是他的悼亡作品。在《悼亡赋》中，潘岳首先对亡妻的寿数与薄命人生进行了回顾，语言虽高度凝练，然从"备荼毒而尝之"与"婴生艰之至极"之"备"与"极"中仍可显见其悲愤；继而在想象与描述亡妻身后光景之时，潘岳对亡妻溢于言表的欣赏与赞美充斥于字里行间。而曹雪芹在《芙蓉女儿诔》中，也在起首的人间部

---

① （清）严可均辑：《全晋文》，商务印书馆 1999 年版，第 972 页。

分写下了"窃思女儿自临浊世,迄今凡十有六载"① 的同样内容,更为一致的,还在后文之中:

> 孰料鸠鸩恶其高,鹰鸷翻遭罦罬;薋葹妒其臭,茝兰竟被芟锄!花原自怯,岂奈狂飙;柳本多愁,何禁骤雨。偶遭蛊蛋之谗,遂抱膏肓之疾。故樱唇红褪,韵吐呻吟;杏脸香枯,色陈顇颔。谄谣謑诉,出自屏帏;荆棘蓬榛,蔓延户牖。岂招尤则替,实攘诟而终。既忳幽沉于不尽,复含罔屈于无穷。高标见嫉,闺帏恨比长沙;直烈遭危,巾帼惨于羽野。自蓄辛酸,谁怜夭折!仙云既散,芳趾难寻。洲迷聚窟,何来却死之香?海失灵槎,不获回生之药。②

这一段几乎是潘岳《悼亡赋》中的"备茶毒而尝之"与身后光景的详细化:"鸠鸩""薋葹"与"蛊蛋"是茶毒晴雯的小人,"罦罬""芟锄"和狂飙骤雨是茶毒晴雯的手段。接下来作者回顾了晴雯临终时"樱唇红褪,韵吐呻吟;杏脸香枯,色陈顇颔"的惨状,由是,从"谄谣謑诉,出自屏帏"到"直烈遭危,巾帼惨于羽野",作者忍不住又对"茶毒"进行了一轮揭露,然后方是对晴雯身后光景的描述与怀想。整段话同样蕴含了对晴雯的欣赏、对晴雯命运的悲慨与对奸谗小人的愤恨。与在死神茶毒下美好的生命会夭折一样,人对人的加害也会造成类似甚至更惨烈的结局。两段文字在叙写顺序上虽略有差异,然内容虽分详略,却是内在一致的。而在这段之前,雪芹另有一段,是对晴雯的正面赞美:

---

① (清)曹雪芹、(清)高鹗:《红楼梦》,人民文学出版社1996年版,第1109页。
② (清)曹雪芹、(清)高鹗:《红楼梦》,人民文学出版社1996年版,第1109—1110页。

噫！女儿曩生之昔，其为质则金玉不足喻其贵，其为性则冰雪不足喻其洁，其为神则星日不足喻其精，其为貌则花月不足喻其色。姊娣悉慕媖娴，妪媪咸仰惠德。①

作为薄命司中金陵十二钗又副册之冠，晴雯的气质、心性、神采与容貌自非等闲可比，曹氏在诔文中借宝玉之手连用了四个"不足喻"将人世间至贵、至洁、至明、至美的事物比之于晴雯，在灵巧爽利、光风霁月的晴雯面前，以上四种事物都要被比下去，足见宝玉对晴雯的爱敬。而这种自爱敬而生出的由衷赞美，在两晋文章中，我们不能不首推陶渊明的《闲情赋》：

夫何怀逸之令姿，独旷世以秀群。表倾城之艳色，期有德于传闻。佩鸣玉以比洁，齐幽兰以争芬；淡柔情于俗内，负雅志于高云。悲晨曦之易夕，感人生之长勤。同一尽于百年，何欢寡而愁殷。襅朱帏而正坐，泛清瑟以自欣。送纤指之余好，攘皓袖之缤纷。瞬美目以流眄，含言笑而不分。曲调将半，景落西轩。悲商叩林，白云依山。仰睇天路，俯促鸣弦。神仪妩媚，举止详妍。激清音以感余，愿接膝以交言。欲自往以结誓，惧冒礼之为愆。待凤鸟以致辞，恐他人之我先。意惶惑而靡宁，魂须臾而九迁。②

以上一段文字，陶公单刀直入，一句"独旷世以秀群"已将他要赞美之人的"令姿"推重到了极致。而仅凭这一句似乎不足以令人十分信服，作者紧接着便描绘了这种"令姿"是如何"独旷世以秀群"的——不但有倾城之色，而且德行似玉如兰，将俗世的儿女私情看淡，

① （清）曹雪芹、（清）高鹗：《红楼梦》，人民文学出版社1996年版，第1109页。
② （清）严可均辑：《全晋文》，商务印书馆1999年版，第1176页。

而有不同流俗的高雅志趣。《诗经·秦风·小戎》云："言念君子，温其如玉"①，《礼记·聘义》谓："君子比德于玉"②，玉在华夏民族文人眼中是君子的象征，兰则更加广为人知：既是象征美人的香草，亦在"四君子"之列，即便是洒脱不羁的大诗人李白，也曾有"为草当作兰"的诗篇。这里陶公选取了华夏文人眼中至洁之玉与至香之兰来比他心中的"独旷世以秀群"之品格还嫌不够，又在后文中描绘了此种"令姿"在仪态上的美好：不仅有"送纤指之余好，攘皓袖之缤纷。瞬美目以流眄，含言笑而不分"的美貌，也有"仰睇天路，俯促鸣弦。神仪妩媚，举止详妍"的风采。面对如此卓尔不群的女子，陶渊明的爱敬使他一扫平日的从容恬淡，变得"欲自往以结誓，惧冒礼之为愆。待凤鸟以致辞，恐他人之我先。意惶惑而靡宁，魂须臾而九迁"，种种"惧""恐""惶惑"令他魂不守舍，这样的情绪绝非视女性为附庸甚至玩物的文人可有。曹雪芹对陶渊明的推崇不仅蕴含在"林潇湘魁夺菊花诗"一节，更曾在香菱学诗时借黛玉之口直接点出③。

　　如上所述，《芙蓉女儿诔》写人间的部分深受两晋文章影响，写人间与天上的沟通的部分，显然是受《离骚》影响。而写天上的部分，此前有学者论其主要受《离骚》影响，又言"《芙蓉女儿诔》在选择神话传说材料时，突出了女性的特点，并以抒情为主，基本上没有什么情节。《离骚》则是以诗人自己的形象为中心，运用了大量的神话传说的材料，展开了反复曲折的情节"④，殊不知《芙蓉女儿诔》在写天上的部分其实也脱胎于《大人先生传》：

---

①　（清）阮元校刻：《十三经注疏》，中华书局 1980 年版，第 370 页。
②　（清）阮元校刻：《十三经注疏》，中华书局 1980 年版，第 1694 页。
③　详见第四十八回"慕雅女雅集苦吟诗"部分，黛玉不仅推荐了陶诗给香菱看，且香菱夸"渡头余落日，墟里上孤烟"好时，黛玉找了陶渊明的"暧暧远人村，依依墟里烟"给她看作诗的化用（《脂砚斋重译石头记》，人民文学出版社 2010 年版，第 1116—1117 页）。
④　马凤程：《〈芙蓉女儿诔〉和〈离骚〉》，《红楼梦学刊》1986 年第 1 辑。

忽电消而神逝兮，历寥廓而退游。佩日月以舒光兮，登徜徉而上游。厌前进于彼逝兮，将步足乎虚州。扫紫宫而陈席兮，坐帝室而忽会酬。萃众音而奏乐兮，声惊渺而悠悠。五帝舞而再属兮，六神歌而伐周。①

以上这段文字勾勒出"大人先生"游历天界的情景，充斥着瑰丽的想象。尤其是"扫紫宫而陈席兮，坐帝室而忽会酬。萃众音而奏乐兮，声惊渺而悠悠。五帝舞而再属兮，六神歌而代周"，在描绘天界对宾客的热情招待上，"大人先生"不仅作为"帝室"席上之宾"会酬"，连"五帝""六神"这样受人敬拜的对象也以歌舞对他表示欢迎，这对《芙蓉女儿诔》产生了直接影响：晴雯初登天界，受到了"素女约于桂岩，宓妃迎于兰渚。弄玉吹笙，寒簧击敔。征嵩岳之妃，启骊山之姥。龟呈洛浦之灵，兽作咸池之舞。潜赤水兮龙吟，集珠林兮凤翥"的热情迎接，这里或接引，或奏乐，或相见，或歌舞的神人灵兽也都是人间广受敬仰的，与《大人先生传》极为相似，只是晴雯作为花神，受到的欢迎更隆重些罢了。且《红楼梦》书中已明言《大人先生传》在《芙蓉女儿诔》"远师"之作中②，可为《芙蓉女儿诔》继承《大人先生传》之旁证。

（二）文体上：骈俪为主体，用语清而绮

晴雯本是"乡籍姓氏莫考"又抱屈夭的"俏丫鬟"，客观上十分符合"幼未成德，故誉止于察惠；弱不胜务，故悼加乎肤色"③的情况，完全可以用哀辞悼念，但是《芙蓉女儿诔》却采用了诔这一文体。

---

① 陈伯君校注：《阮籍集校注》，中华书局1987年版，第182页。
② （清）曹雪芹、（清）高鹗：《红楼梦》，人民文学出版社1996年版，第1108页。
③ （南朝梁）刘勰著，范文澜注：《文心雕龙注》，人民文学出版社1958年版，第240页。

《文心雕龙·诔碑》谓："诔者，累也；累其德行，旌之不朽也"①，宝玉诔晴雯确实做到了"荣始而哀终"，旨在颂晴雯之德，为晴雯鸣冤。这一点已有学人论述②，本书不赘。而在文体上，我们不能不注意的，首先是骈体这一形式。

《芙蓉女儿诔》除散体序言和为晴雯招魂的骚体诗歌外，其余部分皆为骈体。《文心雕龙》谓："宋初文咏，体有因革，庄老告退，而山水方滋，俪采百字之偶，争价一句之奇"③，诗如此，文亦如此，刘宋因革的骈俪文体，正是承自两晋这一骈文盛行的时期。两晋哀祭文在形式上同样风行骈体，且两晋的哀祭文章也高度繁荣，阮籍、潘岳、陆机、陶渊明等以他们为代表的两晋文人有许多此类名篇传世。从文章发展史这条线索上看，不同时代的文人对文章的审美标准总是在"崇文"与"尚质"之间进行更迭，清代的骈文中兴正是在唐宋派的"文道合一"之后，在桐城、阳湖等散文创作群体外重拾了对文章形式之美的重视。有清一代文人在为学和为文上大都远师古人，既欲远师古人，必当取法乎上，《芙蓉女儿诔》形式上的主要部分显然继承了以阮、潘、陆、陶文为代表的两晋文章。我们可于如下两例中窥知大略：

　　　　尔乃西风古寺，淹滞青磷，落日荒丘，零星白骨。楸榆飒飒，蓬艾萧萧。隔雾圹以啼猿，绕烟塍而泣鬼。自为红绡帐里，公子情深；始信黄土陇中，女儿命薄！④

以上一段因后文宝黛讨论如何修改而为人熟知，整段文字虽作骈

---

① （南朝梁）刘勰著，范文澜注：《文心雕龙注》，人民文学出版社 1958 年版，第 212 页。
② 参见张云《〈芙蓉女儿诔〉的文章学解读》，《红楼梦学刊》2008 年第 1 辑。
③ （南朝梁）刘勰著，范文澜注：《文心雕龙注》，人民文学出版社 1958 年版，第 67 页。
④ （清）曹雪芹、（清）高鹗：《红楼梦》，人民文学出版社 1996 年版，第 1112 页。

俪，字数却错落有致，似乎颇异于两晋诔文的四字骈句，然两晋诔文正文部分虽多为四字，却亦有如《刘真长诔》"居官无官官之事，处事无事事之心"①和《散骑常侍刘府君诔》"存若烛龙衔曜，没若庭燎俱灭。搢绅颓范于高模，邦国弥悴于陨哲"②的六七字偶句。而被明确提及的《大人先生传》形式上更是如此：

> 太初真人，惟天之根。专气一志，万物以存。退不见后，进不睹先，发西北而造制，启东南以为门，微道德以久娱，跨天地而处尊。夫然成吾体也。是以不避物而处，所睹则宁；不以物为累，所逌则成；彷徉足以舒其意，浮腾足以逞其情。③

以四字骈句起首，继之以六字及以上的偶句，这样的形式在《芙蓉女儿诔》中占据了相当一部分篇幅。这不仅继承了《大人先生传》的形式，也可在潘岳的哀策文中找到踪迹：

> 嗟余艰屯，仍遭不造，靡恃惟姒，景命弗保。心之云痛，痛贯穹昊。袭龟筮之良辰。启幽房之潜（左土右遂）。整武驾之隆牡，结龙辀之缟驷。望旗常而崩摧，彼辒辌以增欷。口呜咽以失声，目横迸以洒泪。邈雨绝于官闱，长无觌于仿佛。④

文章句子的字数与结构是最令人一目了然的形式。从文中，我们不难发现，《芙蓉女儿诔》在文章主体的形式上确实对两晋文章多有继承。

---

① （清）严可均辑：《全晋文》，商务印书馆 1999 年版，第 646 页。
② （清）严可均辑：《全晋文》，商务印书馆 1999 年版，第 1149 页。
③ 陈伯君校注：《阮籍集校注》，中华书局 1987 年版，第 174 页。
④ （清）严可均辑：《全晋文》，商务印书馆 1999 年版，第 994 页。

我国古典文学论文体时，不独指文章形式的骈散之别，也包括写作风格上的分类。故在文章形式之外，同样需要关注的就是语言风格。在语言风格上，《芙蓉女儿诔》也深受两晋文章影响。陆机《文赋》谓"诔缠绵而凄怆"，用来形容《芙蓉女儿诔》是十分恰切的：

> 眉黛烟青，昨犹我画；指环玉冷，今倩谁温？鼎炉之剩药犹存，襟泪之余痕尚渍。镜分鸾别，愁开麝月之奁；梳化龙飞，哀折檀云之齿。委金钿于草莽，拾翠？于尘埃。楼空鸩鹊，徒悬七夕之针；带断鸳鸯，谁续五丝之缕？①

文中抒情主人公睹物思人，其描摹之情致缠绵，情感之哀凄悲怆，语言之清靡绮丽，不仅吻合"辞靡律调"的"诔之才"，更是直追以潘岳文章为代表的两晋哀祭文风，用"巧于序悲，易入新切"来评价也非常妥当。不独上段引文如此，此前所引之《芙蓉女儿诔》片段，亦可作为旁证。

（三）情感上：深情之所钟，感于物而动

宝玉待一众女儿虽被冠以"爱博而心劳"之评，但综观《红楼梦》全书，不难发现宝玉只是在行为上体贴这些女孩，而心中对她们有明显的厚薄界限，其"情不情"之称，从这个意义上讲也不无道理。不言其他，仅就宝玉夜里在给黛玉送手帕时找的是晴雯而非袭人来看，就充分说明了他心中对晴雯、袭人二婢是非常有数的。晴为黛影，袭为钗副，宝玉对宝钗是敬重而有距离，漂亮的膀子若在林妹妹身上可摸，在宝钗身上则不可；对大丫鬟袭人是倚重而有所保留，可以因其说走而在她面前赌咒发誓，但心中的原则和行动都不会因之真正改变；对晴雯则

---

① （清）曹雪芹、（清）高鹗：《红楼梦》，人民文学出版社1996年版，第1110—1111页。

是疼爱有加，充分信任且尊重；对黛玉更是毫无二心，寤寐思服——"诉肺腑"前后的话虽不多，却实在是宝玉心底的声音。故无论将《芙蓉女儿诔》看作"明诔晴雯，实诔黛玉"的一诔二主之文，还是退一步，仅将其看作诔晴雯的文章（脂批确有"明是为与阿颦作谶"之语，然谶为预言，终与诔别），又或是更进一步，将之看成对大观园中薄命女儿的命运之谶，都是情动于中而发诸笔的自然流露。全文用情之深，正与以悼亡见长的潘岳文章高度一致：

> 问笾宾之何期，霄过分而参阑。讵几时而见之，目眷恋以相属。听辄人之唱筹，来声叫以连续。闻冬夜之恒长，何此夕之一促！且伉俪之片合，垂明哲乎嘉礼。苟此义之不谬，乃全身之半体。吾闻丧礼之在妻，谓制重而哀轻。既履冰而知寒，吾今信其缘情。夕既昏兮朝既清，延尔族兮临后庭。人空室兮望灵座，帷飘飘兮灯荧荧。灯荧荧兮如故，帷飘飘兮若存。物未改兮人已化，馈生尘兮酒停樽。春风兮泮水，初阳兮戒温。逝遥遥兮浸远，嗟茕茕兮孤魂。[①]

潘郎悼亡妻，可在灵堂依礼而行，虽然如此，潘岳的深情仍是远超妻丧之重礼。宝玉却碍于晴雯死因及双方身份，无法正大光明地悼念，但他的深情却不输潘岳，文中无论是"眉黛烟青，昨犹我画"还是"孤衾有梦，空室无人"等语，皆是一个情意深笃之爱侣的口吻，然在书中，宝玉和晴雯并未实有肌肤之亲。这种无须以肉体结合来维系的深情发生在世俗意义上的主仆之间，自然愈显高洁、纯粹和坚不可摧。如此纯粹美好、未经云雨之欢的强烈情感直追陶公的"欲自往以结誓，惧冒礼之为愆。待凤鸟以致辞，恐他人之我先。意惶惑而靡宁，魂须臾

---

① （清）严可均辑：《全晋文》，商务印书馆1999年版，第972—973页。

而九迁"①，透过《芙蓉女儿诔》中的深情，我们发现，"情之所钟"不仅可称两晋文人及其文章言行，用来称许曹公，又或说是宝玉及其《芙蓉女儿诔》也是非常精当的。

"春秋代序，阴阳惨舒，物色之动，心亦摇焉"，感物而动，是两晋文人之深情形诸笔端的重要原因，正如冯友兰先生《论风流》里谓"与万物的情有一种共鸣"。通读《红楼梦》全书，自然界的花开花落，人世间的离合悲欢，也都是宝玉或哀或乐的原因，这样"主观客观，融成一片"的情感在《芙蓉女儿诔》中同样也有重要体现：

> 连天衰草，岂独兼葭；匝地悲声，无非蟋蟀。露阶晚砌，穿帘不度寒砧；雨荔秋垣，隔院希闻怨笛。芳名未泯，檐前鹦鹉犹呼；艳质将亡，槛外海棠预老。②

兼葭衰落，蟋蟀悲鸣，露寒雨冷，海棠枯萎，上文处处是秋景，正合《芙蓉女儿诔》所言"蓉桂竞芳之月"，亦字字悲音，处处是哀思。这与陆平原《述思赋》"寒鸟悲而饶音，衰林愁而寡色"、陶渊明《闲情赋》"悲罗襟之宵离，怨秋夜之未央""悲白露之晨零，顾襟袖以绵邈"异曲同情：《芙蓉女儿诔》是痛失所珍，《述思赋》是游子之思，《闲情赋》是求之不得，而在情感上，三者或泣血哀鸣，或天涯断肠，或心念百转，皆是悲秋之情，语言虽有浓淡之别，情意却是一样深重。

如果说自然界的花开花落能令两晋文人、曹公乃至宝玉随之乐随之哀，人世间的离散则令他们深深绝望与无奈——因为多半是人为使然：

---

① （清）严可均辑：《全晋文》，商务印书馆 1999 年版，第 1176 页。

② （清）曹雪芹、（清）高鹗：《红楼梦》，人民文学出版社 1996 年版，第 1111 页。

　　　　昨承严命，既趋车而远陟芳园；今犯慈威，复拄杖而遽抛孤
柩。及闻槽棺被爇，惭违共穴之盟；石椁成灾，愧迫同灰之诮。①

　　晴雯之死的直接凶手就是王夫人，宝玉素日最怕的就是其父贾
政，晴雯死后，宝玉未及当面凭吊，便被王夫人命令烧了；宝玉不及
与黛玉诉说心事，便被贾政叫去作诗，无论有意无意，这些擦肩而过
的永诀毕竟是人为所致。宝玉在父母的威压之下，难道不是正与阮籍
《大人先生传》问出的"汝君子之处区之内，亦何异夫虱之处裈中
乎"相合吗？即使他在晴雯死时再怎么"抚伤怀以呜咽"②，现实不
仍是他在父母的枷锁里如陆机在朝中一般"苟彼涂之信险，恐此日之
行昃"③ 吗？

　　冯友兰先生论魏晋风流引用了"是真名士自风流"，这与曹公借豪
爽的湘云之口道出此句是有内在一致的，都对魏晋风流持肯定态度。曹
雪芹对两晋风流的继承在《红楼梦》中比比皆是，《芙蓉女儿诔》自莫
能外。由上可见，在情感上，《芙蓉女儿诔》继承了两晋文章与两晋文
人，其用情之深，丝毫不输前辈文人。

　　（四）心性上：向往归石性，勉力去玉性

　　通灵宝玉原是女娲补天剩下的石头，贾宝玉原是神瑛侍者，瑛，
《康熙字典》释作"美石似玉"，虽然和玉一样美，但仍是石头。正如
孙楚《石人铭》所谓"大象无形，元气为母。杳兮冥兮，陶冶众
有"④，石性，代表了贾宝玉没有掺杂矫伪之气的本真天性，然而他周
遭的世俗环境又将他视作宝玉。而玉本身也是"石之美"，不琢不成
器，玉性实在是人强加于石的，贾宝玉的长辈们都想将他雕琢成为世所

---

① （清）曹雪芹、（清）高鹗：《红楼梦》，人民文学出版社 1996 年版，第 1112 页。
② （清）严可均辑：《全晋文》，商务印书馆 1999 年版，第 1016 页。
③ （清）严可均辑：《全晋文》，商务印书馆 1999 年版，第 1017 页。
④ （清）严可均辑：《全晋文》，商务印书馆 1999 年版，第 631 页。

珍的玉器，傅道彬先生谓"贾宝玉身上体现着石与玉两种精神"① 意义也就在此。傅先生谓"林黛玉是石性的，薛宝钗是玉性的，晴雯是石性的，袭人是玉性的"②，而宝玉显然对石性有着天然的亲近与向往，对玉性则极尽鄙薄和厌弃。《芙蓉女儿诔》不仅是对晴雯的哀悼与礼赞，同时更是对大观园中石性之女儿遭遇的哀悼，对石性精神的礼赞。

　　两晋文人同样如此。魏晋之交的嵇康"越名教而任自然"是他们对自然心性（此文或称石性）的追求和呼声，然而一落到残酷冰冷的现实中，他们或与现实抗争，或为适应现实，身上又无可避免地带上了玉的矫伪之气：嵇康写下与山涛的绝交书又托孤于山涛，阮籍临母丧而弈棋如故，后又"举声一号，呕血数升"，刘伶带锹出行，向秀失途入洛，潘岳望尘而拜，陆、左名列金谷，就连魏晋风流的最高代表陶渊明，也被鲁迅先生指出"于世事也并没有遗忘和冷淡，不过他的态度比嵇康阮籍自然得多，不至于招人注意罢了"③。他们的心态、言行和遭际皆非个案，实是不同时期两晋文人的缩影，足见两晋文人身上也同时体现着自然与世俗，或称石与玉两种精神。贾宝玉对这两种心性的态度，与两晋文人是高度一致的：晋人即使入世深如桓温，也能发出"树犹如此，人何以堪"的深情慨叹，可见两晋文人能够感物而动，能够心怀深情，能够不移天性。这些与世俗需要的无情、冷静、随圆就方背道而驰，既是两晋文人的自然心性，也是贾宝玉石性的重要体现。

　　苏辙谓"文者气之所形"，两晋文章"出语必隽，恒在自然"④（刘师培语），其最具魅力之处便是两晋文人对天性与美好的追求。他

　　① 傅道彬：《晚唐钟声——中国文学的原型批评（修订本）》，北京大学出版社 2007 年版，第 326 页。

　　② 傅道彬：《晚唐钟声——中国文学的原型批评（修订本）》，北京大学出版社 2007 年版，第 326 页。

　　③ 鲁迅：《魏晋风度及文章与药及酒之关系》，《汉文学史纲要》，江苏凤凰文艺出版社 2017 年版，第 157 页。

　　④ 刘师培：《中国中古文学史讲义》，岳麓书社 2011 年版，第 53 页。

们处在战乱频仍，灾异横生的时代，但他们仍然高擎着文学艺术和思想的红烛，勉力在现实的黑暗中寻找和呼唤人们本该具足的天性之光，从议论纵横到醉心艺术，从醉心艺术到寄情山水玄思，从寄情山水到回归田园，无论是魏晋之交的归隐文人、入仕文人，还是西晋的金谷文人、东晋的兰亭文人，就连有晋一代风采与文章都达到巅峰的陶渊明也是如此。这天性之光被历史的长河带到了曹雪芹的身畔，《芙蓉女儿诔》对天界种种的美好想象，便处处包含作者对石性之天然光辉的礼赞与向往。

在向往自然石性的同时，无论是两晋文人，还是曹雪芹和他笔下的贾宝玉，都对世俗的玉性表现出明显的厌恶与排斥。宗白华先生说魏晋人"心里面的美与丑、高贵与残忍、圣洁与恶魔同样发挥到了极致"①，极致，本身就是自然石性的流露，怪石嶙峋，可说奇特秀美，也可说丑陋可怖。自然的石性是恣意生长的，世俗的玉性是经过雕琢的；自然的石性是不知节制的，世俗的玉性是止于至善的；石的美丑是人加以评说的，玉的至善是人确定标准的。两晋文人上承汉末三国时的思想裂变，以排斥汉儒思想的姿态登上文学与思想的历史舞台，他们一心求美，注重个性的解放，无论是裂变还是解放，前提都是存在需要打破的枷锁，这枷锁便是入世所需的玉性，是贾宝玉极其厌恶的仕途经济之道。无论两晋文人和贾宝玉如何反感，这世俗的玉性都实实在在存在于他们每个人的身上：两晋文人毕竟还是最终适应了周遭的现实，贾宝玉毕竟还是去过学堂，也不敢违抗父母之命。然而，两晋文人故作"自然"的矫伪言行，有晋一代蔚然盛行的文人清谈之风，贾宝玉始终流露出的对男子与仕途经济的极度厌恶，在《芙蓉女儿诔》中对世俗妇女的贬斥与控诉，这些又何尝不是远离与鄙弃世俗的一种方式呢？

在不重世俗标准的两晋文人眼里，阳刚的、阴柔的甚至是病态的人

---

① 宗白华：《美学散步》，上海人民出版社 1981 年版，第 208 页。

物、文章和景致都可以作为审美对象，也许正因如此，两晋文人的美，才会被宗白华先生称为"全时代的最高峰"①。在无意于世俗功名的贾宝玉眼里，未经世俗所染的大观园女儿是石性的化身，因而被他称为清爽的"水做的骨肉"，包括甄宝玉在内的被世俗化的男子是玉性的代表，因而被称为浊臭逼人的"泥做的骨肉"，被世俗化的女子正是无价宝珠到死珠，再到鱼眼睛的异变过程。凡此种种，包括《芙蓉女儿诔》，皆是两晋文人和贾宝玉向往归石性，勉力去玉性的表现。

综上所述，《芙蓉女儿诔》无论是从内容上、文体上还是作者的情感和心性上，都承继了两晋文风和两晋文人的精神气象。而这些，都是曹雪芹对两晋文章文学创作接受视界的重要组成部分。究其原因，有以下三点。

首先，曹雪芹对两晋文章文学创作接受视界的形成应取决于他不喜仕途经济的个性。自"新红学"出现后，学界广泛认为《红楼梦》有明显的自叙性和自传性，宝玉不喜儒家用世之道的思想观念投射出曹雪芹的部分主观哲思，正因曹氏不喜儒家的用世之道，才会对阮籍、陶渊明等两晋文人推崇有加，那么《芙蓉女儿诔》的两晋文风与精神气象的形成则十分自然，有迹可循。

其次，曹雪芹对两晋文章文学创作接受视界的形成归功于他的才学。曹雪芹家学渊源深厚，否则《红楼梦》也难以成为一部百科全书式的作品。任何文学作品的产生都是渊源有自的，作者对前人文学成果的广泛涉猎与学习是薄发前厚积的过程。可见，曹雪芹的才学是《芙蓉女儿诔》大量继承两晋文章成就的必要前提。

最后，也是非常重要的，曹雪芹对两晋文章文学创作接受视界的形成源于他与两晋文人的共情和对阮籍、陶渊明等人的推重。曹雪芹字梦阮，所"梦"之阮当为阮籍，书中也有将阮籍叔侄当作好才情代表的

---

① 宗白华：《美学散步》，上海人民出版社 1981 年版，第 209 页。

记载，《大人先生传》又是书中明言《芙蓉女儿诔》远师之作。阮籍、潘岳、陆机与陶渊明等人都是两晋不同时期最具代表性的文人，他们的文章也是两晋文章的缩影。

第二节　一沙一世界：两晋文人的后世影响

两晋文人不仅全身心追求美，还是继先秦士人之后最爱思考的一群文人。冯友兰先生概括的玄心、洞见、妙赏、深情正是两晋文人的独特魅力之所在。他们借由玄学对真理的孜孜以求，他们琴棋书画的生活雅趣，他们寄情山水的超逸审美，他们享受人生的艺术方式，所有这些都永远留存在了历史上，最终定格成了一个个衣袂飘飘的洒脱背影。这些风雅的文人不仅为我们留下了一整个时代的锦绣文章，也以他们的个性气度、内心世界和审美追求影响着后世一代又一代华夏文人。

一　《世说新语》中的两晋文人风骨

《世说新语》上起后汉，下至东晋，作为当时语体形式的文章，所记主体从时间上说，是以两晋为主；从人物身份上说，是以文人为主。它虽属小说家之言，写实处却比肩正史，更得益于刘孝标注，在史料价值上犹胜史书。恰如周祖谟所言："《世说新语》虽是古代的一部小说，但一直为研究汉末魏晋间的历史、语言和文学的人所重视……从中我们可以观察到当时人物的风貌、思想、言行和社会的风俗、习尚，这确实是很好的历史资料"①，因此，若要从两晋文章观照两晋文人的风貌，《世说新语》无疑是最佳选择。

---

① 参见《世说新语笺疏》前言，（南朝宋）刘义庆撰，（南朝梁）刘孝标注，余嘉锡笺疏：《世说新语笺疏》，中华书局 2016 年版。

风骨一词，语出《晋书》："其器识高爽，风骨魁奇，姚兴睹之而醉心，宋祖闻之而动色"[1]，现在一般指刚正、坚强不屈的品格。《世说新语》中专列"方正"一门来记载魏晋文人的正直风骨，其顺序紧随"孔门四科"之后，足见刘义庆对文人风骨的偏爱和推重。而在此编66则文人逸事中，记两晋文人的有59条，比重已近九成之多，其中既有对君王之威的毫无畏惧，又有对非同道者的明确立场，更有对尊严受损时的针锋相对，下文便择其要者进行论说：

两晋文人的风骨首先表现在不惧君威上。而其具体体现，又分为官和为人两方面。

两晋文人入朝为官的，大都以清谈误国的形象出现在多数人的脑海中，这的确是一部分士人的真实写照，但不能不注意的是，有晋一代无论是哪个时期，都有心怀天下、积极进取、正直用世的文人在朝为官。其正道直行的风骨最突出的体现，就是不惧君王之威而直言进谏。在晋初，最具代表性的就是陈泰：

> 高贵乡公薨，内外喧哗。司马文王问侍中陈泰曰："何以静之？"泰云："唯杀贾充以谢天下。"文王曰："可复下此不？"对曰："但见其上，未见其下。"[2]

司马氏家族的天下非正途所取，已是人所共知的事实。曹髦新丧，人心不稳，司马昭迫切需要稳定人心，故向陈泰发问。在刘孝标注释中，有一种说法是司马昭召见朝臣讨论平息人心的对策时，最初陈泰是没有去的。陈泰官居侍中，召而不至本身就是摆明了立场。而当他不得

---

[1] （唐）房玄龄等：《晋书》，中华书局1974年版，第3214页。

[2] （南朝宋）刘义庆撰，（南朝梁）刘孝标注，余嘉锡笺疏：《世说新语笺疏》，中华书局2016年版，第316页。

不回答司马昭时，也只是简短的一句话——杀了贾充，以谢天下。贾充毕竟是在为司马昭做事，司马昭自然不舍也不能杀贾充，就问有没有轻一点的处理办法。这时陈泰的回答非但没有示弱，反而更进一步——只知更重的，不知更轻的！这个回答已将矛头直指司马昭这个幕后主使。面对事实上的最高统治者犯下的罪行，陈泰没有变节、没有畏惧，有的只是一身正气和清白风骨。他自知如此回应司马昭定无善终，刘孝标注的有两种说法，一是陈泰回去就自杀了，二是当时便气得呕血身亡。

相对于平息人心而言，为国立储更是关乎国运盛衰甚至国家兴亡的大事。面对君王立储非人的错误决定，和峤同样敢于据实以对：

> 和峤为武帝所亲重，语峤曰："东官顷似更成进，卿试往看。"还问："何如？"答云："皇太子圣质如初。"①

晋武帝司马炎明知司马衷资质极差仍立之为太子，还对太子抱有希望，认为太子最近有所进益，让自己亲重的大臣和峤去观察。和峤回复太子的资质和开始一样，是对司马炎观点的直接否定。刘孝标注中补充了和峤曾数次谏言太子不宜为四海之主，丝毫不畏失宠，展现了敢于直言的文人风骨。东晋名臣王导对晋元帝，何充对晋康帝都在立储问题上直言进谏，然而东晋时期君臣力量对比毕竟殊异于晋武帝时，相较之下，和峤的风骨显得更加难能可贵。

西晋向雄、阮修、羊忱等人，在为官上都有方正直言的风骨。而东晋有如此品行的文人也不在少数，其中最突出的代表当属周颛：

> 明帝在西堂，会诸公饮酒，未大醉，帝问："今名臣共集，何

---

① （南朝宋）刘义庆撰，（南朝梁）刘孝标注，余嘉锡笺疏：《世说新语笺疏》，中华书局 2016 年版，第 317 页。

如尧、舜时？"周伯仁为仆射，因厉声曰："今虽同人主，复那得等于圣治！"帝大怒，还内，作手诏满一黄纸，遂付廷尉令收，因欲杀之。后数日，诏出周，群臣往省之。周曰："近知当不死，罪不足至此。"①

晋明帝司马绍在宴饮之时将当时比唐尧虞舜之世，仆射周颐不但针锋相对，更是厉声以应，众目睽睽之下明言不可与尧舜之时相比，触怒了皇帝也没有丝毫畏惧。无论是其疾言厉色的反对声音，还是事后淡然处之的态度，都是周颐风骨的绝佳注脚。东晋在为官上拥有方正直言风骨的除王导、何充、周颐外，还有温峤、钟雅、陶侃、桓温、谢安等人。

两晋文人的不惧君威绝不仅仅体现在为官的正道直行上，还体现在为人的刚直端正上。其中既有对君王之威的毫无畏惧，又有对不同道者的明确立场，更有对尊严受损的针锋相对，我们举以上未提及之文人为证：

武帝语和峤曰："我欲先痛骂王武子，然后爵之。"峤曰："武子俊爽，恐不可屈。"帝遂召武子，苦责之，因曰："知愧不?"武子曰："'尺布斗粟'之谣，常为陛下耻之！它人能令疏亲，臣不能使亲疏。以此愧陛下。"②

晋武帝想先痛骂王济然后给他封爵，和峤已经说过不能如此，武帝不听，还是召王济痛骂了他，结果却被王济反将一军，以"一尺布，

① （南朝宋）刘义庆撰，（南朝梁）刘孝标注，余嘉锡笺疏：《世说新语笺疏》，中华书局 2016 年版，第 342—343 页。

② （南朝宋）刘义庆撰，（南朝梁）刘孝标注，余嘉锡笺疏：《世说新语笺疏》，中华书局 2016 年版，第 320—321 页。

尚可缝；一斗粟，尚可舂；兄弟二人，不能相容”的歌谣讽刺司马炎放逐齐王司马攸的事情。如非对君威毫无畏惧，又怎会如此应对武帝故意的责骂？王济之风骨并非个例，无论是西晋诸葛靓"吞炭漆身"之语，山涛长子山该（一说山允）不肯见武帝，还是东晋何充闻王敦对乃兄的祖护之词的当众驳斥，孔群对与匡术同饮的当众拒绝，抑或是刘简对桓温的沉默与顶撞，都是晋代文人不畏权威风骨的剪影。

　　不惧君威只是两晋文人风骨的一方面。道不同不相为谋是君子与人相处的原则，而两晋文人在这方面立场同样鲜明，且更有甚之。上文所举诸人亦多有此类逸事，此处但择以上未言及者论之：

　　　　孙兴公作《庾公诔》，文多托寄之辞。既成，示庾道恩，庾见，慨然送还之，曰："先君与君，自不至于此。"①

　　庾亮之子庾羲见了孙绰为庾亮作的诔文语带攀附，就愤怒地还给他，直言父亲与他的关系没达到这个程度。孙绰的文学才能在当时算是很好了，然因其诔文并非真情实感，且有攀附之意，庾羲不仅不以为然，还当面驳斥了他，没有正直的风骨，何来如此鲜明的立场？此类风骨的两晋文人另有陆玩、蔡谟、江虨等，上文所举诸人亦多存同类逸事。

　　此外，对尊严的重视也是风骨的突出体现。尊严一向是我国文人极为重视的，"士可杀，不可辱""玉可碎而不改其白，竹可焚而不毁其节"这样的信念已经深深根植于我国历代文人心中。当尊严受到侵犯，尤其是对方有挑衅之嫌的时候，被称为"太康之英"的陆机如此应对：

　　　　卢志于众坐，问陆士衡："陆逊、陆抗，是君何物？"答曰：

---

　　① （南朝宋）刘义庆撰，（南朝梁）刘孝标注，余嘉锡笺疏：《世说新语笺疏》，中华书局 2016 年版，第 358 页。

"如卿于卢毓、卢珽。"士龙失色。既出户，谓兄曰："何至如此，彼容不相知也？"士衡正色曰："我父祖名播海内，宁有不知，鬼子敢尔！"议者疑二陆优劣，谢公以此定之。[①]

卢志在公众场合直呼陆机父祖之名讳，甚至有"是何物"之问，这是十分无礼且严重的侮慢之语。陆云以"殊邦遐远"而"容不相悉"来劝慰哥哥宽容他人，确有颜子被冤而不愠之遗风。而陆机则针锋相对，立即以卢志之父祖名讳还击。卢志自取其辱，而哑口无言，这成为他后来害死陆机的导火索。但以陆机之风骨，纵使知道卢志是小人，仍然会针锋相对。陆机对尊严的维护，是其风骨的重要表现形式之一。与此相类的还有羊琇因杜预连榻而不坐，嵇绍不为齐王司马冏等人操琴，王献之不为太极殿题字，王爽拒绝司马道子醉称其为"小子"等，当他们发觉尊严受损、遭遇轻慢时，虽然还击的方式各有不同，但内在的风骨是一般无二的。宗白华先生说两晋文人有"人格的唯美主义"，这样的风骨也当是其中一种表现形式。

两晋文人的风骨源于他们不为外物所动的心性，源于他们爱憎分明深情所钟的情感，更源于两晋文人思想裂变的完成。他们的思想不再是儒家一尊，不再是经学独大，而是一心求美，注重个人的风骨以及高洁的品行。因此，两晋文人面对君威一样可以无所畏惧，与不同路者一样可以立场鲜明，对人格尊严一样可以强势捍卫。他们可以坦荡直言，可以正道直行，可以从容赴死。其风骨可远接春秋君子，且丝毫不输先人，并深刻影响后世。即便是在元朝，依然不乏追慕两晋风神的文人，下文便以郑光祖及其《王粲登楼》为例来论述两晋文人风骨与深情对后世的影响。

---

① （南朝宋）刘义庆撰，（南朝梁）刘孝标注，余嘉锡笺疏：《世说新语笺疏》，中华书局 2016 年版，第 329—330 页。

二 《王粲登楼》与郑光祖对两晋风神的追慕

《王粲登楼》作为郑光祖如今仅见的文人戏，其中的王粲形象身上既有奋发有为、慷慨悲凉的建安风骨，又有简傲任诞、不惧权威却深情所钟的两晋风神。然而，这部剧作的文学研究成果却并不多见。就笔者目力所及，这些研究成果主要覆盖了三个方面：其一，对该剧本内容及艺术形式的研究；其二，对剧本和史料中王粲形象的比照研究；其三，对该剧与王粲《登楼赋》的意象等进行比照分析。此外，也有一些结合写作背景谈作者乃至当时文人心态的文字。而无论是哪一方面的研究成果，都未曾有人明确作者追慕魏晋风骨这一创作目的。有近似者说该剧"体现了文人怀才不遇、报国无门的愤懑"①。这确实是当时一部分文人心态的一个侧面，但这种心态在元朝统治的历史背景下，似乎仍有进一步探讨的空间。在元朝"九儒十丐"时代写就《王粲登楼》，不仅是作为儒士的郑光祖对建安风骨与两晋风神的追慕，更是他对重视士人的汉家朝廷的追慕，也是对与剧中王粲形象一样具有建安风骨与两晋风神的汉家直士的追慕。下面我们将结合郑光祖的生平及其创作背景来论证以上观点。

在具体论述《王粲登楼》中王粲形象之前，须先明确本书所讨论王粲形象的范围。本书研究的王粲形象仅指郑光祖杂剧《王粲登楼》中的主人公，并非《三国志》和《世说新语》中的王粲本人。原因有二：其一，此前已有多位研究者将史书记载的王粲与郑光祖笔下的王粲形象进行比照研究②，故本书不加赘言；其二，王粲作为建安七子之

---

① 洪晓银：《从文人戏〈王粲登楼〉看元代文人心态》，《闽西职业技术学院学报》2014 年第 1 期，第 63—67 页。

② 如贾锡信：《试论〈王粲登楼〉》，《河北大学学报》（哲学社会科学版）1984 年第 2 期；叶杰英：《困顿与凄怨——杂剧〈王粲登楼〉之王粲形象解析》，《理论界》2008 年第 11 期；洪晓银：《从文人戏〈王粲登楼〉看元代文人心态》，《闽西职业技术学院学报》2014 年第 1 期。

一,已有深入人心的形象,只有不被史传局限思路,不掺杂原有的印象,就郑光祖笔下的人物形象本身来看,再结合前人研究,跳出这一形象和史料记载的王粲对比才能更清楚地发现郑光祖创作该剧的首要目的。本书要完成的就是上述研究方法中的第一步,因而必须以郑光祖的原作为第一手材料来观照剧中塑造的王粲形象。具体而言,剧中王粲形象的建安风骨与两晋风神可分如下四个方面。

(一) 渴望功业,积极进取

《王粲登楼》中塑造的王粲首先是一位渴望功业,积极进取的建安士人。这主要体现在他对建功立业的强烈渴望和有志难酬的慷慨悲愤上。首先,面对问他"单寒么"的店小二,王粲在剧中第一次向外人言及志向,便说自己"量宽如东大海,志高如西华山"①,面对身为左丞相的长辈蔡邕,他更是愤而发出"男儿自有冲天志,不信书生一世贫"②的慷慨呼声。到这里,他的志向才明确展现在观众面前:

> 【那吒令】我怎肯空隐在严子陵钓滩,我怎肯甘老在班定远玉关。(带云)大丈夫仗鸿鹄之志,据英杰之才,(唱)我则待大走上韩元帅将坛。③

可见王粲虽为一介文人,却更加向往成为运筹帷幄的将才。当时天下未定,四分五裂,领兵驰骋疆场是建安文人建功立业的主流愿望。这愿望实现的具体途径,王粲紧接着也对蔡邕有一番明言:

---

① 冯俊杰校注:《郑光祖集》,山西人民出版社1992年版,第189页。
② 冯俊杰校注:《郑光祖集》,山西人民出版社1992年版,第192页。
③ 冯俊杰校注:《郑光祖集》,山西人民出版社1992年版,第192页。

【幺篇】要见天颜，列在鹭班。书吓南蛮，威镇诸藩，整顿江山，外镇边关，内剪奸顽。有一日金带罗襕，乌靴象简，那其间难道不着眼相看？如今个旅邸身闲，尘土衣单，耽着饥寒，偏没循环。只落得不平气都付与临风叹，恨塞满天地之间。想漫漫长夜何时旦，几能勾斩蛟北海，射虎南山！①

王粲要见天子，要做个外能镇守边关、内能安邦定国的栋梁，相较而言，他对带兵守土的愿望描述得更为具体，这也印证了前面说的他更愿成为将才的志向。然而事与愿违，不但叔父蔡邕没有立刻将他推荐给君王，就连荆州的地方势力刘表也没有任用他，更令他无法忍受的是，蔡邕和刘表都没能给他想要的礼遇。苦于钱财用尽，王粲只好流寓荆州。所幸荆州许达乐于广交文士，不仅请王粲在溪山风月楼对坐饮酒，而且愿听他吐露心中的不平之鸣：

【幺篇】据着我慷慨心，非贪这潋滟杯。这酒呵便解我愁肠，放我愁怀，展我愁眉。则为我志愿难酬，身心不定，功名不遂，（云）吾兄将酒过来。（许达云）酒在此。（正末饮科，云）再将酒来。（许达云）仲宣，为何横饮几杯？（正末唱）倒不如葫芦提醉了还醉。②

多少愁绪皆因鸿途未开，面对慷慨仗义的许达，王粲找到了倾诉对象，一吐心事过后，他居然差点跳楼自尽。事实上，早在第二折开头，王粲碰了第一次壁后，就已有如下慨叹：

---

① 冯俊杰校注：《郑光祖集》，山西人民出版社1992年版，第193页。
② 冯俊杰校注：《郑光祖集》，山西人民出版社1992年版，第217页。

王粲也，人人都有那"功名"二字，惟有我的功名好难遇也呵！①

　　这一句念白直抒胸臆，慷慨悲凉之态如在眼前。失望或绝望的程度是与希望的强烈程度成正比的，若非对建功立业足够渴望，王粲绝不会悲愤至几乎要寻短见。这是他渴望功业的反向证明。

　　（二）嗟叹生命，慷慨悲凉

　　剧中王粲的慷慨悲凉不仅体现在壮志未酬时的慷慨悲歌上，也体现在他对生命的悲慨上。早在第一折里，王粲便与小二言及自己"鬓斑斑"；经历了两次挫折，与友人许达共饮之时，王粲更将自己的坎坷经历与青春不再的愁闷无着：

忆昔离家二载过，鬓边白发奈愁何。无穷兴对无穷景，不觉伤心泪点多。②

　　上文用的是念白而非唱词，抒情更为简练直接。在这段念白里，无论是"忆昔离家二载过"的坎坷，还是"鬓边白发奈愁何"的无奈，王粲最终感情的落点还是年岁已长。离家之时的自信满满与接受盘费的鲜衣怒马如今都已不复存在，王粲当下拥有的只有渐渐增长的年龄，又岂能不因之叹惋！当友人问起他的年龄时，王粲唱词中的悲慨之意就更甚了：

（许达云）大丈夫得志食于钟鼎，不得志隐于山林。（正末唱）则今山林钟鼎俱无味。命矣时兮，哎，可知道枉了我顶天立地居人

---

① 冯俊杰校注：《郑光祖集》，山西人民出版社1992年版，第201页。
② 冯俊杰校注：《郑光祖集》，山西人民出版社1992年版，第215页。

世，（许达云）仲宣，今年贵庚了？（正末唱）老兄也恰便似睡梦里过了三十。①

上文中的王粲"嗟叹不足故永歌之"，第一个回答表达的是连续碰壁的绝望与痛苦，第二个回答则是对自己年过而立，人生如梦的慨叹。二者皆是他无可奈何又万分不甘的情感流露，两种感情叠加后，更加重了王粲对青春逝去的悲慨。

（三）个性简傲，一派天真

简傲任诞，追求自然之风在两晋最为盛行，这于《世说新语》可见一斑。而这样的个性却是郑光祖笔下的王粲最主要也最鲜明的特色。剧中王粲的简傲贯穿于整部戏里，更是通过正面和侧面两种形式反复渲染，甚至在王粲出场前，他的傲气便被其母道破——"只是胸襟骄傲，不肯曲脊于人"②，其"骄傲"又可分为对自己能力的极度自信与在权威人物面前的亢直简慢两个方面，这也是本书将其个性概括为"简傲"的原因。而言其"天真"，则是因其遇事丝毫不疑有他，直到最后方如梦初醒的种种表现。王粲一出场就表现出极度的自信：

（正末唱）趁着这鹏鹗西风万里秋，非拙计，岂狂游？凭着我高才和这大手，（卜儿云）孩儿疾去早来。（正末云）母亲，恁孩儿常存今日志，必有称心时。（唱）稳情取谈笑觅封侯。③

这种稳操胜券的自信也只有李白的"仰天大笑出门去"可与之相比。而王粲非但如此，即使是受挫过后去投刘表，也是一样的自信甚至

---

① 冯俊杰校注：《郑光祖集》，山西人民出版社 1992 年版，第 216 页。
② 冯俊杰校注：《郑光祖集》，山西人民出版社 1992 年版，第 185 页。
③ 冯俊杰校注：《郑光祖集》，山西人民出版社 1992 年版，第 186 页。

自负，丝毫未加收敛：

　　【滚绣球】我比那买官的省些玉帛，求仕的费些草鞋，赤紧的好难寻紫袍金带，（云）今日见荆王呵，（唱）便是我苦尽甘来。他听得我扣宅，他将那书折开，多应是把我来降阶接待。岂不闻有朋自远方来？（带云）那荆王或问我兵法呵，（唱）你看坐间略展安邦策，便索高筑黄金拜将台，不索疑猜。①

　　王粲这段唱词用自负形容并不为过，不仅想着刘表会降阶接待，且他尚未见到刘表，就觉得自己必会得到重用了。此后王粲答刘表问的内容有说有唱，更是王粲恃才傲物的突出表现。而王粲之简慢，在他与蔡邕、刘表相见时得到了充分的体现：两次见蔡邕的以牙还牙自不必多说，作为整部剧的最大笑点，给人印象最为深刻。我们只看王粲与蔡瑁、蒯越见面时的简慢留给蔡、蒯二人的印象便十分易知：

　　王粲生的硬，拜着全不应；定睛打一看，腰里有桄棍。②
　　王粲生的歹，拜着全不睬；这世做了人，那世变螃蟹。③

　　整部剧中，王粲确是"你来我去""拜着不睬""别也不别"的行事风格，蒯越、蔡瑁都是武将，二人"气出"的四句充满谐趣，形容却十分精确。王粲之简傲的内核，其实是他不肯巧言令色的清高风骨：

　　（正末唱）我怎肯与鸟兽同群，豺狼作伴，儿曹同辈？兀的不

---

① 冯俊杰校注：《郑光祖集》，山西人民出版社1992年版，第201页。
② 冯俊杰校注：《郑光祖集》，山西人民出版社1992年版，第204页。
③ 冯俊杰校注：《郑光祖集》，山西人民出版社1992年版，第204页。

屈沉杀五陵豪气！①

这句唱词是整出戏里王粲发出的最强音。如果说此前王粲的简傲行为令人不以为然或嗤之以鼻，但此句一出，王粲不肯与世俯仰之铮铮傲骨顿时给人可爱甚至可敬之感。

（四）怀乡念旧，意诚情深

《王粲登楼》中表现王粲之傲然风骨的篇幅是最多的。无论是他人描述的侧面烘托，还是王粲言行的正面表现，郑光祖都丝毫没有吝惜笔墨。也正因其简傲，王粲的怀乡念旧之意诚情深便更易为人忽视。事实上，王粲的怀乡念旧之情与他的简傲风骨一样单纯而热烈，而这恰恰应了晋人之"深情"。最能体现他背井怀乡的，是第三折：

> 【迎仙客】雕檐外红日低，画栋畔彩云飞，十二栏干，栏干在天外倚。（许达云）这里望中原，可也不远。（正末唱）我这里望中原，思故里，不由我感叹酸嘶。（带云）看了这秋江呵，（唱）越搅的我这一片乡心碎。②
>
> 【红绣鞋】泪眼盼秋水长天远际，归心似落霞孤鹜齐飞，则我这襄阳倦客苦思归。我这里凭阑望，母亲那里倚门悲。③

人在得意时未必会多么怀恋故乡，但在失意之中自然会思念故里。以上两段戏文中，王粲的思乡之情显而易见，这种情绪让人很难不想到两晋之交的南渡文人。虽然"情之所钟"的两晋文人是因为山河破碎，王粲是因为怀才不遇，但是他们都是在遥远的南方深深怀念中原故土，

---

① 冯俊杰校注：《郑光祖集》，山西人民出版社 1992 年版，第 217 页。
② 冯俊杰校注：《郑光祖集》，山西人民出版社 1992 年版，第 214 页。
③ 冯俊杰校注：《郑光祖集》，山西人民出版社 1992 年版，第 214 页。

在感情的强烈程度上是类似的。而王粲的念旧，则最集中体现于他的铭记恩义上：

> （正末云）多谢学士。小生骤面相会，倒赍发我金帛鞍马荐书。异日若得峥嵘，此恩必当重报！①
>
> （正末云）看学士分上，我辞他一辞。②
>
> 【沉醉东风】想当日到京师将谁依仗，多亏你曹学士助我行装。虽然是一封书死了荆王，还得你万言策奏知今上，才得个元戎印掌。这都是你义海恩山不可当，再休题贵人健忘。③

前两段念白都出自第一折王粲受人相助之后，后一段是第四折王粲蒙朝廷重用回到京师之后的唱词。二者首尾呼应，王粲的知恩念旧在以上戏文中可以显见。不能不加以注意的是中间那句念白：以王粲个性之简傲，居然能看在"恩人"的情面上出了门还回去辞行，看似小小一句念白，实则是王粲知恩念旧之诚意深情的写照。

以上分别论述了《王粲登楼》中王粲渴望功业、嗟叹生命、个性简傲、意诚情深的形象，这些都是建安风骨与两晋风神的重要组成部分。对于郑光祖塑造这一形象究竟要表达什么，各家说法不一，这促使我们去做进一步的探索。

作为"元曲四大家"之一的郑光祖，其杂剧现存者仅8种，且仅有5种被确认是其作品无疑，《王粲登楼》则是郑光祖现存无争议的唯一文人戏。要真正了解作家的创作目的，除了在文本细读的基础上分析作品外，还应关注作家的生平与其所处的社会背景。郑光祖的生平资料

---

① 冯俊杰校注：《郑光祖集》，山西人民出版社1992年版，第194页。
② 冯俊杰校注：《郑光祖集》，山西人民出版社1992年版，第194页。
③ 冯俊杰校注：《郑光祖集》，山西人民出版社1992年版，第227页。

很少，《元史》中并无他的传记，此处姑取《录鬼簿》所载：

> 郑德辉名光祖，平阳人。以儒补杭州路吏。为人方直，不妄与人交。名闻天下，声彻闺阁，伶伦辈称"先生"者，皆知为德辉也。①

这里并未提及郑光祖的生卒年，但是根据冯俊杰先生的考证，郑光祖应当生于1245—1255年，卒年在1310—1330年②。也就是说，郑光祖主要生活在元初。根据《录鬼簿》的记载顺序，他的年龄较关汉卿为小。

冯俊杰先生在其校注的《郑光祖集》前言中说："郑光祖还算幸运，在当时之中国，平阳一带终属相对稳定的生活环境"③，也就是说，郑光祖所处的时世虽是天下初定的衰世，但这种衰与乱毕竟会发展和稳定。而且他本人也因其学问做了"路吏"，虽然不能满足他作为一个读书人造福天下的志向，却在生活状况上也称不上坏，其视野和情怀完全有不局限于个体遭际的可能。

通读郑光祖的剧作，可知郑光祖的作品较关汉卿等人的而言，反抗意识并没有那么强烈。结合郑光祖的生平及其生活与创作背景，我们不难发现，他的生活并没有关汉卿等人那般艰难，因此也不会像"铜豌豆"一样向主流叫板。而且郑光祖是儒家文士，自古以来，家国情怀与责任感在一代代儒家文士里代代相传，郑光祖自然也是如此。郑光祖"为人方直，不妄与人交"，难免会有知音少无人听的情绪。在"九儒十丐"的元代选择"建安七子"中的王粲为原型创作一部文人剧，郑

---

① （元）钟嗣成著：《录鬼簿（外四种）》，上海古籍出版社1978年版，第31页。
② 参见《郑光祖集》前言，冯俊杰校注：《郑先祖集》，山西人民出版社1992年版。
③ 参见《郑光祖集》前言，冯俊杰校注：《郑先祖集》，山西人民出版社1992年版。

光祖多半是在追慕建安风骨与两晋风神，更是在追慕昔日重视儒士的汉家朝廷，追慕与剧中王粲形象一样具有建安风骨与两晋风神的汉家直士。

综上所述，郑光祖在《王粲登楼》中从渴望功业、嗟叹生命、个性简傲、意诚情深四个方面塑造出王粲这一魏晋风骨的化身，其追慕的建安风骨与两晋风神是永不磨灭的，追慕的汉家直士是生生不息的。郑光祖作为"元曲四大家"之一，代表了当时的一类汉族儒士，其创作目的也反映了这些儒士的部分心态，这个意义显然更为重要。

小结　两晋文章与文人的重要意义

本章主要结合宏观研究与典型例证两种方式，分两节四部分对两晋文章与两晋文人对后世文学与文人的深远影响进行了论证，从中可见两晋文章与两晋文人在中国文学史上的重要地位与意义。从这份重要意义上来看，我们此后仍需对这一研究引起更多关注，愿这篇论文能够作为引玉之砖。

本章主要结合宏观研究与典型例证两种方式，分两节四部分对两晋文章与两晋文人对后世文学与文人的深远影响进行了论证，从中可见两晋文章与两晋文人在中国文学史上的重要地位与意义——于文而言，两晋之文无论骈散还是语体，都做到了文质兼美，无愧于两晋"一代之胜"；于人而言，两晋文人不仅将对美的追求推到了极致，而且在审美上，我们华夏民族的众多审美标准都是由两晋文人确立并定型的。从这份重要意义上来看，我们此后仍需对这一研究引起更多关注，愿此书能够作为引玉之砖。

结　论

　　有一个时代叫两晋时代，有一种精神叫两晋精神，有一种风雅叫两晋风雅，有一种气象叫两晋气象，以上种种皆由两晋文人的出场所致。两晋文人之无穷魅力最主要的来源便是两晋文章。

　　然而正是这样一群将美推向极致的文人，却生长在中国政治上最混乱、社会上最痛苦的时期。据《中国历代天灾人祸表》显示，这一时期是中国天灾人祸与疾疫的最高峰。当时人的平均寿命只有四十一二岁，药与酒的背后是生与死这个沉重却绕不开的命题。两晋文人无论是纵酒还是服药，都早已远离了益寿延年这一初衷，而化作在不知何时到来的死神近旁进行的生命狂欢。正因生命的长短无人能够左右，在几乎可预见的短寿面前，每个人都会释放珍惜生命的本能，两晋文人自然也是如此。在这个过程中，他们爆发了无与伦比的生命力。他们不是没有痛苦和绝望，然而非但没有让内心变得麻木，反而更加热烈地追寻真理，更加满怀深情地面对世界。与此同时，两晋文人还奠定了整个中国古代文人的审美范式。从两晋众多的语体文章和私家文语中，可以发现两晋文人几乎展现了所有的人性，无论是善还是恶，无论是光明还是阴暗。历史告诉我们，这样毫无保留却不失风雅的人性表达不仅是空前的，而且是不可复制的。

　　一代有一代之文学，代与代之间所谓破而后立，实则其发展犹如泥塑，后代打破前代之后加土用水调和，后泥中有前，前之中无后。早至

《诗经》中含有不同字数诗的雏形，晚到《红楼梦》"深得《金瓶》壶奥"。后世文人也会拟古，但终究无法复现前代文学在代表性文体上的辉煌。两晋文章作为有晋一代之文学，同样是这般不可超越。

　　人都有局限性，思想来源于人，局限性是无法避免的。人们常常高估理性的价值，在主流视角里，理性与逻辑往往是高贵和正确的代名词，而情感往往被视作使人愚蠢的原因。我们常常以理性自居，殊不知在很多时候真正推动人类进步、创造人类历史的恰恰是情感，情感或许是更高层次的理性。两晋文人在思想上最可贵的就是在思辨的同时始终保有深情，且没有对古人亦步亦趋，而是试图将古代先哲在后世影响最广的儒道思想进行优势互补，勉力弥补它们的局限。这种对完美的追求虽然不可能最终实现，但两晋文人上下求索的思想之光与执念深情却穿越时空震撼人心，更会在历史的星河中永不消逝。

参考文献

一 传世文献

（战国）吕不韦编，许维遹集释，梁运华整理：《吕氏春秋集释》，中华书局 2009 年版。

（汉）班固：《汉书》，中华书局 1962 年版。

（汉）司马迁：《史记》，中华书局 2014 年版。

（汉）许慎撰，（宋）徐铉校定：《说文解字》，中华书局 2013 年版。

（晋）常璩著，任乃强校注：《华阳国志校补图注》，上海古籍出版社 1987 年版。

（晋）陈寿：《三国志》，中华书局 1959 年版。

（晋）葛洪著，杨明照校笺：《抱朴子外篇校笺》，中华书局 1997 年版。

（魏）刘劭：《人物志》，中华书局 2016 年版。

（南朝梁）刘勰著，范文澜注：《文心雕龙注》，人民文学出版社 1958 年版。

（南朝梁）沈约：《宋书》，中华书局 1974 年版。

（南朝梁）萧统编，（唐）李善注：《文选》，中华书局 1977 年版。

（南朝梁）钟嵘著，曹旭集注：《诗品集注》，上海古籍出版社 2011 年版。

（唐）房玄龄等：《晋书》，中华书局 1974 年版。

（唐）魏征等：《隋书》，中华书局 1973 年版。

（南朝宋）范晔：《后汉书》，中华书局 1965 年版。

（南朝宋）刘义庆撰，（南朝梁）刘孝标注，余嘉锡笺疏：《世说新语笺疏》，中华书局 2016 年版。

（宋）苏轼：《东坡题跋》，中华书局 1985 年版。

（宋）苏轼：《东坡志林》，中华书局 1985 年版。

（明）张溥著，殷孟伦注：《汉魏六朝百三家集题辞注》，人民文学出版社 1960 年版。

（明）朱权：《神奇秘谱》，中国书店 2016 年版。

（清）顾炎武：《日知录》，上海古籍出版社 2012 年版。

（清）刘熙载：《艺概》，上海古籍出版社 1978 年版。

（清）阮元校刻：《十三经注疏》，中华书局 1980 年版。

（清）汤球辑，杨朝明校补：《九家旧晋书辑本》，中州古籍出版社 1991 年版。

（清）王鸣盛：《十七史商榷》，上海书店 2005 年版。

（清）严可均辑：《全晋文》，商务印书馆 1999 年版。

（清）严可均辑：《全上古三代秦汉三国六朝文》，中华书局 1999 年版。

（清）赵翼著，王树民校证：《廿二史札记校证》，中华书局 2013 年版。

陈伯君校注：《阮籍集校注》，中华书局 1987 年版。

戴明扬校注：《嵇康集校注》，中华书局 2014 年版。

董志广校注：《潘岳集校注》，天津人民出版社 1993 年版。

黄葵点校：《陆云集》，中华书局 1988 年版。

逯钦立辑校：《先秦汉魏晋南北朝诗》，中华书局 1983 年版。

逯钦立校注：《陶渊明集》，中华书局 2018 年版。

杨明校笺：《陆机集校笺》，上海古籍出版社 2016 年版。

叶长青：《文史通义注》，华东师范大学出版社 2012 年版。

袁行霈笺注：《陶渊明集笺注》，中华书局 2003 年版。

中国艺术研究院音乐研究所、北京古琴研究会编：《琴曲集成》，中华
　书局 2010 年版。

二　今人论著

曹道衡：《中古文学史论文集》，中华书局 2002 年版。

曹胜高：《从汉风到唐音：中古文学演进论稿》，中国社会科学出版社
　2007 年版。

陈高傭等编：《中国历代天灾人祸表》，上海书店出版社 1986 年版。

陈良运：《中国诗学批评史》，江西人民出版社 2007 年版。

陈寅恪：《陶渊明之思想与清谈之关系》，山西出版传媒集团·山西人
　民出版社 2014 年版。

陈钟凡：《汉魏六朝文学》，商务印书馆 1964 年版。

程章灿：《士族与六朝文学》，黑龙江教育出版社 1998 年版。

程章灿：《魏晋南北朝赋史》，江苏古籍出版社 2001 年版。

褚斌杰：《中国古代文体概论》，北京大学出版社 1984 年版。

方立天：《魏晋南北朝佛教论丛》，中华书局 1985 年版。

冯友兰：《中国哲学史新编》，人民出版社 1982 年版。

傅道彬、陈永宏：《歌者的悲欢：唐代诗人的心路历程》，河北大学出
　版社 2001 年版。

傅道彬：《诗可以观：礼乐文化与周代诗学精神》，中华书局 2010 年版。

傅道彬：《晚唐钟声——中国文学的原型批评（修订本）》，北京大学出
　版社 2007 年版。

傅道彬、于莦：《文学是什么》，北京大学出版社 2017 年版。

顾农：《从孔融到陶渊明：汉末三国两晋文学史论衡》，凤凰出版社
　2013 年版。

郭预衡：《中国散文史》，上海古籍出版社 2000 年版。

贺昌群：《魏晋清谈思想初论》，商务印书馆 2011 年版。

侯外庐等：《中国思想通史》，人民出版社 1957 年版。

侯外庐：《中国古代社会史论》，河北教育出版社 2000 年版。

胡阿祥：《魏晋本土文学地理研究》，南京大学出版社 2001 年版。

胡大雷：《中古文学集团》，广西师范大学出版社 1996 年版。

胡国瑞：《魏晋南北朝文学史》，武汉大学出版社 2013 年版。

黄少英：《魏晋人物品题研究》，齐鲁书社 2006 年版。

黄永武：《中国诗学》，新世界出版社 2012 年版。

姜剑云：《太康文学研究》，中华书局 2003 年版。

姜亮夫：《陆平原年谱》，古典文学出版社 1957 年版。

李零：《简帛古书与学术源流》，生活·读书·新知三联书店 2008 年版。

李硕：《南北战争三百年：中国 4—6 世纪的军事与政权》，上海人民出版社 2018 年版。

李泽厚：《美的历程》，生活·读书·新知三联书店 2009 年版。

李泽厚：《中国古代思想史论》，生活·读书·新知三联书店 2008 年版。

李振峰译注：《世说新语》，吉林大学出版社 2020 年版。

力之：《〈楚辞〉与中古文献考说》，巴蜀书社 2005 年版。

刘大杰：《中国文学发展史》，复旦大学出版社 2006 年版。

刘汝霖：《东晋南北朝学术编年》，华东师范大学出版社 2010 年版。

刘汝霖：《汉晋学术编年》，华东师范大学出版社 2010 年版。

刘师培：《中国中古文学史讲义》，岳麓书社 2011 年版。

刘永济：《十四朝文学要略》，武汉大学出版社 2013 年版。

刘跃进：《中古文学文献学》，江苏古籍出版社 1997 年版。

卢盛江：《魏晋玄学与中国文学》，百花洲文艺出版社 2002 年版。

卢云：《汉晋文化地理》，陕西人民教育出版社 1991 年版。

鲁迅：《汉文学史纲要》，江苏凤凰文艺出版社 2017 年版。

陆侃如：《中古文学系年》，人民文学出版社 1985 年版。

逯钦立：《汉魏六朝文学论集》，陕西人民出版社 1984 年版。

吕澂：《中国佛学源流略讲》，中华书局 1979 年版。

吕思勉：《两晋南北朝史》，上海古籍出版社 2005 年版。

吕思勉：《中国通史》，中华书局 2015 年版。

罗根泽：《中国文学批评史》，商务印书馆 2015 年版。

罗宗强：《魏晋南北朝文学思想史》，中华书局 2016 年版。

罗宗强：《玄学与魏晋士人心态》，天津教育出版社 2005 年版。

马积高：《赋史》，上海古籍出版社 1987 年版。

马良怀：《崩溃与重建中的困惑：魏晋风度研究》，中国社会科学出版
社 2018 年版。

马良怀：《魏晋文人讲演录》，广西师范大学出版社 2009 年版。

敏泽：《中国美学思想史》，中国社会科学出版社 2014 年版。

穆克宏：《魏晋南北朝文学史料述略（增订本）》，中华书局 2007 年版。

宁稼雨：《魏晋风度——中古文人生活行为的文化意蕴》，东方出版社
1992 年版。

牛贵琥：《广陵余响——论嵇康之死与魏晋社会风气之演变及文学之关
系》，学苑出版社 2004 年版。

钱基博：《中国文学史》，上海书店出版社 2015 年版。

钱穆：《国史大纲（修订本）》，商务印书馆 1996 年版。

钱锺书：《管锥编》，生活·读书·新知三联书店 2007 年版。

钱锺书：《谈艺录》，生活·读书·新知三联书店 2007 年版。

仇鹿鸣：《魏晋之际的政治权力与家族网络》，上海古籍出版社 2015
年版。

渠晓云：《魏晋散文研究》，中国社会科学出版社 2013 年版。

任继愈主编：《中国佛教史》，中国社会科学出版社 1997 年版。

宋展云：《地域文化与汉末魏晋文学演进》，社会科学文献出版社 2017
年版。

孙明君：《两晋士族文学研究》，中华书局 2010 年版。

汤一介：《郭象与魏晋玄学》，北京大学出版社 2009 年版。

汤用彤：《汉魏两晋南北朝佛教史》，北京大学出版社 1997 年版。

汤用彤：《魏晋玄学论稿（增订版）》，上海人民出版社 2015 年版。

唐长孺：《魏晋南北朝史论丛》，商务印书馆 2010 年版。

田余庆：《东晋门阀政治》，北京大学出版社 2012 年版。

万绳楠整理：《陈寅恪魏晋南北朝史讲演录》，贵州人民出版社 2012 年版。

王瑶：《中古文学史论》，商务印书馆 2011 年版。

王仲荦：《魏晋南北朝史》，上海人民出版社 2016 年版。

吴云：《骨鲠处世——吴云讲陶渊明》，天津古籍出版社 2009 年版。

徐复观：《中国艺术精神》，九州出版社 2014 年版。

徐公持：《浮华人生——徐公持讲西晋二十四友》，天津古籍出版社 2010 年版。

徐公持：《魏晋文学史》，人民文学出版社 1999 年版。

徐志啸编：《历代赋论辑要》，复旦大学出版社 1991 年版。

阎步克：《波峰与波谷——秦汉魏晋南北朝的政治文明（第二版）》，北京大学出版社 2017 年版。

叶枫宇：《西晋作家的人格与文风》，上海三联书店 2006 年版。

余敦康：《魏晋玄学史（第二版）》，北京大学出版社 2016 年版。

詹福瑞：《汉魏六朝文学论集》，河北大学出版社 2001 年版。

张朝富：《汉末魏晋文人群落与文学变迁》，巴蜀书社 2008 年版。

张可礼：《东晋文艺系年》，山东教育出版社 1992 年版。

张可礼：《东晋文艺综合研究》，山东大学出版社 2009 年版。

张少康：《中国古代文学创作论》，北京大学出版社 1983 年版。

张少康：《中国文学理论批评史教程》，北京大学出版社 1999 年版。

赵厚均：《两晋文研究》，陕西人民教育出版社 2011 年版。

赵敏俐主编：《中国中古文学论文集》，学苑出版社 2006 年版。

周一良：《魏晋南北朝史论集》，北京大学出版社 2010 年版。

周一良：《魏晋南北朝史札记（补订本）》，中华书局 2015 年版。

祝总斌：《两汉魏晋南北朝宰相制度研究》，北京大学出版社 2017
年版。

宗白华：《美学散步》，上海人民出版社 1981 年版。

三　外国文献

［德］歌德：《浮士德》，杨武能译，广西师范大学出版社 2003 年版。

［德］黑格尔：《美学》，朱光潜译，商务印书馆 1981 年版。

［德］康德：《纯粹理性批判》，蓝公武译，商务印书馆 1960 年版。

［德］康德：《判断力批判（上卷）》，宗白华译，商务印书馆 1964
年版。

［德］康德：《判断力批判（下卷）》，韦卓民译，商务印书馆 1964
年版。

［德］康德：《实践理性批判》，韩水法译，商务印书馆 1999 年版。

［法］列维－布留尔：《原始思维》，丁由译，商务印书馆 2007 年版。

［古希腊］柏拉图：《理想国》，郭斌和、张竹明译，商务印书馆 1986
年版。

［古希腊］亚里士多德：《诗学》，陈中梅译注，商务印书馆 1996 年版。

［美］勒内·韦勒克、［美］奥斯汀·沃伦：《文学理论》，刘象愚等
译，浙江人民出版社 2017 年版。

［日］佐藤利行：《西晋文学研究》，周延良译，中国社会科学出版社
2004 年版。

［意］克罗齐：《美学原理》，朱光潜译，商务印书馆 2012 年版。

四　论文

蔡丹君：《西晋末年北方坞壁文人文学考论》，《郑州大学学报》（哲学

社会科学版）2017 年第 4 期。

曹道衡：《从两首〈折扬柳行〉看两晋间文人心态的变化》，《文学遗产》1995 年第 3 期。

曹道衡：《论东晋南朝政权与士族的关系及其对文学的影响》，《文学遗产》2003 年第 5 期。

曹道衡：《试论东晋文学的几个问题》，《社会科学战线》1997 年第 2 期。

曹道衡：《〈文选〉与西晋文学》，《古典文学知识》2002 年第 1 期。

陈志刚：《两晋文艺精神研究》，博士学位论文，云南大学，2017 年。

段春杨：《生命忧惧中的自我救赎——西晋文学的生命主题》，《文艺评论》2015 年第 10 期。

方笑一：《论东晋永和文学》，《华东师范大学学报》（哲学社会科学版）1999 年第 1 期。

傅道彬：《光的隐喻：文学照亮生活》，《人民论坛》2018 年第 1 期。

龚斌：《东晋桓温幕府文士及文学活动考略》，《云梦学刊》2019 年第 1 期。

侯艳：《从金谷诗到兰亭诗——两晋文人山水生态审美之渐变》，《甘肃社会科学》2011 年第 5 期。

胡大雷：《〈尚书〉"笔"体考述——最早的书面文字与"文笔之辨"溯源》，《广西师范大学学报》（哲学社会科学版）2012 年第 5 期。

胡大雷：《"文笔之辨"与中古政治、文化——中古"文""笔"地位升降起伏论》，《文学评论》2015 年第 6 期。

胡大雷：《"文笔之辨"与中国文章学的成立——"文话"出现于隋唐考辨》，《社会科学研究》2013 年第 2 期。

胡大雷：《"言笔之辨"刍议》，《文学遗产》2013 年第 2 期。

胡大雷：《"言笔之辨"与古代文体学》，《学术月刊》2013 年第 10 期。

胡旭：《二十世纪东晋诗文研究流变》，《南京社会科学》2002 年第

4 期。

霍贵高：《东晋文学研究》，博士学位论文，河北大学，2010 年。

贾婷：《两晋太原孙氏诗文研究》，硕士学位论文，山东师范大学，
　　2010 年。

蒋方：《论潘岳的理想人格与现实行为的矛盾构成——兼论西晋文人的
　　心理特点》，《湖北大学学报》（哲学社会科学版）1989 年第 1 期。

蒋寅：《陶渊明隐逸的精神史意义》，《求是学刊》2009 年第 5 期。

景刚：《我国地理文学的形成及在东晋刘宋时期的发展》，《山东大学学
　　报》（哲学社会科学版）1996 年第 1 期。

柯镇昌：《东晋中期的两大文学集团》，《安徽大学学报》（哲学社会科
　　学版）2011 年第 4 期。

匡永亮：《两晋文人的典籍整理与文学创作》，硕士学位论文，信阳师
　　范学院，2018 年。

李多：《西晋作家群落对文学风格特色的影响》，《河北理工大学学报》
　　（社会科学版）2008 年第 2 期。

李剑锋：《〈周易〉在东晋的传播及其对文学艺术的影响》，《周易研
　　究》2003 年第 3 期。

廉水杰：《西晋文学对话与文学审美论析》，《中国文化研究》2010 年
　　第 1 期。

刘庆华：《从〈金谷诗序〉〈兰亭集序〉看两晋文人的生存选择与文学
　　选择》，《广州大学学报》（社会科学版）2006 年第 3 期。

刘跃进：《兰亭雅集与魏晋风度》，《安徽大学学报》（哲学社会科学
　　版）2011 年第 4 期。

吕晓洁：《东晋文人心态与文学研究》，硕士学位论文，安徽大学，
　　2015 年。

马晓乐：《〈庄子〉与东晋文学》，《齐鲁学刊》2007 年第 5 期。

穆克宏：《诗必柱下之旨归　赋乃漆园之义疏——刘勰论东晋文学》，

《福建师范大学学报》（哲学社会科学版）1994 年第 4 期。

彭沈莉：《求真尚美——东晋南朝地记与文人自然审美观》，《中华文化论坛》2013 年第 12 期。

宋展云、柳宏：《东晋初期建康政局与中兴文学主题的兴衰》，《中国文化研究》2012 年第 1 期。

宋展云：《论张协与两晋之际文学新变》，《中南民族大学学报》（人文社会科学版）2015 年第 5 期。

孙宝：《儒学融通与东晋文运的演进》，《广州大学学报》（社会科学版）2009 年第 9 期。

孙丹萍：《两晋尺牍文学研究》，硕士学位论文，山东师范大学，2006 年。

孙明君：《兰亭雅集与会稽士族的精神世界》，《陕西师范大学学报》（哲学社会科学版）2010 年第 2 期。

孙明君：《兰亭雅集与会人员考辨》，《古典文学知识》2010 年第 2 期。

孙明君：《两晋士族文学的走向》，《陕西师范大学学报》（哲学社会科学版）2009 年第 4 期。

王德华：《东晋文学的主题变迁与地域分布》，《浙江大学学报》（人文社会科学版）2006 年第 1 期。

王华：《兰亭雅集审美经验研究》，硕士学位论文，昆明理工大学，2017 年。

王晖：《两晋时期庾氏家族及其文学研究》，硕士学位论文，西北师范大学，2012 年。

王建国：《论永嘉中原南渡士族与东晋文学发展之关系》，《洛阳师范学院学报》2008 年第 6 期。

王晓毅：《"竹林七贤"考》，《历史研究》2001 年第 5 期。

王亚风：《金谷集会的文化意义》，《安徽文学》（下半月）2011 年第 6 期。

吴承学、何诗海：《从章句之学到文章之学》，《文学评论》2008 年第
5 期。

吴承学：《中国文章学成立与古文之学的兴起》，《中国社会科学》2012
年第 12 期。

肖芹：《两晋之交文学研究》，硕士学位论文，湖南师范大学，2012 年。

阎菲：《魏晋之际文人生活与文学观念》，博士学位论文，哈尔滨师范
大学，2017 年。

姚晓菲：《百年东晋文学研究述论》，《江淮论坛》2005 年第 5 期。

于伟臣：《自笑症验案两则》，《国医论坛》1990 年第 2 期。

俞志慧：《语：一种古老的文类——以言类之语为例》，《文史哲》2007
年第 1 期。

张传东：《魏晋文学史料述略》，硕士学位论文，山东大学，2005 年。

张翠真：《两晋俗赋研究》，硕士学位论文，西北师范大学，2011 年。

张帆帆：《东晋南朝山水记的文学转向及其地位和影响》，《云南师范大
学学报》（哲学社会科学版）2017 年第 4 期。

张可礼：《东晋文学衍变的三个阶段》，《古典文学知识》1997 年第
6 期。

张可礼：《东晋文艺在当时的传播》，《山东大学学报》（哲学社会科学
版）2000 年第 6 期。

张松辉：《简论东晋南朝时期佛教对文学的影响》，《南都学坛》1994
年第 5 期。

张炜一：《两晋论体研究》，硕士学位论文，河北大学，2014 年。

张小夫：《从〈世说·文学〉看晋宋文学的流变》，《兰州学刊》2005
年第 5 期。

张照：《西晋辞赋研究》，硕士学位论文，重庆师范大学，2007 年。

张志玮：《两晋诏令文研究》，硕士学位论文，兰州大学，2017 年。

赵华超：《东晋奏议文研究》，硕士学位论文，山东师范大学，2014 年。

赵静：《魏晋南北朝琅邪王氏家族文化与文学研究》，博士学位论文，山东师范大学，2011 年。

钟新果：《陆机入洛与"文章中兴"》，《广西社会科学》2008 年第12 期。

左东岭：《文人心态研究的文献使用与意义阐发》，《南开学报》（哲学社会科学版）2006 年第 5 期。

后　记

　　毕业近四年后回顾书稿，当我核校完最后一页时，七年前考博复试的场景犹在眼前。带着来自英语面试考官徐畔教授的祝愿与微笑，我终于在那个阳光温淡的下午见到了恩师傅先生。那时的阳光实在太过煦暖温润，以至自始至终，我眼前的画面都因笼罩了一层光晕而模糊不清，考官坐了整整一排，具体有几位，分别都是谁，除了先生，我竟全然不知，只记得来自他们每个人的宽和与善意。感谢这场幻想过无数次的考试，感谢这场考试中的每一位考官，更感谢先生不弃，开启了我一切静好的华年。

　　起初，面对"两晋文章文学论"这个命题，原本因拜读先生的《诗可以观》而醉心于周代风雅的我大感意外，一时不知所措，得其点拨后，我才稍稍安心。拟论文框架时，我数易其稿而未得其要，先生又在百忙之中帮我改定。在撰写过程中，先生仍给了我无限的支持与信任。回头去看初得题目时的笔记、开题时的论证与此后记下的各种灵感，再看这篇虽欠成熟却因感动而最终成文的习作，我简直是个蹒跚学步的孩子，在先生的引导和关爱下，终于跌跌撞撞走过了人生中第一条求索与感动并存的路。此间与两晋文人一道哭哭笑笑，我不敢说自己有多大的进益，却实实在在感受到"理论是灰色的，唯生命之树常青"的深切与动人。为学从入心到下笔始终是一条漫长的路，所幸总有先生一路执灯。对于一个用生命热爱文学的孩子而言，还有什么能比跟着令人情愿不顾一切追随的师者前行更幸运和满足的事呢？

感谢我的硕导力之先生。尽管多年来离桂万里，力之先生仍对我时常勉励，有问必应。也许只有在学业上自强日新才能不负先生恩情。

开题和答辩时，曹书杰先生、沈文凡先生、李洲良教授、刘冬颖教授、宋娟教授与母校侯敏教授、王洪军教授、赵德鸿教授皆提出了宝贵意见。在此谨向开题和答辩委员会鞠躬致谢。

半耕园是这世界上最可爱的师门。在先生面前，我们都是纯粹的孩子；在师兄师姐们面前，我是懵懂的幼弟。李振峰、赵玉敏、杨舟贤、孙永娟、丛月明、孙鸣晨、魏爽、孟冬冬等师兄师姐皆在学业和生活上对我照顾有加，感谢这些温暖的人让我成为"半耕园里长大的孩子"。

感谢我硕士期间的老师胡大雷教授与华东师范大学赵厚均老师的慷慨赠书。感谢龙江琴社李树果老师、中医学者陈兄星元、常兄一川夫妇在相关领域的文献支持。

在写作的过程中，书中一些着力点得益于与王亚轩女史的思想交流；在书稿的校对上，常赫兄协助犹多；在我徘徊不前时，他们都用尽办法对我加以鞭策。在排版及技术处理上，幸赖沈兄斯佳的帮助。以上三位皆与我相识相交十余载，尽管"暨乎篇成，半折心始"，但我为学有朋，行路不孤。

本书得以顺利出版，离不开编辑老师李凯凯的帮助和李嘉荣的付出，离不开项目基金与单位领导的支持，谨在此诚挚感谢。

冰城仲春的个性堪比冬日之鲜明，料峭的春寒带来的是诗意的澄净。生命在她的怀抱里不断成长，此中从未更改的，则是我不忧不惧，勇往直前的心境。

欣逢今日，雪后初晴。愿上苍善待我深爱的人们，护佑我痴恋的冰城。

甲辰春分于冰城